두 번째 엔딩

김려령
배미주
이현
김중미
손원평
구병모
이희영
백온유

두 번째 엔딩

창비

차
례

김려령 ㅡ

언니의 무게

"그 교복 참 예쁘다."

"교복이 다 거기서 거기지 뭐. 나 학교 가."

만지가 집을 나갔다. 엄마는 만지의 교복을 보면 종종 예쁘다고 했다. 팥죽색 재킷이 너무 짙지 않게 잘 빠져서 얼굴이 하얀 만지와 잘 어울렸다. 꼭 교복이 아니어도 사 줄 만한 재킷이었다. 하지만 만지는 유니폼 그 이상도 이하도 아니라는 듯 심드렁했다. 만지와 천지는 무척 달랐다. 천지였다면 그치? 하며 뭐라고 맞장구라도 쳐 주고 나갔을 것이다. 만지처럼 말을 싹둑 자르지는 않았을 터였다. 천지가 다가와 살갑게 구는 강아지 같다면, 만지는 뚝 떨어져 제 세계에 빠진 고양이 같았다. 엄마는 늘 만지가 걱정이었다. 혼자가 편한 성격이다 보니 친구도 고작 한둘이었다. 조금 외로워 보였고 친구 관계에 문제가 있을까 봐 염려가 됐다. 그런 면에서 천지는 걱정도 안 했었다. 잔정도 많았고 여럿이 함께 어울리는 것을 좋아했다. 그러나 미란의 말에 따르면, 만지는 감상적이지 않고 대인 관계가 깔끔해서 아이들이 좋아한다고 했다. 오히려 여러 아이들에게 두루 마음 쓰는 천지 같은 아이가 힘들다고. 살갑게 다가가는 천지보다 뚝 떨어져 있는 만지를 더 찾는다는 것이다. 알 수 없는 세상이었다.

*

천지는 벌써 청소년 자살률 통계로만 남았다. 누구는 그 숫자에 놀라고 안타까워했으나 누구는 그저 그런가 보다 무관심했다. 어떤 이에게는 영원히 아픈 현실이 다른 이에게는 통계상에 나타나는 수치일 뿐이었다. 자신에게 닥치지 않은 아픔은 없는 일이나 마찬가지라는 듯. 언니! 하고 부르는 천지 목소리가 아직 생생함에도 불구하고. 만지가 수업 전에 휴대 전화 전원을 끄려는 찰나에 미란에게서 문자 메시지가 도착했다.

　—친구, 잘 지내고 있나?

　거짓말처럼 온 가족이 얽인 관계였다. 미란의 아빠가 의도적으로 한동네로 이사 와 엄마에게 수작을 부렸더라도, 딸들이 나란히 친구가 되어 같은 일에 연루되기는 힘들었다. 한 언니는 동생을 방관했고, 한 언니는 동생을 적극적으로 돌봤다. 방관한 언니는 괴롭힘 당한 동생을 잃었고, 돌본 언니는 괴롭힌 동생 앞에서 주저앉았다. 그러한데 언니들이 어떻게 계속 친구로 지낼 수 있나. 그 때문에 미란도 고등학교가 갈라진 계기로 연락을 끊었을 거라고, 만지는 생각했었다. 미란은 어떤 일이 있어도 잃고 싶지 않은 친구였다. 어려운 상황에서도 씩씩했고 의리 있었다. 그런데 그 어떤 일의 범주 안에서는 상상도 하지 못한 죽음이 발생했다. 언니들로서는 너무 미안해서 전처럼 지낼 수가 없었다. 미란이 이제야 연락한 것도 그런 복잡한 심정 때문이었으리라. 만지가 답장을 보냈다.

　—집에 어묵 있나?

　—어묵?

　—너 전에 어묵 안 넣고 떡볶이 했잖아. 없으면 사 가게.

　—어묵 살 때 치즈도 사 와라.

──알았어. 이따 보자.

학교가 끝나고 만지는 마트에 들러 잡히는 대로 샀다. 심
란했고 배도 고팠다. 장바구니로 사용한 20리터 종량제 봉
투가 빵빵했다. 만지는 그 장바구니를 들고 곧장 미란의 집
으로 갔다. 현관문이 열려 있어 밖에까지 맛있는 냄새가 났
다. 만지가 그대로 들어갔다. 미란은 접시에 잡채를 담고 있
었다.

"잡채 했네. 떡볶이는?"

"금방 해. 떡볶이 국물에 잡채 비벼 먹으면 맛있어."

그때 미라가 방에서 나와 인사했다.

"집에 있었구나. 학원 안 갔냐?"

"돈 없어서 못 다녀요."

"……과자 먹어라."

미란이 만지가 들고 온 장바구니를 살폈다. 그 속에서 어
묵과 모차렐라 치즈만 빼고 나머지는 봉투째 미라에게 주
었다. 떡볶이 준비는 미리 해 두어서 어묵만 썰어 넣고 끓이
면 됐다. 미란은 떡볶이에 올린 치즈가 녹는 동안 상을 차렸
다. 급식판만 한 잡채 접시 옆에 떡볶이 냄비까지 놓으니 작
은 상이 꽉 찼다. 만지가 잡채부터 듬뿍 집으며 말했다.

"오늘은 잡채에 고기가 없다. 왜 자꾸 뭘 하나씩 빼고 요리를 해……."

무엇을 뺐든 넣었든 음식은 다 맛있었다. 만지는 교복 치마 단추를 풀어야 할 정도로 배부르게 먹었다. 다시는 못 오리라 생각했던 곳에 와 있는 것도 어색했고, 그동안의 회포나 풀자니 그럴 만한 회포는 없는 것 같고, 그래서 음식만 마구 먹어 치웠다. 본의 아닌 폭식이었다. 만지가 도저히 못 움직이겠다며 벌러덩 누웠다.

"너무 먹는다 했다. 설거지할 동안 좀 쉬어, 소화되게."

"다음에는 내가 설거지할게."

"다음에는 고기 사 와."

"너 재료 하나씩 빼는 거 고의지?"

하하하. 미란이 고무장갑을 끼며 웃었다. 미라가 냉장고에서 콜라를 꺼내 만지에게 한 컵 따라 주었다. 만지가 진작 주지, 하고 쭉 들이켰다. 미라가 옆에 어정쩡하게 앉았다. 할 일도 없는데 같이 앉아 있으니 왠지 어색했다. 만지가 미라에게 혹시 할 말이 있는지 물었다.

"……언니 수학 잘한다면서요?"

"니네 언니가 못하는 거야. 왜?"

"수학이 좀 달려서요. 학원도 못 가고, 내신도 신경 쓰이고⋯⋯."

"그래서?"

"혹시 언니가 봐줄 수 있을까 해서요."

"없어. 그거 그냥⋯⋯ 하⋯⋯ 뭐 언제?"

"언니 시간 될 때요."

"나 시간 없어. 너 될 때 문자 해."

"고맙습니다."

"이 자매는 뭔가 이상해⋯⋯. 나, 간다."

만지가 가방을 멨다. 갑자기 서두르는 바람에 설거지하던 미란이 배웅할 틈도 없었다. 만지는 나오지 마, 하고 집을 나갔다. 미란은 그런 만지를 보며 가만히 웃었다.

일이 그렇게 엮이지만 않았어도 좋았을 텐데. 부모들은 불쾌하게 동생들은 불행하게 얽혔다. 동생이 밖에서 맞고 오면 언니가 가서 때려 주는 법이다. 그런데 자신은 오히려 함께 식사하며 떠들었다. 나는 왜 달려가서 때려 주는 언니가 되지 못했는가. 부모들한테 그런 일이 없었더라면 천지와 미라도 자신과 미란의 관계가 됐을지 몰랐다. 계산 없이 그냥 좋아서 만나는 친구. 그러니까 부모들 잘못이라고, 만지 역시 그렇게 원망할 수밖에 없었다. 미란의 연락을 무시하지 못하는 이유였다. 가족으로서 도의적인 책임은 있으나 우리까지 절교할 필요는 없다,는 의미 같은 거였다.

미라도 천지의 죽음을 힘들어하고 있었다. 부모들 일이 천지의 잘못은 아니었으니까. 고등학교에 입학하고 얼마 뒤 교문 근처에 서 있는 미라를 본 적이 있었다. 그러나 만지와 눈이 마주치자마자 고개를 숙이고 등을 돌렸다. 그런 미라를 만지도 부르지 않았다. 미라가 또 어떤 말을 할지 두려웠다. 이날도 미라는 하고 싶은 말이 있는 눈치였다. 그러나 결국에는 아무 상관 없는 말만 하고 말았다. 만지는 그게 또 속상했다. 동생을 아프게 한 아이가 괴로워하는데 왜 자신이 속상한지 알 수 없는 노릇이었다.

*

"그걸 지금 나한테 따지는 거예요?"

"그것이 아니라, 그 집 아가 이 집 아하고 각별한 사이였는지 그 일로 자꾸 못되게 군다고 혀서요. 염치는 없지만서도 천지 엄마가 얘기하면 들을까 혀서 온 거지요. 그 집 아빠는 통 오지도 않는다 허고."

"나한테는 뭐라고 하셨어요. 우리 애가 둔해서 그렇다면서요. 애들 다 그렇게 크는 거라면서요. 주는 대로 받는다고 했습니다."

"그런다고 아가 살아서 돌아오는 것도 아닌디, 그만 용서해 주면 안 되겠소?"

"살아서 왔으면 나도 그만 용서했죠. 못 오니까 못 합니다."

"제발 아 좀 살려 주시문 안 되겠습니까?"

"내 딸 살려 놓으면 그 집 딸도 살려 줄게요."

"나가 대신 죽을까요? 그라문 되겠어요?"

"내 딸이 당신만큼만 살다 죽었어도 원이 없겠습니다. 나도 대신 죽을 수 있었으면 벌써 그랬을 거라고요. 여기가 어디라고 와서…… 나가세요!"

화연 엄마가 바닥을 짚고 일어났다. 그리고 더는 아무 말 없이 집을 나갔다. 그동안 마음고생이 심했는지 나이보다 더 늙어 보였다. 천지 엄마가 개수대 선반에서 소금 단지를 꺼내 통째로 현관에 퍼부었다. 심정은 백번 이해하나 저 뻔뻔함은 견딜 수가 없었다. 당신 딸 때문에 내 딸이 괴롭힘을 당하고 있으니 당신이 막아 주시오. 결국 이 말이었다. 내 딸 죽은 거 보니까 이제 무서워요? 내가 그랬지. 당신 죽을 때까지 내 얼굴 보고 살아야 할 거라고. 내 딸이 독해서 죽었다고? 독한 애 엄마가 얼마나 더 독한지 두고 봐. 나는 당

16

신이 죽어도 용서가 안 돼.

"죄짓고 맘 편하게 살면 그게 더 웃긴 거야, 이 여편네야!"

조금 뒤 만지가 집으로 들어왔다. 그러고는 서걱서걱 밟히는 소금에 깜짝 놀랐다.

"뭐야?"

"소금 뿌렸어. 천일염인데 아까워라."

"왜 뿌렸는데?"

"보신각 여편네가 와서. 일단 와서 앉아 봐. 물어볼 게 있어."

만지가 밥상과 탁자로 쓰는 교자상 앞에 앉았다.

"너 혹시 미라에 대해서 들은 얘기 있니?"

"지금은 셋이 학교가 다 달라서 듣고 싶어도 못 들어. 왜?"

"미라가 화연이를 왕따시키나 봐. 그거 때문에 왔다, 그 여편네."

만지는 동네 어귀에서 화연과 우연히 몇 번 만났었다. 화연이 만지를 보고 언니! 하고 반갑게 달려왔던 것이다. 만지는 여전히 그렇게 웃는 모습이 싫었고, 다행히 그럭저럭 지내는 것 같아 안심도 됐었다. 그 때문에 가볍게 안부 정도만 묻고 헤어졌다. 그런데 이제 화연이 천지가 되었다. 천지가 마지막 날까지 웃었듯, 화연도 그냥 웃은 걸까. 과연 미라가 화연이 된 것일까. 왜. 만지는 오늘 미라를 만났지만 엄마에게 그 말은 하지 않았다.

"나도 한때는 그 인간 좋아했다. 혼자서 너하고 천지 또래 딸들을 키운다니까 동병상련 기분도 들었고. 근데 사기꾼은 사기가 걸릴 때까지만 그 모습을 유지하고 들키면 본모습을 드러내. 양아치도 그런 양아치가 없더라. 근데 애들은 얼마나 잘 자랐니? 그래서 더 마음이 쓰여. 니가 만나 봐. 미라는 잘 지내다가 돌아선 정도였어. 부모들 때문에. 그래서 조금 더 지독하게 돌아섰겠지. 그때 천지 상황이 나빴다고 해서 미라가 뒤집어쓸 죄는 아니야. 미라가 회언이를 괴롭히는 게 맞는다면 미안해서 그럴 거야. 그러지 않아도 된다고 말해 줘. 괜찮다고."

"……."

만지는 여전히 속이 답답했다.

"엄마, 집에 소화제 있어? 잡채 먹은 게 얹혔나 봐."

"어디서 먹었는데?"

"……친구네서."

"그게 잘못 먹으면 쉽게 얹히더라."

엄마가 약통에서 소화제를 꺼내 만지에게 주었다.

그리고 그날 밤, 이부자리에서 엄마가 만지에게 물었다.

"만지야, 너도 죽고 싶을 때 많지?"

"많지."

"너 혹시 내일 죽을 거면 오늘 엄마한테 말해. 엄마가 오늘 먼저 죽을게. 그 정도 효도는 하고 갈 수 있지?"

"……있지."

"자."

　　　　　　　　　　*

내 편이 아닌 목격자가 있다. 논란의 현장마다 미라가 있었다. 화연은 선물로 회유도 해 보고 울어도 보고 싸워도 보았다. 그 정도면 물러날 만도 한데, 미라는 꿈쩍도 안 했다.

"내가 죽어도 안 믿는 사람이 두 명 있어. 우리 아빠하고 너. 우리 아빠도 엄마를 괴롭혀서 죽게 한 전과가 있지. 우리 아빠가 니 미래야. 어른 양아치의 표본."

화연의 따돌림은 천지가 죽으면서 조짐이 보였는데 미라가 불을 지폈다. 아이들은 화연을 응징하는 것이 온당하다는 듯 똘똘 뭉쳤다. 화연은 학년이라도 빨리 바뀌길 바랐다. 그러나 불행하게도 2학년 때마저 미라와 같은 반이 되고 말았다. 1학년 때 다른 반이었어도 알 것 다 아는 아이들이 미라에게 천지에 대해 묻고는 했다.

"걔 쟤 때문에 죽었다며?"

"나는 그런 것 같아."

학년이 바뀌어도 화연은 여전히 손가락질받는 혼자였다. 학원도 마찬가지였다. 화연의 행적을 아는 아이가 너무 많았다. 아이들이 사방으로 퍼져 화연에 대해 수군댔다. 학원을 옮겨도 화연의 존재는 금세 들통났고 바로 아웃이었다. 결국 학원도 모두 끊어야 했다. 사람이 그렇게 쉽게 죽을 줄 몰랐다. 재미로 그랬고 아이들도 함께 웃었더랬다. 그런데 즐길 때는 친구였던 아이들이 어느새 단순 관람객으로 태도를 바꿨다. 그러면서 경기 중에 악랄한 태클로 상대 선수의 생명을 끊어 버린 악질 선수로 화연을 지목했다. 완장 차고 가장 열심히 뛴 선수였으므로 결과도 책임져야 한다고. 영구 제명 당해야 마땅하다고. 화연 엄마가 전학을 권하기도 했었다. 엄마는 세상을 몰랐다. 그런다고 감춰지는 일이 아니었다. 아이들은 어떻게든 화연을 찾아내 그곳에 소식을 알릴 것이다. 그러면 처음부터 다시 괴롭힘이 시작된다. 재수 없는 전학생이 되어 더욱 지독하게. 그 때문에 겨우겨우 버티며 졸업만을 기다릴 뿐이었다. 쉬는 시간, 화연이 책상에 엎드렸다. 자는 척 말고는 할 일이 없었다. 그때 미라가 아이들과 떠들었다.

"나 수학 포기할까 했는데 천지네 언니가 봐준대."

"이천지네 언니? 그때 꽃바구니 가져갔던 그 선배?"

"어. 우리 언니랑 친해. 그 언니 수학 되게 잘한대."

"언니 덕분에 공짜 과외 받아서 좋겠다."

"우리 언니하고 절친이야. 각서 쓰게 해서 물건 뺏는 가짜 절친 말고. 지 생일에 비싼 선물 받고 짜장면 한 그릇 먹인 애 있잖아. 방금 나와서 맛있을 거야, 그러면서. 그날 천지 오기 전에 우리는 별거 별거 다 먹었는데. 탕수육, 깐풍기, 크림새우, 또 완자 뭐였더라……."

"와, 미쳤다……."

"다른 애들한테 뿌린 돈을 천지한테 다 뜯어냈어."

"사채업자냐?"

"꼭 머리 나쁜 것들이 사기 치다 일을 내지."

하하하! 아이들이 크게 웃었다. 재밌지? 나도 그랬다. 그런데 내가 지금 천지가 된 것처럼 너도 그러지 않는다는 보장 없어. 화연은 천지가 늘 뜨개질을 한 이유를 알 것 같았다. 화를 내기도 싫고 비굴하게 같이 떠들기도 싫었으리라. 놀림을 당하며 한 코 한 코 뜨개질을 했던 천지. 죽고 싶었을 것이다. 하지만 화연은 그런 행동을 죽음과 연관 짓지는 못했었다. 미라는 달랐다. 사람이 죽을 수도 있다는 사실을 알고 있다. 놀림의 목적이 죽음인 것 같아 소름 끼쳤다. 도대체 왜. 만지 이야기는 충격이었다. 화연은 여전히 천지네 가족들만 보면 심장이 내려앉았다. 그럼에도 아파트 어귀에서 만지를 기다리고는 했다. 너 죽지 마. 엄마 아빠는 나가 죽으라고 했고, 아이들은 화연이 죽었어야 했다고 했다. 만지만이 죽지 말라고 해 주었다. 그래서 너무 쓸쓸한 날 집 근처에서 무작정 만지를 기다렸다. 하지만 막상 만나면 역시 자신이 기다릴 사람이 아니었다는 생각에 인사만 하고 헤어졌다. 그런데 미라의 공부를 봐준다니. 지은 죄로 치면 자신이 미라보다 더 죽을죄를 지었지만, 만지가 미라까지 신경 쓰는 것은 속상했다. 미라가 싫었다. 너 뭐야. 꺼져.

*

　미라에게 없던 버릇이 생겼다. 물을 마시기 전에 한숨부터 쉬는 것이다. 그러지 않으면 공기와 물이 같이 넘어가 가슴께가 답답했다. 이날도 미라는 집으로 가기 전에 복도에 놓인 공용 정수기에서 물부터 마셨다. 날이 더운 탓도 있지만 목이 자주 말랐다. 미라가 제 물병에 물을 가득 채워 가방에 넣을 때, 만지에게서 문자 메시지가 왔다.

—9×9.

—81.

— 잘하네. 수업 끝났지? 거기 토스트집에 가 있어. 한 시
  간 뒤에 갈게.

—네.

교문 오른쪽 길로 반 정거장쯤 가면 토스트 가게가 있다. 매우 저렴하다고 알려졌지만 그것은 어른들 기준이었다. 기본 토스트에 베이컨이라도 하나 추가하고 음료까지 마시면 학생들에게는 부담스러운 가격이 나왔다. 미라는 돈이 있어도 쉽게 쓰지 못했다. 가난했다. 기억의 어디에도 부족하지 않은 때가 없었다. 아빠는 없느니만 못한 사람이어서 미라와 미란은 서로만 의지했다. 그러니 이 돈이면 언니하고…… 하며 멈추게 되는 것이다. 밖에서 싸다는 그 무엇도 집에서 해 먹는 음식보다 쌀 수는 없었다. 하지만 이 집 토스트만은 예외였다. 딱 한 번 아이들과 함께 먹은 적이 있다. 버터와 캐러멜의 달콤한 냄새를 견디지 못했다. 가장 싼 기본 토스트였지만 눈물 나게 맛있었다. 씹자마자 꿀떡 넘

어가는 바람에 속이 상할 정도였다. 미라는 그 집에서 만지를 기다렸다. 혹시 언니도 같이 오는 건가. 미라는 미란에게 물어볼까 하다가 그만두었다. 모두 같이 만날 생각이었으면 집으로 왔을 것이었다. 미라는 창가 구석 자리에 앉아 만지를 기다렸다. 그날 수학 얘기는 저도 모르게 한 말이었다. 용서한다는 천지의 편지가 사실은 고마웠지만, 동시에 잘못을 들킨 것 같아 도리어 큰소리를 치고 말았다. 사과하고 싶었다. 그런데 엉뚱한 말이 튀어나왔다. 무슨 염치로 과외를 받나. 미라는 오늘 만지를 만나면 그때 하지 못한 사과를 할 생각이었다.

만지가 가게로 들어왔다. 미라가 일어나 언니, 하고 불렀다. 만지가 미라를 보고 탁자로 다가가 가방을 내려놓았다.

"일단 먹고 얘기하자. 뭐 먹을래?"

"기본요."

"그게 제일 맛있어. 음료는?"

"음료는 그냥…… 저 물 있어요."

"슬러시 먹자. 딸기 자몽 초코, 골라."

"초코요."

만지가 계산대로 가서 주문했다. 그리고 곧 음식이 나왔다. 만지가 미라에게 가져오라고 했다. 미라가 벌떡 일어나서 가져왔다. 기본 토스트 두 개와 슬러시 두 잔, 그리고 벽보에 소개된 신제품 토스트와 포장한 토스트가 하나씩 더 있었다. 만지가 포장된 토스트를 옆으로 치우고 나이프로 신제품 토스트를 반으로 잘랐다.

"이건 반씩 먹어 보자."

"배부를 텐데……."

"너 못 먹겠으면 내가 다 먹을게."

"아니, 그래도 그건 못 먹어 봐서…… 먹을 수 있어요."

미라는 정말 잘 먹었다. 순식간에 기본 토스트를 먹어 치워서 만지가 신제품도 먼저 먹어 보라고 했다. 미라가 스테이크가 들어간 두툼한 토스트 반쪽을 들고 크게 한입 물었다.

"잘 먹네. 너 남은 거 다 먹어도 배 안 부르겠다."

케켁! 갑자기 사레가 걸린 미라가 기침을 했다. 천천히 먹지, 하고 만지가 냅킨과 물을 챙겨 와 미라 앞에 놔 주었다. 그리고 말했다.

"니가 천지 많이 도와준 거 알아."

"……."

"갑자기 왜 그랬는지도 이해되고. 너하고 미란이는 참 닮았어. 좋으면 그냥 좋아하는 것까지. 천지 힘들 때 아무도 못 그랬는데 너는 그랬어. 니가 천지한테는 진짜 첫 친구고 마지막 친구였을 거야."

"……잘못했습니다."

"그래도 니가 화연이가 되면 안 돼. 누구도 화연이가 돼서는 안 돼."

미라가 주먹 쥔 손으로 눈을 가리고 속상하게 울었다.

"제가요, 천지 정말 좋아했거든요. 근데 갑자기 미워 가지고…… 아니, 그래도 막 걱정은 돼서 그런 거였는데. 아줌마가 너무 싫고 아빠도 쪽팔려서, 아빠 애인 딸은 밉지만 우리 언니 친구 동생인 줄 알았으면 더 잘해 줬을 건데, 나까지 그러면 안 됐는데……."

"뭐래. 그래서 언니 말 듣겠다는 거야 안 듣겠다는 거야?"

"……들어요."

"천지한테 미안해서 그러는 것 같은데, 그러면 화연이가 피해자가 돼 버려. 지금 당하는 것만 생각한다고. 상대하지 마. 너까지 가해자 명단에 오르지 말라고. 평생 발목 잡혀. 걔는 언니가 알아서 해. 너는 내신이나 신경 써. 알았어?"

그러자 미라가 냅킨으로 코를 팽 풀고 말했다.

"네. 제가 수학만 좀 잡으면 괜찮을 것 같은데……."

"몇 점이나 되는데. 육십? 칠십?"

"팔십 중간요. 거기를 못 벗어나요."

"잘하네. 그 점수로 너무 끙끙대면 재수 없는 거 알지? 나 수요일은 괜찮으니까 정 힘들면 연락해. 나가자. 아, 이건 미란이 갖다줘라."

만지가 포장된 토스트를 가리켰다. 미라가 계속 신경 썼던 토스트였다. 저건 왜 포장했을까. 만지가 나중에 먹으려고 챙긴 것인지, 먹다가 부족하면 더 먹으려고 챙긴 것인지 궁금했었다. 그런데 미란의 것이었다.

"고맙습니다. 우리 언니는 이거 한 번도 못 먹어 봤을 거예요."

"나하고 자주 왔어. 걔는 그거만 먹어. 쟁반 갖다주고 나와."

만지가 먼저 밖으로 나갔다. 곧 미라도 나왔다.

"언니, 우리 언니 진짜 여기 자주 왔어요?"

"어. 왜?"

"아니에요. 근데 언니, 왜 저한테 잘해 줘요?"

"잘하면 너도 내 동생 될 뻔했잖아."

"……안녕히 가세요."

만지와 미라는 토스트 가게 앞에서 헤어졌다. 돌아서서 가던 미라가 가게에서 챙겨 온 냅킨으로 눈을 꾹 눌렀다. 동

생이 될 뻔한 아이. 그래서 잘해 준다는 만지. 자신은 천지
와 자매가 될까 봐 못되게 굴었다. 그랬던 자신이 멍청하고
촌스럽게 느껴졌다. 자매가 되면 좋은 점이 더 많았을 텐데
도, 새엄마가 생길지 모른다는 불쾌함에 천지를 몰아세웠
다. 천지한테 너무 미안해서 자꾸 눈물이 났다. 그 와중에
미란이 이 집을 자주 왔었다는 것에도 눈물이 났다. 나는 한
번 먹은 것도 미안했는데, 씨이…….

*

만지가 학원을 마치고 돌아와 보니 엄마가 장롱에서 옷
을 잔뜩 꺼내 놓고 있었다. 그동안 바빠서 하지 못했던 정리
를 이제야 하는 거였다. 만지가 교복을 갈아입으며 엄마가
꺼내 놓은 옷가지들을 보았다.

"그 촌스러운 옷들은 좀 버리지?"

"유행은 돌고 돌아. 몇 년 더 입으면 또 유행할 거야."

"잠깐 세련되게 입고 몇 년 촌스럽게 입는 거야? 유행이
다시 와도 보완된 형태로 와. 그거하고 똑같은 게 아니라.
그런 옷 입으면 자기가 멋진 줄 아는 촌스러운 아줌마 같아.
치렁치렁 너펄너펄. 그러니까 양아치 아저씨가 달라붙지."

"편해서 입는 거야! 쓸데없는 소리 하지 말고 왼쪽 장 옷들이나 다 꺼내."

만지는 차라리 말을 하지 않을 때가 나았다. 어쩌다 맘 잡고 얘기하면 너무 냉정하게 솔직해서 혈압이 올랐다. 빈말을 하지 않는 성격이라 괜히 창피하기까지 했다. 엄마는 자신의 옷들을 가만히 살폈다.

"얘, 이 옷들이 그렇게 이상하니? 천지는 아무 말 없었는데……"

"편하면 입어, 부끄러움은 우리가 감당할게, 하고 말았겠지. 그런 애잖아."

"너무 밋밋한 것보다는 세련돼 보이지 않아?"

"어느 별에서 그런 스타일을 세련됐다고 해?"

"말하는 거 봐라. 그래, 버리자. 오래 입었어."

"잘 생각했어. 그리고 이것도 이제 버리자."

만지가 옷걸이에 걸어 잘 보관해 둔 천지의 교복을 꺼냈다. 한참 전부터 생각하고 있었으나 엄마가 서운해할 것 같아 말을 못 했었다. 계절이 바뀌면 옷장 정리부터 했던 엄마가 오래도록 하지 못한 이유는 아마, 그 안에 있는 천지의 교복 때문이었을 것이었다. 만지는 천지의 교복을 볼 때마다 마음이 무거웠다. 죽은 사람이 어디로 가는지는 모르겠지만 어딘가로 가긴 간다던데, 엄마와 자신이 천지를 붙들고 놓아주지 않는 것만 같았다. 살아서 힘들었던 천지가 죽어서까지 힘들면 안 되지 않나. 그랬기에 천지를 그만 보내 줘야 한다고 생각했었다. 엄마가 만지 쪽을 보지도 않고 말했다.

"그래야지. 생일날 가서 태워 주자."

만지가 천지의 교복을 잘 개어 제 고등학교 교복 쇼핑백에 넣었다. 엄마가 바빠서 만지가 대신 가서 사 준 교복이었다. 그 교복을 이제 자신의 손으로 보내 줘야 했다. 이곳에서 입지 못한 날만큼 그곳에서 꼭 챙겨 입기를 바라면서.

"그동안 내가 잘 가지고 있을게."

옷장 정리는 꽤 시간이 걸렸다. 웬일로 엄마가 만지의 말을 척척 들었다. 몇 년 동안 한 번도 안 입었던 옷, 버려. 앞으로도 안 입어. 맞아. 편하고 촌스러운 옷도 버려. 편하고 예쁜 옷으로 다시 사. 오케이. 놀러 가서 산 싸구려 스카프들도 버려. 그런 건 산 곳에서만 예뻐 보여. 맞아, 맞아. 이무거운 이불들도 버려. 겨울에도 전기요 깔고 자서 덮지도 않잖아. 하긴 그래. 이 가방은 용도가 뭐야, 장바구니? 그건 나도 마음에 안 들었어. 밤늦도록 그렇게 장롱을 비워 냈다.

야밤에 그 많은 옷가지들을 낑낑 들고 나가 의류 수거함에 넣고, 이불과 가방 들은 다음 날 큰 쓰레기봉투를 사다가 버리기로 하고 현관에 쌓아 두었다. 그런 뒤에야 샤워를 하고 겨우 이부자리에 누웠다.

"속이 다 시원하네. 다음에 쉴 때는 싱크대 정리해야겠어."

"내가 이사 올 때 그 꽃무늬 접시랑 그릇 들 버리라고 했지?"

"아까워서 못 버렸지. 근데 생각해 보니까 안 쓰는 그릇들 때문에 저 공간을 못 쓰는 게 아까운 거였어. 다 버리고 차하고 커피 넣어 둬야겠다. 그런 건 천지가 잘했는데. 그치?"

"아쉬운 대로 내가 천지 몫까지 잘해 볼게."

"너는 네 몫만 하면 돼. 자기 몫만 하고 사는 것도 힘들어. 마음은 기특하고 예쁜데, 너는 너로만 살아. 엄마는 그랬으면 좋겠어."

"……."

"근데 그렇게 촌스러웠으면 진즉 말해 주지, 어쩜 그러니?"

"너무 당차게 입었잖아. 이것이 바로 촌스러움이다! 쪽팔려서 진짜……."

만지가 입으로 푸 소리를 내며 깊이 잠들었다.

엄마가 목까지 이불을 끌어 올렸다.

"하아, 애는 진짜……."

*

미라가 변했다. 화연을 보고 정색하거나 비웃지도 않았
다. 그저 자신의 일상을 살 뿐이었다. 무슨 꿍꿍이가 있을
거라고, 화연은 의심도 했었다. 그러나 아직까지 별다른 기
미는 보이지 않았다. 아이들도 대놓고 화연을 험담하지는
않았다. 당연한 듯 무시했다. 차라리 욕이라도 하지. 욕을
먹을 때는 죗값을 조금씩 더는 느낌도 없지 않아 있었다. 욕
을 먹을 만큼 먹으면 아이들도 언제가는 그만 됐다고 하겠
지. 화연이 그나마 버틸 수 있는 힘이었다. 이제는 아예 눈
길조차 주지 않았다. 외롭고 무기력했다. 그러다 결국 또 만
지를 찾았다. 화연은 만지가 언제 학원을 가는지 언제 집에
오는지 잘 알고 있었다. 저런 언니가 있었으면, 하는 마음으
로 만지를 지켜보았던 것이다. 늦은 밤, 화연은 시원한 콜
라 두 캔을 준비해서 만지를 기다렸다. 버스 정거장이 있는
큰길에서 아파트 정문으로 올라가는 비탈길 중간쯤이었다.
마침내 저 아래에서 올라오는 만지가 보였다. 화연이 심호
흡을 한 뒤 언니! 하고 달려갔다.

"어, 오랜만이네. 학원 이제 끝났냐?"

"나 학원 안 다녀요. 덥죠? 이거 드세요."

화연이 만지에게 음료를 내밀었다.

"고맙다. 올라가자."

"언니, 나하고 잠깐만 놀아 주면 안 돼요?"

"지금?"

"언니는 맨날 바쁘잖아요."

만지가 콜라를 한 모금 마시고 천천히 걸었다. 놀아 달라고? 너랑? 화연식의 화법이었다. 분명 다른 뜻이 있을 터였지만 얼핏 보면 그저 친한 동네 언니와 동생으로 보일 만한 모습이었다. 천지에게도 그랬다. 누가 보면 되게 친한 친구였던 것처럼. 그래서 과거에 자신도 그렇게 여겼었다. 만지가 걸음을 빨리하며 말했다.

"가자."

만지와 화연이 아파트 놀이터 근처 벤치에 나란히 앉았다. 화연이 밤에도 덥다고, 우리나라도 이제 바나나와 망고를 재배한다고 종알종알 떠들었다. 만지는 듬성듬성 불이 꺼진 집들을 바라보았다. 벌써 자는 걸까, 아직 아무도 오지 않은 걸까. 화연은 더위에서 루테인인가 뭔가 하는 영양제로 수다를 이어 갔다. 만지가 말을 잘랐다.

"그래서 하고 싶은 말이 뭐야?"

"……그냥 아무 말이나 하고 싶었어요. 누구랑 얘기해 본
지가 오래돼서."

만지가 말없이 고개만 끄떡였다.

"미라 공부 봐준다면서요? 걔는 혼자서도 잘하는
데……."

"잘하니까 봐주지. 가망 없는 애 붙잡고 시킬 수는 없잖아."

"좋겠다. 나도 언니가 있으면 좋겠어요. 언니 같은."

"넌 내 동생이었으면 나한테 맞아 죽었어."

"천지도 때렸어요?"

"아니. 걔는 맞을 짓 안 했어."

화연이 고개를 숙였다.

"힘들지? 그래도 이겨 내라, 꼭. 가자, 늦었다."

만지가 벤치에서 일어났다. 화연도 일어나 고개 숙인 채
인사하고 그대로 자신의 집 쪽으로 걸어갔다. 그렁그렁 맺
힌 눈물이 기어이 뚝 떨어졌다.

만지도 집으로 갔다. 천지도 내가 언니인 것이 좋았을까.
누구도 대신 다녀 줄 수 없는 학교였다. 그 안에서 벌어지는

일은 스스로 이겨 내야 한다고 방관했다. 그런 언니를 좋아
했을까. 아빠 장례식 때 펑펑 우는 천지를 보고 할머니가 그
랬다. 이제부터는 니가 천지를 잘 보살펴야 한다. 너무 어린
언니에게 벌써 무거운 책임을 짊어지운 것이다. 그래서인
지 만지는 그때를 떠올리면 울던 천지와 저 말밖에 기억나
지 않았다. 그런데 저 약속을 지키지 못했다. 미안했다. 미
안한 만큼 화연이 싫었다. 힘들어도 버텨. 내 동생 때문에
너까지 죽었다는 말 나오면 내가 따라가서 가만 안 둘 테니
까. 화연은 분명 과거를 후회하고 있었다. 그렇다 하더라도
만지는 용서할 수가 없었다. 천지를 죽음으로 몬 아이였다.
나 같은 언니? 웃기지 마. 내 동생은 천지야.

　만지가 아파트 현관에 다다랐을 때 거실에 불이 들어왔
다. 엄마도 이제 온 것 같았다. 만지가 휴대 전화로 메시지
를 보냈다.

　─나 곧 복도. 문 열어 줘.

　─지가 열고 들어오지.

　엄마가 현관문을 열고 내다보았다.

　만지가 씩 웃으며 아파트 복도를 걸어오고 있었다.

배미주一 초보 조사관 분투기

에어 카 한 대가 미끄러지듯 날아와 서울 타워 옥상 승강장에 내려앉았다. 수 킬로에 걸쳐 늘어선 거대한 열두 채의 마천루가 순교자처럼 붉게 물든 아침이었다.

도어가 열리며 에어 카 뒷좌석에서 이정후가 힘없이 기어 나왔다. 국제 바이러스 센터에서 파견한 인턴 역학 조사관으로, 인턴도 파견 근무도 처음인 생초짜 애송이였다.

에어 카 날개를 붙잡고 웩웩, 헛구역질을 하는 정후 등 뒤에서 조종사가 혀를 찼다.

"요즘은 인턴을 너무 대충 뽑아."

─교전 중인 나라들 영공을 미친 듯한 속도로 날아와

놓고 할 소린 아니지!

정후의 귓속 이어폰에서 배꼽 친구 라비사의 외침이 들렸다. 라비는 네 살 때부터 단짝이었다. 한 번도 만난 적은 없지만. 게임이든 수다든 자격증 강의든 함께했고 지금도 정후가 낀 렌즈의 공유 기능으로 비행의 생생한 동반자 노릇을 한 라비였다.

세상은 전쟁 중이었다. 하지만 바이러스는 국경을 가리지 않기에, 국제 바이러스 센터는 중립을 보장받았다.

―속도광인 걸 보니 약물 중독자가 틀림없어. 너 돌아갈 땐 다른 조종사 요청해. 알았지?

바깥세상은 위험하고, 전쟁광과 테러리스트와 오염으로 가득하다는 게 평소 라비의 신념이었다.

조종사는 마지막 절차로 정후의 복장 상태와 수칙 등을 점검했다. 드론 잘 다뤄. 기절하게 비싸니까. 비상 포켓에 든 상비품들 잘 챙기고. 음향 총, 절대 잃어버리면 안 된다. 면책 특권 있다고 함부로 휘두를 생각 말고. 말도 못 하게 성가신 소송에 휘말린다고. 아예 쓸 생각을 마.

―정말 어이가 없네. 그 대단한 것들을 고작 인턴한테 들려 여기 보낸 이유가 뭐래?

라비가 투덜거렸다.

그야 센터의 정직원들은 훨씬 중요한 일에 몰두하고 있어서겠지. 정후는 생각했다. 이 임무는 이제 열여덟, 갓 성년이 된 인턴에게 맡기기 딱 좋은 귀찮고 요식적인 일이란 뜻이겠고.

옛날에는 '대학'이란 곳이 넘쳐 났다고 들었다. 요즘 아이들은 원격 수업을 통해 다양한 자격증을 획득한다. 그런 다음 인턴 사원으로 채용되어 집 밖의 세상에서 적성과 기회를 찾아 헤맨다. 그야말로 '산 교육'인 셈이다. 정식 직원이 되기 위해 평균 수십 군데의 직장을 전전하는 걸 생각하면 한 살이라도 어린 나이에 인턴 세계에 뛰어들수록 유리하다.

"자, 나는 돌아갈 테니 임무를 마치면 센터로 보고해. 집에 갈 땐 내 비행 솜씨가 반가울 거야."

에어 카가 떠나고 정후는 낯선 도시의 옥상 승강장에 덩그러니 남겨졌다. 창공의 바람 소리가 위협적으로 귀를 파고들었다. 절로 어깨가 움츠러들었다.

라비가 흥분한 목소리로 속삭였다.

—아무튼 서울에 오게 됐잖아. 꿈의 도시 서울! 야, 저 끝으로 좀 가 봐. 나도 서울 구경 좀 해 보자.

정후는 난간 쪽으로 걸어가 풍경을 둘러보았다.

마천루 열두 개가 스톤헨지처럼 수 킬로에 걸쳐 거대한 원을 이루며 우뚝우뚝 서 있었다. 그래서 서울의 수백 층짜리 빌딩은 스톤이라 불렸다. 스톤들은 시민들이 바깥으로 나갈 필요가 없게끔 튜브처럼 생긴 교통망으로 연결되어 있었다. 정후는 목을 쭉 빼고 까마득한 아래를 내려다보았다. 눈앞이 아찔했다.

협곡의 바닥처럼 캄캄하고 깊은 그곳엔 멸망한 도시, 옛 서울이 잠들어 있었다.

—아휴…… 꿈의 도시라더니 악몽에 나올 것 같아.

라비가 실망한 듯 중얼거렸다. 정후는 웃었다.

"그러고 보니 '파이널 월드 워'에 나오는 배경 같다."

'파이널 월드 워'는 라비와 정후가 즐겨 하는 가상 현실 전쟁 게임이었다. 정후의 게임 속 이름은 태왕인데 사격 솜씨가 좋아서 제법 유명했다.

—백일 홍수 이야기는 알아. 영상도 봤고. 끔찍하더라. 내가 궁금한 건 왜 새롭게 도시를 건설할 때 저 아래 무덤 도시를 치워 버리지 않았냐는 거야.

"각 스톤의 소유주가 한 개인도, 하나의 국가도 아니라서 그래."

정후가 대꾸했다.

"건설된 시기도 다 달랐고."

—누구 소유인데?

"시안 사람들."

—그 지하 도시랑 신아마존인가 뭔가 건설한 사람들 말이야?

"엄마 말로는 세상에서 벌어지는 일들 중 그들이 관여하지 않는 게 거의 없대."

어떤 미친 다국적 기업이 '지구 밖 지구를 건설해서 안전하지 않은 지구를 탈출하자'는 프로젝트를 제안했던 게 지하 도시 시안의 시작이라고 한다. 자족적인 지하 도시와 지구의 생태를 닮은 자연환경을 건설할 수 있다면 아무리 환경이 척박한 외계 행성에 가더라도 인류가 이주해 살 수 있지 않을까? 시안은 지금도 여전히 '건설 중'이다.

—사람들은 여기 살고 싶어 하잖아. 완전한 도시 시안! 안전한 도시 서울!

라비의 목소리가 시무룩해졌다.

—이제 스톤 안에 들어가면 방화벽에 막힐 테니 내 여행은 여기까지네. 잘 다녀와라! 사실 네가 부러워서 심술 났었어.

접속을 끊고 정후는 휴, 한숨을 쉬었다.

전쟁 중인 세상에서는 어느 나라나 통신 보안 장벽이 철저했다. 블랙홀처럼 돈과 정보를 빨아들일 뿐 뱉는 일이 없는 서울은 더욱 삼엄했다.

정찰 드론은 현장에서 승인된 조종사만 조작할 수 있으며 촬영한 내용은 사전 검열을 거쳐야 허가된 채널로 전송이 가능했다. 정후가 취득한 드론 조종 과정 우수 수료증. 그게 정후가 인턴으로 채용될 수 있었던 이유였다. 쓸 일이 있을진 모르겠지만.

신원 확인을 거쳐 새롭게 ID 코드를 부여받고 고속 엘리베이터를 타고 허브로 내려왔다. 목적지인 구탑 클럽이 스톤 밖 구도심이라 불리는 옛 서울 땅에 있는 건 내려오면서 알았다.

온갖 모양의 크고 작은 드론과 배송 로봇 들이 분주히 오갔다. 일반 시민들은 옥상 승강장을 이용했고 로봇과 무인차, 운송 드론은 허브의 전용 출구를 이용했다. 하지만 허브에 로봇과 드론만 있는 건 아니었다. 출구 가까운 통로엔 에어 바이크 보관소와 대여소, 음식 냄새를 풍기는 간이매점 따위가 늘어서 있었다. 정후는 에어 바이크를 끌고 스톤 바깥으로 나가거나 매점에서 음식을 사 먹는 다양한 인종의 사람들을 보았다.

정후는 그들이 구도심에 모여든 기후 난민과 전쟁 난민이라는 사실을 알고 있었지만 직접 눈으로 보니 신기했다. 그들은 구도심 빌딩들 중 파묻히지 않은 층에 주거를 마련하고 낮이면 뱀파이어처럼 잠들었다가 저녁이면 에어 바이크를 타고 스톤으로 출근한다고 했다. 서울의 야간 근무자들, 보이지 않는 곳의 노동을 담당하는 이들이었다.

출구의 강화 유리를 통해 밖이 보였다. 이름을 빼앗긴 도시가 진창에 묻힌 흉한 몰골을 드러냈다. 백일 홍수가 일어난 시기에 이미 대도시의 절반은 물에 잠긴 뒤였다. 바닷물이 땅을 덮친 한편으로 내륙의 바짝 마른 대지는 생산력을 잃어 갔다. 호수와 강은 말라붙었다. 바이러스와 전염병이 수시로 창궐하는 가운데 인류는 서로를 물어뜯으며 전쟁을 벌였다. 동아시아 연합의 중심지였던 옛 서울의 몰락은 재앙의 시대에 쐐기를 박는 사건이었다.

목적지인 구탑 클럽이 눈앞에 있었다. '구탑'은 산사태로 무너진 남산 타워가 있던 자리라 붙은 이름이라고 했다. 다행히 구탑 클럽까지의 땅은 제법 단단해 보였다. 쓰러진 건물이 아래에 누워 있는지도 모른다. 그 길을 따라 흐트러진 옷차림에 얼굴이 불콰한 젊은이들이 걸어오고 있었다.

정후는 시간을 확인했다. 바이러스 센터의 빅 데이터가 위험 신호를 포착해 보고한 지 네 시간이 경과했다. 1차 감염자로부터 2차 확산이 이루어지기에 충분한 시간이었다.

엘리베이터 쪽이 부산해졌다. 구탑 클럽에서 놀다 온 젊은이들이 엘리베이터 앞에 서자 푸른빛이 그들의 육체를 투과해 온갖 바이오 데이터를 체크하며 바쁘게 오르내렸다.

'안에도 클럽이 많을 텐데 군이 저기까지 가서 노는 이유가 뭘까.'

정후는 호기심을 느끼며 구탑으로 향했다.

클럽 내부는 밖에서 보는 것보다 더 조잡하고 화려했다. 천장에서 빙글빙글 돌아가는 미러볼이 무지갯빛 광채를 사방에 흩뿌렸다. 아까 그 젊은이들이 마지막 손님이었는지 장년의 직원이 홀을 청소하고 있었고 무대에서는 연주자들이 악기와 장비를 챙기는 중이었다. 바 위엔 술잔이 즐비했다. 찌든 냄새는 아마 담배 탓인 모양이었다. 라이브 연주에 진짜 알코올을 마시고 니코틴을 피우다니. 무지막지한 구식 클럽이었다.

정후는 클럽의 빛과 냄새와 공기에 압도되었다. 임무를 맡으며 가득 충전되었던 용기와 의욕이란 녀석이, 거친 비행과 초고속 엘리베이터를 거치며 빠르게 줄어들다가 클럽에 들어서는 순간 땡! 하는 소리를 내며 영에 수렴되는 걸 느꼈다.

'인턴 평가'라는 네 글자가 비상구 표지판처럼 머릿속에서 번쩍이며 당장이라도 돌아서고 싶은 정후를 붙들었다. 정후는 젖 먹던 힘까지 짜내 안으로 걸어 들어가, 사장으로 보이는 사람을 찾았다.

"사장님 좀 뵐 수 있을까요?"

정후는 바에서 혼자 술을 마시던 이십 대 초반의 남자에게 다가가 물었다. 남자가 게슴츠레 뜬 눈으로 정후를 보았다.

"내가 사장인데."

넌 누구고 여기서 뭐 하냐는 말이 귀에 들리는 듯해 정후는 얼른 임시 발급 받은 ID 코드를 내밀었지만 사장이라는 사람은 조회해 볼 생각도 없는 것 같았다.

"저는 국제 바이러스 센터의 역학 조사관입니다."

정후는 정확히 말하면 인턴이라는 사실은 속으로만 읊조렸다.

"역학 조사관이 뭐지? 역사와 관련 있는 건가? 우리 클럽이 좀 역사가 깊긴 하지."

정후는 사장의 젊음과 무지에 놀라 말을 더듬었다. 이 시대에 역학 조사관이란 말을 모르다니.

"그, 역, 역사 할 때 역 자가 아니라 역병이라는 뜻일 거
예요."

정후는 사장의 눈치를 흘깃 보고 소심하게 덧붙였다.

"전염병의 발생 양상과 원인, 전파 경로 등을 밝히는 일
이죠."

사장은 무얼 이해하는 일에 도통 관심도 소질도 없어 보
였지만 정후는 설명을 시도했다.

국제 바이러스 센터의 인공 지능은 바이러스와 관련한
전 세계의 빅 데이터를 성역 없이 실시간 수집하고 있었다.
우주의 소음 속에서 외계인의 신호를 찾아내는 작업과 비
슷했다. 오늘 새벽, 센터의 빅 데이터가 정보 장벽 이 사분
면 E30 섹터에서 위험 신호를 감지했다. 일군의 사람들이
열, 두통, 인후통, 약 구입 등 바이러스 감염 징후를 나타내
는 주제로 나눈 대화들이 임계치에 달했다고 판단했다. 인
공 지능은 그들의 대화 내용을 면밀히 분석했고 이 클럽을
최초 감염 발생 지점으로 지목했다.

여전히 멍한 사장의 눈을 보면서 정후는 한숨과 함께 본
론을 꺼냈다.

"그래서 위만 협약에 따라…… 어제부터 지금까지 클럽
을 다녀간 사람들의 출입 기록과 정보를 주셨으면 합니다."

사장의 얼굴이 확 변했다. 이제야 자기가 이해하는 단어가 나온 모양이었다.

"내 손님들의 정보를 달라고? 진심이야?"

사장이 정후의 얼굴에 대고 담배 연기를 내뿜었다.

"저기 ID 스캐너에 들어 있으니 능력껏 담아 가 보든가."

정후는 콜록대며 사장의 얼굴과 ID 스캐너를 번갈아 보았다. 이런 상황에 처했을 때의 대처법은 배우지 못했다. 현실에선 비일비재한 상황이란 건 나중에 알았다. 시의 공공 관서는 국제 협약 때문에 바이러스 센터에 협조하는 척이라도 하지만 개인은 다르다. 지금처럼 거절하면 집행할 방법이 여의치 않았다. 강제로 집행했다가 어떤 소송에 휘말릴지 모르기 때문이다.

그때 홀을 청소하던 덩치 큰 직원이 다가왔다. 안색이 좋지 않았다. 얼굴이 물기로 번질거렸는데 잘 보니 땀이었다.

"사장님, 제가 몸이 좀 안 좋습니다. 조금 일찍 퇴근하고 싶습니다만……."

근육으로 똘똘 뭉친 사내는 생전 아파 본 적이라곤 없는지 몹시 당혹스러운 표정이었다.

"아침부터 뭐야, 짜증 나게. 당신이 퇴근하면 홀 청소는 내가 하란 말인가?"

"그게 아니라, 사장님, 정말로…… 정말로 저는……."

사장보다 나이가 두 배쯤 많고 덩치는 세 배쯤 큰 사내가 바쁘게 움직이는 청소 로봇을 보며 곤혹스럽게 중얼거렸다.

이 사람, 정말 몸이 안 좋구나. 정후는 얼른 앞섶의 비상 포켓에서 바이오 센서를 꺼내 들었다.

"어디가 어떻게 안 좋으시죠? 제가 검사를 좀 해 봐도 될까요?"

직원이 침울한 표정으로 고개를 설레설레 저었다.

"모르겠어요. 열도 있고, 머리도 욱신거리고, 왠지 구역질도 치미는 게……. 내 머리통이 내 것이 아닌 거 같아요……."

"아, 됐고 기서 계속 일해. 어디서 엄살을 떨고 있어? 덩칫값을 하란 말이야. 넌 빨리 꺼지고."

정후는 센서를 써 보지도 못한 채 허둥지둥 클럽을 빠져나왔다. 우울한 기분으로 발걸음을 옮기자니, 인턴 생활에 대한 수많은 농담들이 떠올랐다. 앞으로는 그 농담에 전처럼 웃지 못할 것 같았다. 정후는 자신이 우스꽝스럽고 비참하게 느껴졌다.

'하지만 난 최선을 다했어. 난 인턴일 뿐이야. 목숨을 걸 의무는 없다고.'

그때였다. 클럽 안에서 끔찍한 비명이 들려왔다.

너무 뜬금없고도 생생한 그 소리가 고막을 파고드는 순간 저도 모르게 정후의 뇌가 게임 접속 모드로 돌입했다. 정후는 번개같이 음향총을 빼 들며 클럽 안으로 달려 들어갔다. 작은 총이 정후 손에 딱 맞았다. 실물로는 처음 만져 보는데도 몸의 일부처럼 느껴졌다. 그도 그럴 것이, 정후는 전투 게임 속에서 산전수전 다 겪은 불굴의 전사 태왕이었다.

  끔찍한 비명은 다름 아닌 사장의 목에서 나온 소리였다. 그 목은 사장에게 조퇴를 애원하던 덩치 큰 직원에게 물어뜯기고 있었다.

  연주자들은 겁에 질린 모습으로 무대 한쪽에 몰려 있었다. 정후는 총을 쥔 오른손을 왼손으로 받치면서 직원을 겨냥했다. 하지만 직원과 사장은 한 몸이 되어 뒹굴고 있어서 목표물을 조준하기 어려웠다. 정후는 왼쪽으로 몸을 굴려 직원의 넓은 등을 정조준해 총을 쏘았다. 폭발음과 함께 그가 짐승 같은 소리를 내며 나동그라졌다. 일련의 동작들이 깔끔하고 정확하게 연결되었다. 정후는 긴장으로 손을 부들부들 떨면서도 완벽하게 대처한 스스로에게 경이감을 느꼈다.

  인명 살상용 총은 아니지만 초점을 향해 강력한 음파를 발사하는 지향성 음향 증폭기라 정확히 맞으면 바로 정신을 잃어야 마땅했다. 운 나쁘면 뼈가 부러질 수도 있었다. 그런데, 직원의 몸이 꿈틀꿈틀 움직이더니 단 수 초 만에 정후를 향해 고개를 획 돌렸다.

몸은 어딘가 뒤틀린 듯했고, 고개를 돌린 각도도 기이했다. 시뻘겋게 충혈된 눈은 금방이라도 튀어나올 듯 부풀었고 사장의 살점과 피가 들러붙은 잇새로 그르르르, 억눌린 분노로 가득한 위협적인 소리가 흘러나왔다. 정후는 오싹 소름이 끼쳤다. 태어나 처음 느껴 보는 공포감이었다.

직원이 몸을 고슴도치처럼 곤두세우며 정후를 향해 달려들었다. 정후는 눈을 질끈 감고 총을 한 번 더 발사했다. 음파는 정통으로 이마에 꽂히며 폭발음을 냈다. 직원의 몸이 붕 떠올라 벽에 처박혔고, 그쪽 구석에 몰려 있던 연주자들이 새된 비명을 내질렀다. 이윽고 부들부들 떨던 직원의 몸이 잠잠해졌다.

그때 사장의 울부짖음이 들려왔다.

"당했어! 나 물렸다고! 나도 이제 변하는 거야? 저렇게 되는 거냐고?"

정후가 총을 들어 사장을 겨누자 오만하던 눈에 공포가 어렸다. 정후는 스캐너로 가서 휴대용 저장 장치에 클럽 방문자 정보를 옮겨 담았다.

미션 클리어.

*

"봉쇄라고요……?"

정후는 멍하니 되물었다.

귓속에서 들리는 상관의 목소리에 난처함이 묻어났다. 시에서 승인한 공식 채널이 아니라 비밀 계정으로 나누는 대화였다.

"저는 임무를 잘 해냈어요. 클럽의 방문자 정보도 보내 드렸잖아요."

─봉쇄가 해제될 때까진 아무도 서울로 들어갈 수 없고 나올 수도 없어. 너를 데려오려고 백방으로 애썼지만…… 미안하게 됐다.

봉쇄가 해제될 때까지 여기 있어야 한다고? 정후는 보건소 안을 암울하게 둘러보았다. 이곳은 서울의 스톤 밖이다. 이동 금지는 여기에도 적용됐다. 스톤 안에서 밖으로, 밖에서 안으로 오갈 수 없는 것이다.

보건소 내벽에 뉴스 영상이 흘렀다. 아나운서 뒤로는 충격적인 현장이 배경으로 깔렸다.

이웃이나 행인이 서로를 물어뜯으려는 모습, 감염자가 탄 에어 바이크가 광란의 비행 끝에 빌딩 외벽에 부딪히는 모습. 아수라장이었다.

"최초 감염 발생 지점으로 지목된 시 외곽의 한 클럽에서 1차 감염자로 추정되는 사람들이 시 안으로 유입된 지 만 이틀이 지난 지금, 시민들의 공포와 혼란은 더욱 커지고 있습니다. 바이러스의 전파 속도는 경이로우며, 증상 발현까지 걸리는 시간은 사람마다 천차만별입니다. 1차 감염자들이 오히려 2차 감염자보다 증상 진행이 느리고 무증상 상태가 여러 시간 지속되었던 점으로 미루어 젊은 감염자들의 면역력이 이 바이러스에 대한 저항력을 높이는 것 같다고 의학자들은 말했습니다."

아나운서의 잘 꾸며진 외양엔 긴장이 역력했다.

"일부 감염자는 갑작스러운 기질 변화를 보입니다. 과도한 공포와 비이성적인 격분, 크게 두 가지 양상으로 나타나며 이는 광견병과 유사한……."

─ 광견병 절대 아니야.

상관이 딱 잘라 말했다.

─ 보건 당국에서 보내 준 검체를 분석했어. 일반적인 공기 매개 감염이야. 물린다고 특별히 더 위험하진 않아.

물리지 않아도 저렇게 변하니 더 무서운 거 아닌가? 정후
는 센터가 자랑하는 투명 마스크를 저도 모르게 손으로 눌
렀다.

— 당국에서는 클럽에 다녀간 밀입국자가 저도 모르는
새 바이러스 운반자 노릇을 했을 거라고 발표했지만 서울
에서는 아무 말이나 쉽게 믿으면 안 돼. 우리가 다양한 정보
원을 비밀리에 운영하고 직접 직원을 파견해 정보를 수집
하는 데는 다 이유가 있거든.

상관의 목소리가 어느새 사무적으로 변했다.

— 센터 연구원들이 바이러스를 정밀히 분석한 결과, 스
파이크 단백질을 인위적으로 변이시켰을 가능성이 높다고
보고 있어.

"누, 누가요?"

정후가 겁에 질려 물었다.

— 그야 모르지. '망령의 아이들', '검은 숲 해방 전선',
'붉은 소녀단'…… 어디 테러 단체가 한둘이야?

정후는 꿈을 꾸는 것만 같았다. 당장 집으로 돌아가고 싶
었다. 돌아간다면 다시는 집 밖으로 나오지 않으리라. 상관
의 비정한 목소리가 계속 들려왔다.

— 네가 보내 준 클럽 1차 감염자들 정보를 추적했는데

두 사람이 막혀 있어. 그중 클럽에 자주 드나든 한 명은 시 고위층의 사생아라고 하더군. 나머지 하나는 ID 코드 자체가 도용이었어. 코드 주인은 자신이 도용당한 줄도 몰랐고. 그런 일은 시 공무원이 개입하지 않으면 불가능해. 당국이 두 사람의 신원 추적에 미온적인 이유를 알겠지? 이래서 우리 일이 역학 조사에서부터 본연의 임무를 벗어나 지저분해지는 거야.

정후는 왜 인턴에 불과한 자신에게 이런 중요한 이야길 하는지 알 수 없었지만 공손히 듣고 있었다.

─정후 네 덕분에 바이러스의 진실에 한 발짝 다가갈 수 있었다. 둘 중 코드 도용 쪽이 더 의심스러워. 그 고위층 사생아는 클럽에서 나와 스톤 안으로 들어간 뒤 두문불출하고 있긴 해도 신원은 확실하거든. 그런데 도용 코드, 그자는 분명 스톤 안에서 밖으로 나갔는데 다시 들어오지 않았어. 편의상 그자를 앞으로 '코드 X'라고 부를게.

상관이 목소리를 낮추었다.

─코드 X가 바이러스의 비밀을 쥐고 있어. 봉쇄만 아니면 우리 전문 요원들이 직접 현장에 갈 텐데, 심어 둔 정보원들도 스톤 밖으로 나갈 수 없으니……. 그래도 코드 X의 클럽 CCTV 사진을 확보했어. 흐릿하긴 하지만 전송할게.

키가 크고 마른 체형에 노란 머리야.

정후는 침을 꿀꺽 삼켰다.

　—아무튼 네가 안전하게 머물 곳이 있어서 다행이다. 구도심에서 유일한 보건소인데 담당 의사는 전쟁 난민으로 믿을 만한 사람이야. 절대 위험한 일은 하지 말고. 가끔 네 드론으로 그곳 풍경이나 전해 주고.

정후는 접속을 끊고 보건소 창밖으로 막막하게 펼쳐진 도시의 무덤을 바라보았다. 저기 어딘가 바이러스의 비밀을 쥔 테러리스트가 숨어 있다니 믿어지지 않았다. 뭐, 드론을 날려 사진을 찍는 정도야 할 수 있겠지. 정후는 한숨을 푹 쉬었다.

정후는 집으로 돌아간 꿈을 꾸었다. 엄마가 만들어 준 간식을 배불리 먹으며 모녀는 센터와 서울시와 바이러스를 번갈아 성토했다. 가끔 라비가 끼어들었다. 라비는 어서 먹고 게임을 하자고, 모두 위대한 전사 태왕이 돌아오길 기다린다고 말했다.

낮잠에서 깬 정후는 자기 방 침대가 아니라 여전히 보건소에 누워 있는 현실을 외면하려 눈을 감고 버텼다. 하지만 엉덩이 밑의 딱딱한 소파와 피부에 닿는 뜨겁고 메마른 공기, 의사의 휠체어 바퀴가 구를 때 나는 도르르 소리가 무심하게 정후를 깨웠다.

예배당을 개조한 넓고 휑한 진료실도, 위층으로 올라가는 리프트도, 휠체어에 앉은 의사도 잠들기 전과 똑같았다. 창틀에 올려 둔 이름 모를 식물 화분들까지도.

이런 곳에 녹색 식물이 있으리라고는 생각도 못 했던 정후가 어디서 났느냐고 물었을 때 의사는 말없이 화분을 바라보았다. 그런 의사의 표정에 수심이 가득해서 정후는 자신이 괜한 질문을 했나 보다 짐작했다.

의사가 늘 차가운 미소를 짓고 있는 건 입가의 상처 때문이었다. 오른쪽 뺨에서 시작되는 지상은 푸른 새 문신의 꼬리로 가려져 있었다. 저 상처도, 다리의 부상도 그가 겪은 전쟁의 흔적이겠지? 정후는 의사에게 일어난 일들을 상상할 수도 없었지만 절로 몸이 떨렸다. 하지만 담담한 의사의 표정에선 고통이나 분노를 찾기 어려웠다.

부자들은 진짜 다리보다 더 강한 로봇 다리를 달 수도 있다. 그러나 의사는 휠체어만으로도 기민하고 부지런했다. 지금은 봉쇄 때문에 장애인용 에어 카를 이용하지 못해서 밖에 나갈 수 없긴 했지만.

먹을 것과 구호 물품은 충분했다. 충분한 걸 넘어 진료실 한쪽 바닥을 가득 메웠다. 가끔씩 잔뜩 쌓인 구호 물품을 보는 의사의 눈길이 어두웠다.

"방문자가 있습니다. 방문자가 있습니다."

부드러운 목소리가 울려 퍼지며 보안용 카메라 화면이 켜졌다.

구도심의 땅은 일반적으로 생각하는 아스팔트 길이 아니었다. 해변의 펄처럼 다리가 푹푹 빠져 혼자 힘으로 빠져나오지 못할 수도 있었고, 군데군데 있는 구덩이처럼 깊은 진창과 작은 늪도 위험 요소였다. 옛 교회 건물인 보건소의 입구는 진료실 아래층에 있었다. 보건소와 맞은편 건물 사이에 놓인 출렁다리로 건너오는 사람이 화면에 잡혔다. 움직임이 이상했다. 의사가 화면을 좀 더 확대했다.

감염자였다.

"여기도 감염자가 있네요!"

정후가 놀라며 말했다.

"봉쇄 때 스톤에서 일하던 사람들 태반이 나오지 못해서 많진 않을 거예요."

의사가 조용히 서랍을 열어 마취 총을 꺼냈다.

"서울은 법적으로 난민을 허용하지 않아요. 막지는 않지만 존재를 인정하지도 않죠. 공식적으로 여긴 사람이 살지 않는 곳이에요."

"그럼 저 구호 물품들은……."

"국제 난민 기구에서 보내 준 겁니다. 지금은 주민들에게
물품을 나눠 줄 자원 봉사자들이 봉쇄로 들어오지 못해서
저기 쌓여 있죠."

의사는 마치 총을 꽉 움켜쥔 채 보안 화면을 뚫어져라 바
라보았다. 정후는 어리둥절했다.

"여기까지 와야 해요. 안 그러면 병실로 실어 올릴 방법
이 없어요."

정후는 입을 딱 벌렸다. 정후가 바닥을 가리키며 외쳤다.

"지, 지금 김엄자기 여기끼지 들어오게 하겠다고요?"

"환자예요."

의사가 담담히 말했다.

"여긴 보건소가 이거 하나고, 저 사람들은 다 내가 아는
사람들이에요."

"선생님은 미쳤어요. 저 사람은 괴 바이러스에 감염됐고,
약도 없다고요. 파괴력도 엄청나요."

의사는 창백한 얼굴로 마취 총을 더 세게 움켜쥘 뿐이었다.

"겁나긴 하나 보네요?"

정후가 쓸쓸하게 뱉었다.

"마취 총 쏴 봤자 마취되기 전에 선생님 물어뜯을 시간은 충분하다고 제가 보장할게요."

보안 화면 속 감염자는 착실하게 가까워졌고 마침내 진료실 계단을 오르는 무시무시한 모습이 시야에 잡혔다. 정후는 마취 총을 들어 올리는 의사의 덜덜 떨리는 손을 모른 체했다.

열린 문으로 비척비척 감염자가 들어섰다. 충혈된 눈동자, 침이 질질 흐르는 입, 이상하게 비틀린 몸짓. 클럽에서 보았던 직원의 모습과 똑같았다. 총을 겨눈 의사를 발견한 감염자가 멈칫하더니 위협적으로 그르렁댔다. 온몸의 힘줄이 팽팽하게 불거지며 상상도 못 할 속도로 의사에게 몸을 날렸다. 의사가 뒤로 넘어지는 순간 구석에 서 있던 정후가 총을 발사했다.

폭발음과 함께 붕 날아오른 감염자가 리프트 바닥에 추락하더니 축 늘어졌다. 명중이었다. 의사가 놀란 눈으로 정후를 돌아보았다. 정후는 머쓱하게 웃었다.

"리프트까지 옮기는 수고를 덜었잖아요."

의사가 널브러진 감염자에게 다가가 얼굴을 들여다보았다. 의사의 슬픈 눈을 보며 정후는 그 사람이 보건소에 자주 오던 사람이라고 짐작했다. 스톤에서의 고된 노동으로 관절염이 도진 사람이었을까. 퇴근하면서 들러 감사의 표시로 스톤의 매점에서 산 간식 따위를 슬쩍 내밀었을지도 모른다. 행동에 제약이 있는 의사를 도와 의료 기구를 수리해 주었을지도 모른다.

자신이 총으로 쏜 감염자가 서로 의지하던 의사의 이웃이고 환자라고 생각하니 정후는 왠지 미안해졌다.

보건소에 머문 지 나흘째 되는 날, 정후는 의사가 만들어 주는 흙탕물 같은 커피 말고 다른 게 마시고 싶어 죽을 지경이 되었다. 의사에게 물어보니 카페는 없고 그리 멀지 않은 곳에 잡화점이 하나 있다고 했다.

"문을 열었을지는 모르겠네요."

정후는 에어 바이크를 타고 의사가 알려 준 대로 건물과 건물 사이를 요리조리 날아 그 누추한 가게를 찾아냈다. 창살문은 꽉 잠겨 있었지만 정후가 두드리자 열어 주었다. 제법 괜찮은 커피를 팔았다. 정후는 상관이 보내 준 코드 X의 희미한 사진을 단말기로 보여 주며 혹시 이 사람을 본 적 있느냐고 물었다. 가게 주인은 알아보는 눈치였다. 이 사람이 왜요? 뭘 사던가요? 뭐, 약이랑 먹을 걸 샀죠. 많이 아파 보이던가요? 가게 주인은 어깨를 으쓱했다. 별로요. 아이가 더 아파 보였어요. 아이요? 네. 아이가 몹시 아파 보였어요.

정후는 뜻밖의 정보에 머리가 띵했다. 아이라니.

──흠, 확실해? 긴장을 늦추지 마. 아이든 자신이든 더 악화되면 보건소에 나타날지도 몰라. 붙잡으면 당국에 넘기기 전에 우리가 먼저 정보를 최대한 얻어 내야 돼.

정후는 기가 막혀 고개를 젖히고 한숨을 토했다. 위층의 동거인이 침대에 묶인 몸을 이리저리 뒤척이는 소리가 들려왔다.

'아이가 있는 것 같다'는 정후의 보고에 상관이 보인 무심하고 사무적인 반응을 정후는 이해할 수 없었다. 문득문득 그 아이에 대해 생각했다. 궁금하고, 걱정되었다.

세상에서 아무도 모르는 그 아이의 존재를 이제 알게 되었으므로, 정후는 앎의 무게에서 벗어나지 못했다.

불안하고 답답한 하루하루가 흘렀다. 아침이면 정후는 매사냥꾼처럼 드론을 날렸다. 사 사분면으로 나누어 이틀은 동쪽 지구로, 다음 이틀은 서쪽 지구로 정찰을 보냈다. 화상 안경을 끼고 있으면 드론이 영상을 보내 왔다. 확인한 뒤 가끔 확대해 살펴보았지만 쓸 만한 게 있을 리 없었다. 짚 더미에서 바늘 찾기였다.

새로운 환자를 생포하기도 했다. 위층의 침대는 하나씩 감염자들로 채워졌다. 다행히 그들은 배고픔을 느끼지 않는 것 같았다. 애석하게도 정후는 때가 되면 배가 고팠다. 의사는 요리를 못하고 좋아하지도 않았다. 보급품 중에서 아무 캔이나 따서 배를 채우며 계속 일했다. 그는 감염자들의 인체 세포에 붙은 바이러스를 연구하고 있었다. 샘플을 얼려서 바이러스가 세포를 감염시키는 과정을 관찰하고 감염을 예방하거나 치유하기 위해 어떤 변형이 필요한지 알아내려 애썼다.

할 수 없이 정후가 요리를 맡게 되었다. 보건소에 있는 재료로 만들 수 있는 요리 레시피를 검색해서 얼렁뚱땅 한 끼를 차려 내었다. 맛이 괜찮은지, 아니면 맛 따위 상관없는지 의사는 잘 먹어 주었다. 정후는 가족을 제외한 누군가와 이렇게 온종일 함께 지내는 게 처음이었다. 인상은 차가워도 의사는 강인하고 따뜻한 마음을 지닌 사람이었다. 자신 없긴 했지만 조금은 의사를 닮은 어른이 되고 싶다고, 정후는 생각했다.

보건소에서 맞은 일곱째 날, 비가 왔다.

긴 건기에 비가 오는 일은 드물었다. 비가 온다는 정후의 말에 책상에 코를 박고 있던 의사가 창으로 돌진해 갔다. 정후는 의사가 기뻐하는 모습을 처음 보았다. 둘은 조용히 보건소 창문과 땅바닥을 두드리는 빗소리를 즐겼다.

정후의 화상 안경으로 전송된 드론 영상에 연둣빛 신호가 잡혔다. 인간 피사체가 존재한다는 표시였다. 정후는 화면을 확대하고 드론의 고도를 낮췄다.

"아이들이 있어요!"

정후가 소리쳤다. 한 건물의 옥상에 목욕통만 한 수조가 놓였고 거기, 아이들이 있었다. 온갖 크기와 모양의 그릇들을 늘어놓고, 아이들이 벗은 몸으로 하늘을 보며 활짝 웃었다. 서로의 몸에 비누칠을 해 주는 아이들의 까르륵거리는 웃음소리가 여기까지 들리는 듯했다. 정후는 빗줄기가 잦아들까 봐 조바심이 났다. 다행히 비는 계속 주룩주룩 내려 주었다.

"아이들, 여기도 아이들이 있다는 걸 몰랐단 말인가요?"

나직한 의사의 말에 정후는 아무 말도 못했다. 일하러 갔다가 돌아오지 못한 부모들이 있다면 이곳에 남겨진 아이들도 있는 게 당연했다. 정후는 언제 돌아올지 모를 딸을 애타게 기다리고 있을 엄마가 떠올라 울컥했다.

"전엔 자원 봉사자들이 물과 구호품을 집집마다 배달해 주었어요."

정후는 아이들의 여윈 몸과 진료실 한쪽에 쌓인 구호품 더미를 차례로 보았다. 한참 말이 없던 정후가 작은 소리로 중얼거렸다.

"옥상에 물건을 떨구기만 할 거예요."

8일 차 파견 근무 중인 인턴은 이렇게 새로운 일거리를 떠맡게 되었다.

대형 운송 드론이 아닌 충전용 에어 바이크 한 대뿐인 정후에게 구호품 배달이 쉬운 일은 아니었다. 다행히 광활한 구도심에서 난민들이 정착한 곳은 한정된 편이었다. 스톤으로 출근하기 용이해야 하기 때문이다. 비 오는 날 드론이 촬영한 영상 속 양동이와 그릇 들이 널린 건물의 위치를 체크한 다음 구호품을 싣고 날아가 옥상에 떨구었다. 물론…… 어딘가에 물그릇을 들고 올라올 만한 힘도 없는 아이가 누워 있을 가능성도 있었다. 그렇지만 정후의 소임은 거기까지였다.

그리고 그 일이 일어났다.

보급품을 막 떨군 찰나 정후는 제멋대로 침투한 뉴스 영상이 화상 안경을 꽉 채우는 바람에 놀라 건물 옥상에 내려앉았다.

화면 가득, 비행정 한 대가 지그재그를 그리며 위태롭게 날고 있었다. 조종사의 긴급 메시지가 자막으로 나왔다. 수초 후 귀를 찢는 듯한 굉음이 들리며 화염이 솟구쳤다. 화면의 열기가 뚫고 나온 듯 공기가 뜨거웠다. 귓속에서 비통한 아나운서의 목소리가 들려왔다.

━조종사는 운행 직전까지 감염 사실을 몰랐던 것으로 보이며 마지막 순간까지 스톤을 피하기 위해 조종간을 놓지 않았습니다. 소중한 시민의 생명을 지킨 조종사에게 경의를 표합니다.

정후는 화상 안경을 벗었다. 땅거미가 깔리는 모랫빛 도시에 붉은 노을보다 더 핏빛으로 화염이 피어올랐다. 스톤과 스톤 사이, 구도심의 폐허에 처박힌 비행정이 불타며 검은 연기를 내뿜었다.

정후는 에어 바이크를 타고 날아올랐다.

'여기에도 소중한 생명이 있다고!'

비행하는 내내 맘속에서 그런 절규가 솟구쳤다. 에어 바이크에서 내려 진료실로 뛰어 올라간 정후의 눈에 한 사내의 등이 보였다. 큰 키, 마른 몸, 모자 밑으로 보이는 노란 머리. 의사는 사내의 등에 가려 보이지 않았다.

코드 X가 왔구나.

정후는 결연히 총을 발사했고 사내가 썩은 고목처럼 쿵 쓰러졌다.

"안 돼!"

의사가 비명을 질렀다.

"비행기가 추락했어요!"

"지금 그 이야기를 하던 참이었다고요!"

명백히 비난하는 어투였다. 의사는 다급하게 코드X의 몸을 뒤집어 살폈다. 코드X, 의식을 잃은 그 노란 머리 젊은 남자에게는 감염의 징후가 전혀 없었다. 바이러스 센터의 상관은 정후에게 그가 바이러스로 세상을 파괴하려는 테러 단체의 최선선 전사라고 했었다. 정후는 혼란스러웠다.

"추락 현장 가까이 아푸트가 있어요. 아푸트를 구해야 해요!"

의사가 정후에게 소리쳤다.

아푸트는 이누이트 말로 '내려앉은 눈'이란 뜻이다. 해수면 상승으로 기후 난민이 된 이누이트들은 늘 정착을 꿈꾸었다. 하지만 아푸트 형제는 너무 깊숙이, 지하 도시에 내려앉고 말았다.

시안. 완벽하고 안전한 지하 도시 시안을 건설하기 위해

선 많은 인력이 필요했지만 도시가 완성된 후 로봇이 필수 노동을 담당하는 시안엔 노동자가 필요 없었다. 시안 사람들은 자기와 다른 부류의 사람이 함께 살아가길 원하지 않았다. 하지만 국제법상 이주 노동자가 팔 년 이상 한 도시에 체류하면 거주권이 주어져야 했다.

시민들의 눈치를 보는 공무원들은 그래서 일반 시민들이 알고 싶어 하지 않는 세계를 시안 밑바닥에 숨겼다. 불법 체류 노동자를 적극적으로 묵인한 것이다. 일을 마치면 큰돈을 만질 수 있었기에 노동자들도 마다할 이유가 없었다.

알레크 형제는 고향 숲에서 수렵을 하고 채소를 키우던 농부였다. 아푸트는 숲에서 뛰놀다 온갖 병에 걸려도 거뜬히 낫곤 했다. 형제는 녹아 버린 북극해에서 화물선을 타고 와, 함경도의 조림 사업장에서 일하기도 했다. 지하 도시 시안 바닥 층의 노동자 거주 지구로 흘러들어온 두 사람은 천장이 낮은 방에서 육 년째 살았다. 알레크는 못하는 일이 없었다. 유능함을 인정받은 덕에 어린 아푸트와 함께 지낼 수 있었다.

알레크가 일하러 가면 아푸트는 그 작은 방에서 홀로 놀아야 했다. 유일한 낙은 고향에서 가져온 식물의 씨앗을 이 빠진 그릇에 심어 기르는 것이었다. 아푸트는 식물에 관한

한 마법의 손을 가졌다.

하지만 아이에겐 밥과 식물 이외의 것이 필요했다. 외로운 아푸트의 마음은 시들어 갔다. 알레크는 브로커 노릇을 한 공무원에게 찾아가 협박과 애원을 섞어 아푸트를 일 년에 하루만이라도 지상에 데리고 나갈 수 있게 해 달라고 졸랐다. 알레크가 쓸 만했고 두 사람의 존재가 하찮았기에, 또 자신의 힘을 과신했기에 그 공무원은 알레크의 청을 받아들였다.

단 하루였다. 일 년에 단 하루, 오후 12시부터 다음 날 오후 12시까지. 아푸트의 생일에 두 사람은 임시 ID 코드를 빌급받아 위로 올라갔다. 첫해에는 서울의 스톤을 구경했고, 다음 해에는 스톤 밖, 구도심으로 나갔다.

먼지 바람이 회오리치는 무덤 같은 도시 위로 떠오르는 노란 달을 아푸트는 좋아했다. 아푸트 또래의 아이들과 의사와 친구가 되기도 했다. 보건소 창틀의 화분은 아푸트가 준 것이었다.

의사는 붉어진 눈으로 말을 이었다.

"클럽 앞으로 형을 마중 갔을 때 감염된 거 같아요. 그땐 바이러스가 얼마나 무서운 놈인지 몰랐고, 잠시 숨어서 나을 때까지 기다리면 되는 줄 알았나 봐요. 일이 이렇게 될 줄은 꿈에도 모르고요."

화염이 치솟는 방향으로 에어 바이크를 몰면서 정후는 생각했다. 시 당국은 아푸트 형제에 대해 알면서도 아무 일도 하지 않았다. 시안은 앞으로도 형제의 존재를 모른 체할 것이다. 따지고 보면 정후의 처지도 크게 다르지 않았다. 센터는 정후를 거기 버려 두고 있지 않은가. 생각해 봤자 뾰족한 수가 없었다. 일단, 아이를 구해야 했다.

하지만, 감염되었다고 하지 않았나?

정후는 눈을 질끈 감았다가 그만 에어 바이크를 건물 외벽에 처박을 뻔했다. 겨우 수습하고 에어 바이크의 엔진을 풀 가동해 위로 날아오르던 정후의 눈길을 사로잡는 것이 있었다. 금세라도 쓰러질 듯한 낡은 건물 창틀에 놓인 녹색 화분이었다.

정후는 건물 옥상에 내려앉았다. 아래로 내려가는 문은 잠겨 있지 않았다. 기억을 더듬어 보았지만 이 건물엔 구호품을 두고 간 적이 없었다. 정후는 초조하게 계단을 내려갔다.

복도에는 어둠과 침묵만이 괴괴하게 고여 있었다. 아푸트가 저 어둠 속에 있다 생각하니 조금 전까지와는 다른 두려움이 정후의 가슴을 서늘하게 했다.

총을 빼 들고 어둠 속으로 한 발 한 발 내딛는 정후의 등에 식은땀이 흘렀다.

"아푸트! 여기 있어?"

복도 끝 방에서 아이 목소리가 들렸다.

"여기 있어요. 누구세요?"

가냘프지만 또렷한 목소리에 정후는 가슴을 쓸어내렸다. 조심스럽게 소리가 난 방문을 여니 침대에 기대앉아 이쪽을 보는 아이가 보였다.

아푸트는 생각보다 더 작았다. 앓는 동안 음식을 못 먹고 열에 시달렸는지 여윈 얼굴에 열꽃이 울긋불긋 피었다. 하지만 겨울 호수처럼 맑은 눈빛엔 총을 든 정후를 경계하는 기색조차 없었다.

"네가 아푸트구나?"

"네, 제가 아푸트예요."

정후가 와 준 게 기쁜지 기운 하나 없어 보이는 아이가 환한 미소를 지었다.

"의사 선생님이 보내서 왔어. 형이 왔었거든."

"알아요."

약간 우쭐대며 아푸트가 말했다.

"의사 선생님이 저에 대해 엄청 얘기하셨지요?"

"아, 아니⋯⋯."

정후는 당황하며 말을 더듬었다.

"그럴 수가!"

아푸트는 믿지 못하겠다는 듯 눈을 동그랗게 떴다. 아주 실망한 듯했다.

"제가 얼마나 귀엽고 대단한지 못 들으셨다고요?"

정후는 가슴이 뭉클해졌다. 육 년이 넘게 지하 도시의 작은 방에 살던 아푸트가 이렇게 해맑고 밝은 건 오로지 사랑의 힘이라고밖엔 할 수 없었다.

"이제 뭘 좀 먹어서 살이 붙는다면 더 귀여워질 것 같구나."

정후는 펜슬형 주사기를 꺼내 아푸트의 손목에 살짝 찔렀다. 환자의 기력을 순간적으로 끌어 올리는 약물이 들어 있었다. 그러고 보니 기운이 없긴 해도 아푸트 또한 익히 보아 왔던 감염의 이상 징후가 보이지 않았다.

"형이랑 보건소에 왜 더 빨리 오지 않았어?"

"제가 아팠어요, 많이. 그래서 형이 내 옆을 떠나지 못했던 거예요. 힘이 없긴 해도 이제 잠시 혼자 둬도 괜찮겠다고 의사 선생님께 도움을 구하러 간다고 했어요."

정후는 말을 더듬었다.

"하, 하지만⋯⋯ 넌 아파 보이지 않는데."

아푸트가 자랑스럽게 미소지었다.

"다 나았거든요. 늘 그랬던 것처럼."

"어, 어떻게……?"

정후는 떨리는 손으로 포켓에서 검사 키트를 꺼내 아푸
트의 피 한 방울을 담았다. 초조한 1분이 흐르고 키트는 아
푸트 핏속에 살아 있는 괴 바이러스가 없음을 알려 주었다.

그 대신에, 다른 무언가가 있을 것이다.

정후는 바이러스에 대해 잘 모르지만, 그 정도는 알았다.
아푸트의 피가 담긴 키트를 소중히 포켓에 넣고, 정후는 아
이를 향해 손을 내밀었다.

"돌아가자, 아푸트."

이 이야기가 해피 엔딩이라는 건 생명 과학자가 아니라
도 알 수 있었다.

부모들은 아이들 곁으로, 감염자들은 각자의 집으로, 알
레크와 아푸트도 무사히 시안의 작은 방으로 돌아가리라.
정후도 그리운 엄마가 있는 집으로 돌아가, 하루 종일 뒹굴
대며 라비사와 함께 게임을 할 것이다.

무엇보다 인턴 고생담 하나를 보태게 될 것이다.

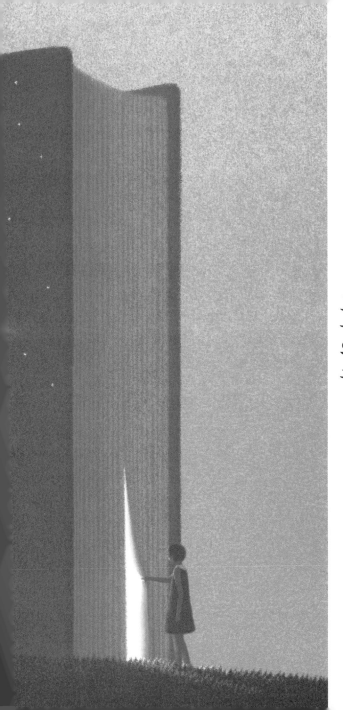

이현

보통의 꿈

1

링그에 오른다는 것은 패배를 전제로 하는 일이다.

물론 미래도 모르지 않지만 아무래도 받아들이기가 어려웠다. 권투를 시작한 지 삼 년이 된 지금까지도.

도무지 익숙해지지 않는 일들이 있다. 생각지 못한 틈에서 상대의 주먹이 훅 들어오는 순간, 두 다리가 직립하는 법을 잊은 듯한 순간, 심판의 손에 잡힌 주먹이 바닥을 향하는 순간, 그러니까 더할 나위 없이 패배가 자명한 순간.

통증도 그랬다. 결코 무뎌지는 법이 없었다. 온몸의 뼈마디를 흔드는 제대로 된 한 방에도, 근육이 욱신거리는 가벼운 주먹에도, 상대의 주먹이 아슬아슬 비껴 나가는 순간의 그 심장이 떨어지는 느낌까지도.

그러고 보면 한사코 권투를 반대하던 부모님의 마음도 이해하지 못할 바는 아니었다. 여자애가 무슨 권투를, 하던 말은 그저 싫기만 했지만. 그 바람에 5학년이 되어서야 권투 소조에 들어가게 되었다. 링그가 아니라 집에서 싸우느라 시간을 허비했고, 체육 학원 선발 시험에도 떨어지고 말았다. 미래는 지금껏 그렇게 생각해 왔다. 대놓고 원망하는 말을 한 적은 없었지만.

혹시 체육 학원에 디니고 있었대도, 그랬대도 쉽게 버리라는 말을 할 수 있을까.

엄마는 결코 쉬운 말이 아니라지만, 미래에게는 그랬다. 쉽게. 얼마나 망설였건 결국 같은 얘기다. 버리라는 것. 버려도 된다는 것.

미래는 나란히 걷고 있는 은화를 슬쩍 곁눈질했다. 은화야, 너도 그런 거이니? 비로소 은화의 마음을 조금 알 것 같았다. 그렇다고 은화의 노래까지 이해할 수 있는 건 아니었다. 그새 또 흥얼흥얼, 한쪽 귀에 레시바를 꽂아 두고 가사는 입에 머금은 채 낮은 소리로 부를 따름이지만, 그래도.

"조용히 하라."

미래는 핀잔을 주는 말에도 절로 목소리를 낮추게 됐다. 은화가 보란 듯 주변을 휘휘 둘러보며 투덜거렸다.

"남의 소리를 누가 듣는다구."

틀린 말은 아니었다. 조선에서 제일 큰 장마당에서 멀지 않은 거리는 한낮에도 꽤 욱닥욱닥거렸다. 얼마 전 근처에 새로 슈퍼마케트도 생겼다. 점심때라 매대마다 손님으로 붐볐다. 어깨를 스치고 지나는 사람들은 저마다 바쁘게만 보였다.

"듣는대 봤자 알 것도 아니구, 안대 봤자 누가 상관을 한다구."

그렇게 또 투덜거리면서도 은화는 줄을 둘둘 감아 레시바를 주머니에 넣었다. 미래가 그런 상황을 질색하고 싫어한다는 걸 모를 리 없었다.

미래는 그냥 그런 게 싫었다. 들킬까 봐 슬슬 남의 눈치나 살피는 일. 어쨌거나 못나 보였다. 차라리 제대로 맞고 나가 떨어지는 편이 나았다. 쓰러질지언정 등을 보이지 않는다. 그게 권투다.

"기런데 너는 왜 여기에 있니?"

미래가 은화에게 물었다. 때때로 궁금한 생각이 들었다.

은화야말로 진작 떠났어도 하나 이상할 것 없는데.

은화가 문득 걸음을 멈추었다. 그렇게 물어 올 줄 알았다는 듯 싱긋 웃으며 앞쪽을 가리켰다. 남쪽일까, 북쪽일까. 미래가 방위를 가늠하기 전에 현란한 글씨가 눈길을 사로잡았다.

정통 이딸리아 피짜.

바로 얼마 전 개업한 식당이었다. 매대보다 그리 넓지 않은 가게인데, 간판은 참 번듯했다. 간판 속 '정통' 앞에는 이딸리아 유적지가, '피짜' 뒤에는 피짜 그림이 그려져 있었다. 바로 옆 오래된 '짜장면집'의 단출한 간판과 참으로 대조적이었다.

그래서 빠듯한 시간에도 은화가 굳이 여기까지 온 거였다. 최초라는 건 조은화가 놓칠 수 없는 무엇이라는 뜻이었다. 평성 최초라면 더더욱.

가게 앞으로 줄이 꽤 길었다. 개점 기념으로 사흘간 반값이랬다.

그래도 미래는 부담스러웠다. 내일 시합에 가려면 버스비에 지하 철도비에, 어쩌면 밥값도 필요할지 몰랐다. 평소라면 엄마가 돈도 보태 주고 곽밥도 싸 주겠지만, 지금은 못 가게 붙잡지나 않을까 걱정이었다.

"값이 눅대두…… 내가 돈이 없어야."

미래의 말이 끝나기도 전에 은화가 손을 휘휘 내저었다.

"일없어. 조은화가 돈 걱정 하는 거 봤니? 더욱이 오늘은 내 기분이 딱 피짜란 말이지. 엄마가,"

틈이 생겼다. 상대의 주먹이 훅 들어올 틈이.

"돈을 보냈어."

그렇게만 말해도 미래는 틈에 든 말을 알아들었다. 남쪽에서, 곧 생일이라고.

은화는 그게 다 남 얘기라는 듯 아무렇지 않은 얼굴이 되어 가게로 목을 늘였다. 맵짜게도 차려입은 젊은 여자가 납작한 종이 상자를 들고 나왔다. 은화는 얼른 줄에서 빠져 가게로 뛰어 들어가더니 곧 똑같은 상자를 들고 되돌아왔다. 노랑진 냄새가 훅 끼쳤다. 미래는 아직 피짜를 먹어 본 적 없는데 냄새를 맡는 순간 침이 고였다. 두 번인가 세 번인가 먹어 봤다는 은화의 호들갑스러운 소감은 결코 과장이 아닌 듯했다.

"포장은 바로 된다지 뭐야? 학교로 돌아가다 공원에 앉아서 먹자."

좋은 생각이었다. 태양절을 지난 직후라 아직 소풍 기분을 내기에는 바람이 찼다. 그래도 살구꽃이 한창이었다. 걸음을 서둘러 평성 공원으로 갔다. 오후 상학에 늦을 걱정 없이 점심 먹을 시간이 됐다.

"음, 좋구나. 이거이 바로 자본주의 냄새야."

은화는 피짜 냄새를 한껏 들이마시고서 타치폰으로 피짜 사진을 찍었다. 긴 의자 가운데에 피짜를 두고 미래랑 같이 사진을 찍는 것도 잊지 않았다.

"많이 먹으라. 너 내일 시합이라지 않안?"

"기거야 친선 시합이고."

그것만은 사실이었다. 설마, 내일은 아니겠지.

"기렇구나. 도 대회가 금방이랬지?"

미래는 대답을 못 했다. 대회야 차질 없이 열리겠지만 그건 더 이상 미래의 일이 아닐지 몰랐다.

"은화야."

이름을 불러 봐도 용기가 나지 않았다. 은화에게도 해서는 안 되는 이야기일 것이다. 하지만 은화에게만은 해야 했다.

"우리, 내려간단다."

미래가 말했다. 또 피짜 사진을 찍던 은화가 얼른 미래를 돌아봤다. 그대로 몸이 굳은 채 천천히 고개를 움직여 주위를 살폈다.

바로 뒤편 팔각정에 앉은 할아버지는 돋보기를 콧등에

걸치고 신문을 읽고 있었고, 조금 떨어진 왼쪽으로는 붉은 스카프를 두른 애들 셋이 노래를 부르고 있었다. 발표를 앞두고 연습을 하는 모양인지 교원으로 보이는 사람이 노래를 유심히 듣고 있었다. 애기차를 몰고 서성이는 젊은 엄마도 보였다. 공원 건너편 건물 벽의 붉은 글씨가 그 모든 광경을 압도하듯 선명했다.

수령님은 언제나 우리와 함께하신다.

은화가 다시 피짜로 눈을 돌렸다. 타치폰을 주머니에 넣고 피짜 상자를 미래 쪽으로 조금 밀었다.

"든든히 먹으라. 기래야 잘 싸우지."

은화는 그렇게만 말했다. 내일, 그 너머의 시간은 모른다는 듯.

미래가 생각하는 미래 역시 그런 거였다. 이기고 싶다는 것. 평성을 대표하여 도 대회에서 승리하겠다는 것. 조금 더 먼 미래에 대한 꿈도 있었다. 체육단에 들어가고 국가 대표로 뽑혀 올림픽에 나가고, 금메달을 따고.

그러니까 한마디로 링그에 오르는 거였다. 떳떳하게, 당당하게, 쓰러질지언정 등을 보이지 않는 리미래로.

2

사흘 전, 미래에게 계획을 털어놓은 건 시작이 아니라 마무리였다. 미래가 마지막이었다. 엄마 아빠는 물론 오빠도 이미 알고 있었다. 마음대로 정해 둔 일이었다.

싫어.

그것이 미래의 대답이었고, 엄마는 엄마의 대답을 했다.

내일이라도 떠날지 몰라. 준비를 하고 있으라.

싫다니까!

목소리를 높인 건 미래뿐이었다. 엄마도 아빠도 그리고 오빠마지도 잠잠했다. 미래의 그런 반응은 충분히 예상했을 터였다.

연락만 오믄 그날로 떠나야 할 수도 있어. 딴 사람들한테는 너희 할머니가 위독해서 평양에 간다고 해 둘 참이야. 임종을 보고 온다믄 되잖지. 결국 들통이 나갔지만 우리한테 필요한 건 하루 이틀이야. 그새 누가 평양에다 확인할 일은 없갔지.

엄마는 눈도 깜빡하지 않고 살아 있는 할머니의 임종 소리를 입에 담았다. 미래는 눈앞의 사람이 과연 지금껏 제가 알아 온 그 엄마가 맞는지 의심스러웠다. 굳건한 침묵으로 엄마에게 동조하는 아빠도 마찬가지였다. 심지어 오빠까지도.

엄마는 구강과 의사로 일하고 있었다. 자동차를 만드는 기업 사업소에 다니는 아빠도 얼마 전 승진을 했다. 외화벌이꾼처럼 돈이 넘쳐나진 않아도 형편이 어렵지는 않았다. 엄마는 병원 밖에서 환자를 봐주고 부수입을 올리기도 했다. 기업 사업소에서 회계를 맡고 있는 아빠한테도 소소한 일거리가 따로 있는 듯했다. 로동당원은 아니지만, 엄마는 조국 해방 전쟁 영웅의 딸이었다. 미래는 언제나 그 사실이 자랑스러웠다. 엄마랑 아빠가 남쪽을 넘겨보는 줄은 꿈에도 몰랐다.

오빠야 전부터 그랬다. 인민학교 때부터 남쪽 거라면 사족을 못 썼다. 영화에, 드라마에, 노래에, 어디서 잘도 그런 걸 구해 왔다. 얼결에 남쪽에서나 쓰는 말이 입에서 튀어나와 엄마 아빠를 기겁하게 만들기도 했다. 그래도 미래는 무심히 여겼다.

은화도 그랬으니까. 심지어 남쪽에서 은화 엄마가 기다리고 있었다. 그래도 은화는 떠나지 않았다. 미래와 같은 하늘 아래 있었다.

뭣 때문에? 도대체 뭣 때문에?

미래가 소리쳐 물어도 엄마와 아빠와 오빠는 책임을 미루듯 서로를 흘금거리기만 했다. 그래 봤자 빤드름했다.

미래는 결국 그렇게 물었다.

오빠 때문이가?

얼마 전 오빠는 남쪽 드라마를 학교에 퍼뜨린 일로 또 걸렸다. 또, 그러니까 처음도 아니었고 마지막도 아닐 터였다. 이번에도 어떻게 뇌물을 고여 넘겼다지만, 다음은 모를 일이었다. 엄마는 가정 교사까지 붙여 가며 오빠를 김정숙 제1중학교에 보내려 애썼지만 오빠는 지원서도 내 보지 못했다. 고급 중학교에서 직통생으로 대학에 보내는 게 엄마의 다음 목표라는데 3학년에 이른 지금, 대학은 오빠와 아무 상관 없는 세계인 듯했다. 요즘 오빠는 툭하면 그랬다. 이러다 나 군대 가는 거 아니야? 가끔은 그런 말도 했다. 나는 그날로 휴전선을 넘을 거이야.

그러나 한참 만에 엄마 입에서 나온 대답은 오빠가 아닌 미래였다.

남쪽에서 권투를 하는 게 낫지. 시설부터 지도원까지, 여기만 못하갔니? 다른 종목이기는 해도, 남쪽에 내려가 국가 대표까지 된 선수도 있다지 뭐갔니.

여자 프로 복서도 있어. 세계 챔피언. 그쯤 되면 돈도 잘 벌걸.

오빠가 말을 보탰다. 뻔뻔하게도 서울 사람이나 되는 말투로. 미래는 오빠한테 소리쳤다.

기럼 니나 가라! 니 혼자 깔려 죽게 돈이나 벌라!

오빠한테 무슨 말버릇이가!

여태 말을 모르는 사람처럼 앉았던 아빠가 소리를 질렀다. 엄마가 눈짓으로 아빠를 말리고는 미래에게 다시 말했다.

전부터 생각했던 일이야. 우리는 너희에게 더 많은 기회를 주고 싶어.

기회? 그 말에 미래는 그만 눈물이 솟았다. 지난가을부터 부쩍 실력이 늘었다. 발톱이 빠지고 주먹에 피멍이 들도록 연습한 결과였다. 이제 평성 대표로 도 대회에 나가게 됐다. 미래의 기회는 바로 여기 눈앞에, 아니 손 안에 들어 있었다.

엄마. 나는 못 가…… 난 안 가…….

미래는 애원했다. 그래서 될 일이라면 엄마에게, 아빠에게, 아니 오빠에게라도 사정할 수 있었다. 하지만 엄마는 흔들림이 없었다.

학교 끝나면 바로 집으로 오라. 지금부터는 우리 가족 한시라도 연락이 끊어지는 일은 없어야 돼.

미래는 눈앞의 벽에 걸린 가족사진을 새삼 보았다. 두 달

전 새로 찍은 사진이었다. 모두 잘 차려입고 평양의 백화점 사진관에서 비싼 값을 치르고 찍었다. 가족은 모두 다섯, 사진 하단에는 하얀 글씨가 적혀 있었다.

조국 해방 전쟁 영웅 강경애 구십 세 생일 기념.

양가 조부모 중 이제 외할머니만 유일하게 생존해 있었다. 엄마는 외동딸이었다. 같이 살지는 않지만 지금껏 가족이라고 할 때면 당연히 외할머니도 함께였다.

할머니는?

미래는 그렇게 물으며 사진에서 눈을 거둬 엄마를 봤다. 엄마는 미래의 눈을 피했다. 틈이 생겼다. 어쩌면 엄마한테 결정적인 주먹을 날릴 틈이.

기러니까 엄마는 엄마를 버리고 가는구나. 기래도 되는 거구나.

엄마는 대답하지 않았다. 아무도 말이 없었다. 그것만으로 충분한 대답이 됐다.

3

역 근처에서 점심으로 다 같이 햄버거를 먹었다. 종상이 아빠가 샀다. 그것만이 아니었다. 평양까지 오가는 유람 버스도 대 주었다. 종상이네는 차를 몇십 대나 거느리고 중국을 드나들며 무역을 한다더니 과연 씀씀이가 달랐다.

"누구는 좋겠구나야, 아버지를 저리 잘 두다니."

"종상이를 위해서라면 학교라도 통째로 세워 주지 못할 게 뭐냐고 기랬다는데."

버스를 기다리는 애들 사이에 또 그런 말이 돌았다. 같은 체육 구락부의 축구부에서 싸움을 하고 쫓겨난 종상이를 권투부에서 받아 준 거라는 말도 다시 나왔다.

애들이 뭐라건 종상이는 맨 앞에서 지도원 동지랑 얘기하는 데만 정신이 팔려 있었다. 손짓을 보아하니 쳐막기에 대해 묻는 듯했다. 지도원 동지가 저녁마다 종상이를 따로 봐주는 덕분에 살림집을 늘려 갔다는 소문도 돌았다.

"기런다고 아버지가 대신 링그에 올라 줄 것도 아니고."

미래가 옆에서 숙덕대던 2학년 애들한테 말했다. 따끔한 소리에 주위가 조용해졌다. 소문에는 언제나 그렇게 대꾸해 주곤 했다. 미래는 그렇게 믿어 왔다. 하지만 오늘은 그런 말을 하고 나니 입이 썼다. 자꾸 종상이한테 눈이 갔다. 이제 겨우 소학교 체육 소조를 벗어나 구락부에 들어온 1학년 애들도, 3학년이 되고도 대표 선수로 뽑히지 못하고 응원 삼아 따라나선 애들까지도, 그저 부럽기만 했다. 너는 앞으로도 그렇게 권투를 하갔구나. 링그에서 펄펄 날갔구나.

엄마는 기억이나 하고 있을까. 정식 대회도 아니고, 그저 도 대회를 앞두고 실전 경험을 쌓기 위한 친선 경기일 뿐이었다. 그래도 지난주에 저녁밥을 먹다가 얘기를 하긴 했는데. 미래는 사흘째 엄마랑 눈도 제대로 마주치지 않고 있었다. 엄마도 꼭 필요한 말만 했고, 굳이 대답을 기다리지 않았다. 오늘 아침에는 심한 말도 오갔다. 햄버거는 고사하고, 응원의 말도 감히 바라지 않았다. 미래는 엄마가 시합을 기억할까 겁이 났다. 당장에라도 달려와 손목을 잡아끌 것만 같았다. 할머니가 위독하실 떼기 되었다고, 링그에서 내려올 때가 됐다고.

버스를 타고서야 비로소 마음이 놓였다. 미래는 창문에 이마를 기대고 설핏 잠이 들었다. 그래 봤자 평양까지는 한 시간 남짓, 어설프게 잤더니 외려 몸이 무거워졌다. 가벼운 두통도 있었다. 미래는 맨 마지막으로 버스에서 내렸다.

보통강 학생 소년 궁전은 온 세상을 발 아래로 내려다보듯 위엄 있는 자태로 높은 계단 위에 자리하고 있었다. 건물 중앙에는 최고 령도자들의 사진이 걸렸고, 날개처럼 펼쳐진 양편에는 약속의 말들이 솟아 있었다.

세상 부럼 없어라!

미래는 절로 마음이 움츠러들었다. 들뜬 얼굴로 버스에서 내렸던 애들도 하나둘 조용해졌다. 구경 삼아 봤을 때는 보통강 학생 소년 궁전이 그저 감탄스러웠다. 자랑스럽기도 했다. 하지만 싸우러 온 마당이었다.

"와들 이라네? 링그래 다 똑같다. 칠 메다, 칠 메다!"

지도원 동지의 단순하기 짝이 없는 자신감에 애들이 그만 피식피식 웃었다. 1학년 애 하나는 타치폰을 꺼내서 소년 궁전을 배경으로 자기 사진을 찍었다. 타치폰을 한시도 손에서 놓지 않는다고 야단을 맞곤 하던 앤데, 그 버릇이 도움이 되는 순간이었다. 다른 애들도 하나둘 타치폰을 꺼냈다. 타치폰이 없는 애들도 같이 사진을 찍었다. 미래도 3학년 애들한테 붙잡혀 카메라를 향해 어색하게 웃었다. 그러고 있으니 평소처럼 어깨가 펴지는 듯했다.

링그가 설치된 체육관으로 들어가니 상대는 이미 몸풀기 운동을 하고 있었다. 미래네도 가방을 내려놓고 몸을 풀었다. 눈길 한번 주고받지 않았지만 온몸의 신경이 서로를 향했다. 숨소리까지도 상대를 의식했다. 승부는 이미 시작되었다.

남자부가 먼저 링그에 올랐다. 남자부는 모두 여덟, 3학년이 다섯이었다. 종상이도 그중 하나였는데, 1회가 끝나기도 전에 완전넘어뜨리기로 이겼다. 셈세기는 그저 형식일 만큼 완승이었다. 평양 애들은 물론, 같은 부원들도 당황하고 말았다.

"으아아아!"

종상이는 링그에서 내려오며 타격 장갑을 낀 두 손을 치켜들고 괴성을 질렀다. 그 기세에 힘입은 듯 다음 두 선수도 이겼다. 하지만 기세만으로 되는 건 아니었다. 과연 소문대로 강한 상대였다. 한순간 분위기가 달라지는가 싶더니, 그만 내리 승리를 내줬다. 3 대 5.

여자부는 아홉이었다. 먼저 링그에 오른 애는 내내 도망만 다니다가 판정패를 당했다. 상대도 기세만 요란할 뿐 동작은 허술했는데. 미래는 반드시 이겨야 했다. 어떤 일이 있어도, 반드시.

지도원이 미래에게 다가왔다. 미래는 무슨 말이 나올지 이미 알았다. 링그에 오르기 전 언제나 듣는 말이었다.

"네 왼 주먹이래 조선 최고다. 알고 있잦지?"

어려서는 왼손잡이가 문젯거리였다. 무심코 왼손으로 숟가락을 들었다가 엄마 아빠한테 손등을 맞고 울기도 했다. 학교에서는 왼손으로 글씨를 쓰다 담임 교원한테 야단을 맞았다.

그런 왼손이 링그에서는 남다른 힘이 됐다. 억지로 쓰게 된 오른손은 물론, 타고난 왼손도 제대로 한몫을 했다. 어깨가 좁고 뼈가 가는 체구에 방심하고 덤볐던 남자애들도 뜻밖의 왼손에 일격을 당하곤 했다. 그게 미래가 이기는 법이었다.

땡!

경기가 시작되었다. 미래는 주먹을 불끈 쥐고 상대에게 덤벼들었다. 첫 걸음이 급히 나갔다. 침착하라. 스스로 주문을 걸었지만 발이 또 앞서 움직였다. 반 박자가 빨랐다. 뭔가 자꾸 어긋났다. 그럴수록 조급해졌고 쓸데없는 동작이 많아졌다. 괜한 주먹질로 힘을 뺐다. 발이 무거워졌다. 뒤꿈치가 내려앉았다. 그건 링그에서 수렁에 빠지는 일이었다.

심판이 한쪽 주먹을 들어 올리는 순간, 미래의 주먹은 바닥을 향해 있었다. 졌다. 미래는 믿을 수 없었다. 질 리 없는 경기였는데. 충분히 이기는 경기였는데.

응원하는 입장으로 되돌아와 앉아도 미래의 마음은 링그에서 내려오지 못했다. 녹화된 영상처럼 모든 순간이 생생했다. 언제부터 발이 꼬였는지, 어디가 열렸는지, 어느 틈을 노렸어야 했는지, 이제는 훤히 보였다. 다시 링그에 오른다면 바로잡을 수 있었다. 이길 수 있었다. 한 번만, 다시 한 번만 기회가 주어진다면.

남쪽으로 가서 권투를 계속할 수 있다고? 정말로? 엄마는 장담하듯 말했지만, 그건 엄마의 바람일 터였다. 남쪽에 대해 모르는 게 없다는 듯 구는 오빠도 믿을 수 없기는 마찬가지였다. 드라마 따위로 대체 뭘 알 수 있다는 말인가. 설사 그 말이 맞다고 해도, 남쪽에서 권투를 계속하고 국가 대표까지 될 수 있다고 해도, 그건 오늘의 동무들과 맞서야 한다는 뜻이었다. 그럴 수 있을까? 한편이던 동무들에게 주먹을 내지를 수 있을까? 어려서부터 한마음으로 응원하던 기발을 버리고, 다른 기발을 내 것으로 삼을 수 있을까?

눈물이 솟으려는 걸 사리물었다. 미래는 다른 애들처럼 일떠서서 고아대듯 응원의 목소리를 높였다. 눈물을 보였다간 다들 그럴 터였다. 리미래가 친선 경기에서 졌다고 눈물 바람이구나. 오해보다 두려운 건, 진짜 이유를 들키는 거였다.

그때 작은 손이 가만히 미래의 어깨를 두드렸다. 동무들과는 다른 온도의 손이었다. 놀라 돌아보니 뜻밖의 인물이 환히 웃고 있었다.

"할머니가 여길 어떻게……."

미래는 반갑기보다 일단 놀라웠다. 할머니는 웃음 띤 얼굴을 한 채 짐짓 서운한 듯 눈을 크게 떠 보였다.

"잊었니? 지난주에 통화할 때 니가 알려 주었잖니. 예서 시합이 있다고. 응원하러 오래 놓구선."

그제야 기억이 났다. 하지만 엄마가 건네주는 전화를 받고 할 말이 궁해서 꺼낸 소리일 뿐이었다. 할머니가 사는 평양으로 친선 경기를 하러 간다고. 내가 우리 구락부에서 제일 실력이 좋다고. 그러자 할머니가 물었다. 응원 갈까? 미래는 그러시라고 했다. 그 또한 안부 인사였다.

미래는 문득 낯이 붉어졌다. 허둥대다 지는 꼴을 다 보셨겠네.

4

"그러잖아도 같이 좀 갈 데가 있어서, 일간 평양에 한번 와 달랄 참이었는데 마침 잘되었지 뭐이니?"

할머니는 중학생처럼 신나는 얼굴로 미래를 데리고 나갔다. 그러더니 지하 철도로 가는 게 아니라 길가에서 택시를 잡아탔다.

"운전수 동무, 련광 찻집으로 갑시다."

할머니는 시원스러운 투로 말하고서 창밖으로 눈을 돌렸다. 어디로 가는지 설명하지도 않고, 방금 본 경기에 대해 내색하지도 않았다. 그저 간간한 얼굴로 창밖을 내다보고만 있었다. 누가 보면 처음으로 평양 구경 온 사람인 줄 알 것 같았다. 거의 평생을 평양에서 살아온 할머니인데. 그러다 택시가 평양역을 지나 인민대 학습당 앞으로 달려갈 때 할머니가 미래를 돌아보았다.

"이 노래, 참 좋지 않네? 나는 들을 때마다 반갑다."

라지오에서 삼지연 관현악단의 노래가 흘러나오고 있었다.「달려가자, 미래로」. 제목 때문에 반갑다는 얘기였다. 인민학교 애들도 아니고 무슨, 미래는 그런 생각이 들면서도 조금 웃음이 났다. 미래라는 이름은 다름 아닌 할머니가 지어 준 거였다.

엄마의 그 침묵이 떠올랐다. 엄마는 엄마를 버리고 가는구나. 미래의 그 말에 엄마는 입을 굳게 다물고만 있었다. 그 어떤 말보다 확고한 대답이었다. 미래는 할머니의 웃는 얼굴을 마주 보기가 거북했다.

곧 택시가 멈춰 섰다. 할머니가 미래를 데려간 곳은 김일성 광장 바로 근처에 있는 건물 1층의 작은 찻집이었다. 련광 찻집. 그리고 벽에 붙은 노란 주전자 모양의 간판에는 뜻

모를 알파벳들도 적혀 있었다. 미래는 영어에서 간신히 낙제를 면하는 수준이지만, 그게 영어가 아니라는 정도는 알수 있었다.

"도이췰란드 말이야, 여기 주인이 거기 사람이거든."

할머니가 설명해 줬다.

그 말을 들으니 기억이 났다. 그래, 은화도 련광 찻집 얘기를 한 적 있었다. 텔레비죤에서 봤댔나⋯⋯. 커피점이야 평성에도 있지 않냐고 미래가 시큰둥해하자 은화는 펄쩍 뛰었다. 남조선에서도 알 만한 사람들은 안다는 찻집이야.

미래는 맞지 않는 옷을 입은 듯 어색하기만 했다. 하지만 할머니의 태도는 그런 찻집쯤이야 국영 상점과 다를 게 뭐냐는 듯 자연스러웠다. 봉사원이 깍듯하게 인사를 하고 두 사람을 창가 자리로 안내했다.

"나는 따듯한 콩우유 한 잔 그리고 우리 애는 비엔나커피로 주시오."

"할머니, 저 커피 안 마셔요."

그래도 할머니는 봉사원에게 주문대로 갖다 달라고 했다. 미래는 문득 짜증이 났다. 아무리 할머니래도 예고 없이 들이닥쳐 망한 시합을 보더니, 멋대로 끌고 와서 마시지도 않는 커피를 시켰다. 남의 마음이 불편한 줄은 조금도 모르고.

그런데 할머니가 한껏 미안한 표정으로 말했다.

"할머니가 제멋대로지? 미안하구나. 그래도 오늘은 할머니를 위해서 커피 한 잔 마셔다오."

미래는 뜨끔했다. 하여간 마음이 얼굴에 다 드러나는 게 문제였다. 다행히 때마침 봉사원이 음료를 가지고 왔다.

잔 위에 하얀 크림이 소복하게 올려져 있는 것이 비엔나커피였다. 커피는 당연히 쓸 테고, 크림은 보는 것만으로도 속이 니얼니얼해졌다. 선뜻 손이 가지 않았다. 하지만 할머니가 기대에 찬 눈으로 지켜보고 있었다. 침까지 꿀꺽 삼켰다. 미래는 하는 수 없이 커피 잔을 들어 입으로 후후 불었다.

"커피를 그래 후후 불어 마시면 안 되지."

"기럼 뜨거운데 어캅니까?"

미래가 볼먹은 소리를 해도 할머니는 그저 고집이었다. 따듯한 콩우유가 든 잔을 들더니 시범을 보이겠다는 듯 우아하게 한 모금을 마셨다. 눈을 착 내리뜬 채 찻잔을 도로 받침에 내려놓았다.

"이래, 커피는 이래 우아하게 마셔야지."

미래는 그만 좀 웃음이 났다. 하여간 남다른 할머니였다. 할머니 얼굴에도 다시 간간한 웃음이 떠올랐다. 할머니는 비엔나커피를 들어 지그시 눈을 감고 향을 들이마셨다. 천천히, 깊이, 아주 깊이. 그러고는 커피 잔을 미래 앞에 되돌려 놓으며 다시 입을 열었다.

"내가 열여섯 살 적에 향만 맡고도 아주 커피에 홀딱 반했거든."

열여섯. 할머니의 열여섯이란 미래에게는 너무도 까마득한 것이었다. 차마 상상이 가지 않았다. 할머니의 모습도 그렇고, 그 시대도 그랬다. 얼른 암산이 되진 않았지만 하여간 식민지 시절이었을 터였다.

"기때도 커피가 있었시오?"

"그럼. 우리 철원에야 다 있었지. 경성은 몰라도, 평양이야 부럽잖았어. 철원역에만 가면 부산이고 목포고, 중국이고 러시아고 못 갈 데가 없었어. 읍내에 안 파는 게 없었고. 내 형편에야 다 그림의 떡이었지마는, 구경만도 얼마나 좋던지."

할머니의 얼굴은 자랑스러움으로 빛났다. 미래는 처음 보는 얼굴이었다. 할머니가 철원 출신인 줄은 알았지만, 할머니한테 철원 얘기를 듣는 건 처음이었다. 커피 향으로 어떤 문이 열린 듯 할머니는 철원 이야기를 이어 갔다. 철마다 날아들던 두루미며 독수리며, 일 년 농사로 삼 년은 먹고 산다던 들판이며, 카스텔라가 유명하던 빵집이며…… 여태

어찌 참았을까 싶게 이야기가 흘러넘쳤다. 그 철원은 이제는 남쪽 땅이 된 철원이었다.

"그때 나한테 세 가지 소원이 있었다. 내 책을 가져 보는 거, 기차를 타 보는 거, 그리고 커피를 마셔 보는 거."

첫 번째 소원은 해방되고 곧 이루어졌다. 기차도 실컷 탔다.

"그런데 왜놈들이 쫓겨나면서 커피도 죄 가져갔지. 그러고는 전쟁."

할머니는 문득 말을 멈추고 창밖으로 고개를 돌렸다. 자랑스럽게 빛나던 얼굴이 어둑해졌다. 어느덧 태양이 저편으로 기우는 시간이었다. 찻집 창문으로 그늘이 드리워졌다. 할머니는 잠자코 창밖을 보다 문득 미래에게 다시 눈을 돌렸다. 커피 향을 맡던 미소가 조금쯤 돌아와 있었다.

"미래야, 고맙다. 참 좋구나. 커피도 좋고, 너랑 이러고 있는 것도 좋고, 너한테 기어이 커피를 먹인 것도 좋고……. 우리 언니들하고도 한번쯤 이랬으면 좋았을 거인데."

미래는 어쩐지 가슴이 서늘해졌다. 혹시 할머니가…… 아니, 헤어진 언니들에 대해 얘기하는 것뿐이다. 그러다 보니 저렇게 쓸쓸한 표정을 짓게 되었을 뿐이다…….

할머니의 언니들에 대해서는 미래도 조금 알았다. 강미애, 강승애, 강경애. 할머니는 세 자매 중 막내였다고 했다.

그런데 미애 할머니는 전쟁 중에 생사를 모르게 되었고, 인민 해방군 중위였던 승애 할머니는 조국 해방 전쟁에서 전사했다. 간호병으로 참전했던 할머니는 포로로 잡혔지만 조선을 선택하여 돌아왔다.

"더구나 미애 언니하고는…… 참 안 좋게 헤어졌거든. 마지막이고 뭐고, 인사도 나누지 못했지. 서로 원망만 품은 채로……. 승애 언니하고도 혜화동 전선 사령부 앞 길가에서 간단히 인사 나눈 게 마지막이었다. 그저 며칠 뒤에 만날 것처럼 말이지. 진짜 그럴 줄만 알았다. 그때만 해도 8월 해방절이면 전쟁이 끝난다고들 했으니까……. 내가, 우리가 바라는 거 뭐 그리 대단찮은 거였는데, 그저 우리 식구 한 상에서 밥 먹고, 한 지붕 아래서 잠들고, 보통들 바라는 거였을 뿐인데."

보통들 바라는 거. 미래는 그 말이 어쩐지 몹시 슬펐다. 할머니와 같은 꿈을 꾸게 될 줄은 몰랐는데.

"그런데 한순간에 다 잃었어. 그게 마지막일 줄은 꿈에도 모르고. 알았다면, 다시는 못 볼 줄 알았다면, 마주 앉아 실컷 얘기를 하는 건데. 맛난 것도 같이 먹고, 좋은 데도 같이 가고……."

아신다.

미래는 선뜩, 깨달았다. 저도 모르게 놀란 눈으로 할머니를 봤다. 입가에는 여전히 미소가 떠올라 있었지만 할머니의 두 눈은 붉게 젖었다. 할머니는 위생실에 다녀오마고 자리를 떴다.

알고 계신다. 할머니는 다 알고 계시는 거다. 마지막이라는 말은 그저 칠십 년 전의 이야기가 아니다. 오늘의 일은 우연이 아니다. 그러잖아도 일간 평양에 와 달랄 참이었는데……. 미래만이 아니었다. 오빠가 할머니 댁에 다녀온 게 이 주 전이었던가? 할머니가 갑자기 남쪽 드라마를 찾으신다고 했다. 오빠는 할머니 노트텔에 남쪽 드라마를 가득 담아 드렸다고, 할머니가 아디다스 운동화를 사 주었다고 좋아했다. 가족사진은 그보다 조금 일렀다. 갑자기 뭘 사진을 찍는다고 평양까지 가서 유난을 떠나 싶었는데. 사진사 동무가 할머니한테 복도 참 많으시다고 했던 기억이 났다. 그때 할머니는 뭐라고 대답하셨더라……. 그래, 그때 사진을 찍고서 엄마가 말없이 좀 울었지.

봉사원이 접시에 빵을 담아 왔다. 위생실에 가며 할머니가 주문한 거였다. 할머니는 아무렇지 않은 얼굴로 다시 앉았다.

"배고프지 않니? 좀 먹자."

미래는 눈을 떨군 채 고개만 끄덕거렸다. 목이 뜨거워졌다. 마지막, 그 말의 뜻을 이제야 알게 되었다.

권투만이 아니었다. 사랑했던 것들을, 미워했던 것들을, 아무렇지 않았던 것들을, 리미래로 살아온 그 모든 것들을 잃는 거였다. 투둑, 하고 기어이 눈물이 솟았다. 미래는 고개를 숙인 채 얼른 손등으로 눈물을 닦았다.

"할머니."

할머니는 눈물에 대해 묻지도 않고, 그저 조용히 미래의 말을 기다렸다.

"나, 할머니랑 같이 살까요?"

그럴 수도 있겠다는 생각이 들었다. 남쪽에서 엄마가 그렇게 불러도 은화는 가지 않았다. 아빠랑 둘이 사는 걸 힘들어하면서도, 남쪽 거라면 그저 좋아하면서도, 동생들만 데리고 떠난 엄마를 용서할 수 없다고 했다. 남쪽에서 보내 주는 돈이나 쓰면서 사는 편이 낫다고 했다.

"얘가 설레는 소리를 함부로 하는구나."

할머니는 농담이라도 하는 투로 대꾸했다. 미래가 고개를 들고 할머니를 봤다. 하지만 할머니의 얼굴에는 억지웃음조차 떠올라 있지 않았다.

"딸을 빼앗았다가는 네 엄마가 그냥 두겠니? 그리고 너는…… 너는 일없갔니? 엄마를 떠나도? 엄마가 없어도?"

그렇다고, 아무 상관 없다 하고 싶은데, 그런 말이 나오지 않았다. 미래는 그만 또 눈물이 솟았다. 엄마. 약이 올라 눈물이 났다. 엄마가, 아빠가 멋대로 정해 버렸다. 이제 막 진짜 링그에 오르려는 참인데 뒷덜미를 잡아채 끌어내려 버렸다. 싫다고, 떠나고 싶은 사람들이나 떠나라고, 나는 링그에서 싸우면 그뿐이라고, 그렇게 떨쳐 버리고만 싶은데, 그럴 수가 없었다.

옆에 놓인 가방에 타격 장갑이 매달려 있었다. 손때 묻은 장갑이었다. 그렇게 가방에 매고 다니면 누가 봐도 권투 하는 애구나, 알 수 있었다. 그게 그렇게 좋을 수가 없었다. 처음에는 반대하던 엄마가 평양까지 같이 가서 사 준 타격 장갑이었다. 장갑 안쪽에 오빠가 놀리듯 써 준 글씨도 있었다. 세계 챔피온 리미래. 그때까지도 권투를 영 못마땅해하던 아빠도 결국에는 그렇게 말했다. 기왕 하려거든 제대로 하라! 그날 밤엔 세상을 다 가진 것 같았는데.

보통들 바라는 거. 미래도 그런 걸 바랄 뿐이었다. 보통의 꿈. 좋아하는 일을 하는 것. 링그에서 뛰는 것. 온 힘을 다하는 것. 엄마가, 아빠가, 오빠가 그리고 할머니가 그런 미래를 보아 주는 것. 서로를 지켜봐 주는 것. 비밀이 생기면 은화한테 털어놓을 수 있는 것. 대단할 거 하나 없는 꿈이었다. 하지만 다른 무엇과도 바꿀 수 없는 꿈이었다.

그중 무엇을 선택하라는 거였다. 다른 무엇을 버려야 한다는 거였다. 참아 볼 겨를도 없이 눈물이 솟았다. 할머니가 미래 옆자리로 옮겨 와 앉았다. 아무 말 없이 미래의 등을 가만히 쓸어 주다 속삭이듯 말했다.

"나가서 걸을까?"

미래는 얼른 고개를 끄덕였다. 찻집에서 우는 꼴을 보인 게 창피했다. 우는 이유를 읽힐 것 같아 불안하기도 했다. 서럽게 우는 와중에도 그게 마음 쓰였다. 도이췰란드 사람이 주인이라는 찻집에도 어김없이 최고 령도자들의 사진이 걸려 있었다.

할머니는 미래를 대동강안으로 데려갔다. 서쪽 하늘은 어느새 불그레했고, 아직은 마음 놓지 말라 경고하듯 봄바람은 제법 찼다. 그래도 버드나무마다 연둣빛 새잎이 돋아났고 물빛도 푸르렀다. 산책길에는 꽤 사람이 많았다. 운동복 차림으로 달리는 사람들, 강아지와 산책하는 사람들, 팔짱을 낀 연인들, 지름길 삼아 온 듯 걸음을 재촉하는 직장인들.

미래는 그 모두가 어쩐지 눈에 익었다. 그저 모르는 사람들이 아닌 것만 같았다. 눈을 돌리는 순간부터 그리워질 것만 같았다. 어디서건, 얼마나 시간이 흐르건, 지금을 그리워하리라는 걸 알았다.

"할머니, 철원에 가고 싶지 않으세요?"

그렇게나 그립다면서. 열여섯의 그 길을 지금까지도 잊지 못한다면서. 하지만 할머니는 미련도 망설임도 없는 얼굴로 고개 저었다.

"일없다. 그때 그 철원은 전쟁 때 이미 다 사라졌어. 나한테 남은 거라고는 승애 언니밖에 없었다. 미래야, 그때 내가 왜 남조선이 아니라 우리 조선을 선택했는 줄 아니?"

그런 의문조차 가진 적 없었다. 해가 뜨고 지듯 당연한 일인 줄만 알았는데. 할머니는 조심스러운 눈으로 잠깐 주위를 살피고 목소리를 낮추어 말했다.

"나는 승애 언니가 전사한 줄을 몰랐다. 그러니 조선으로 오면 언니를 만날 줄 알았지. 만약 언니가 없다는 걸 알았으면……."

할머니는 말끝을 흐리며 잠시 생각에 잠겨 있더니 이내 고개를 저었다.

"아니지. 그때 철원으로 갔으면 그거야말로 한이 되었갔지. 내 고향 마을은 폭격에 진작 흙더미가 되었고, 나는 승

106

애 언니가 북쪽에 살아 있다고, 그런데도 못 만난다고 생각했을 테니까. 내가 잘 했다. 이게 낫지. 암, 그렇고말고. 처음 왔을 때는 평양도, 내 맘도 아주 난장판이었다. 폐허였어. 도저히 살 맘이 나지 않을 것 같았지. 그런데 또 어째 너희 할아버지를 만났고, 의사한테 안 된다는 말을 듣고 포기를 했는데 다 늦게 너희 엄마를 낳고. 너희 엄마는 의대 공부다 뭐다 가정을 이루는 데는 영 맘이 없는 것 같더니만 또 이래 너희를 내게 안겨 주고⋯⋯. 우리 미래야 할머니보다, 엄마 아빠보다 똑똑한 아이지 않니? 광철이 그 아이도 정신 차릴 날이 오갔지. 아니지. 내가 광철이 덕분에 살림방에 앉아서 남쪽 구경을 다 하게 생겼다. 날새 떼 같은 짓도 쓸모가 있다니까."

할머니와 미래는 공범이나 된 듯 같이 웃었다. 저를 날새 떼 같다고 한 줄 알면 오빠가 얼마나 펄펄 뛸지, 눈에 선했다. 할머니가 웃음에 기운을 얻은 듯 제법 가뿐하게 일어나 미래에게 손을 내밀었다.

"이만 가야지. 해 떨어지겠다."

미래는 할머니의 손을 잡고 일어났다. 할머니는 미래를 다시 련광 찻집 쪽으로 데려갔다. 건늠길 근처에 서 있던 택시에서 한 여자가 운전석 문을 열고 내리며 할머니에게 반갑게 손을 들었다.

"동무! 제가 시간을 딱 맞춰 왔지요?"

할머니도 기다렸다는 듯 상대를 반겼다.

"그렇구만. 잘했네. 고마워. 미래야, 인사하라. 우리 아래 층 사는 동문데, 택시를 몬다. 운전 잘한다고 동네에 소문이 났다."

할머니가 미리 택시를 불러 둔 거였다. 평성까지 택시를 타고 가라는 말에 미래는 그야말로 기겁을 했다.

할머니는 조국 해방 전쟁의 영웅이었고 사서로 일하다 퇴직했다. 문수 거리 작은 문화 주택에서 혼자 살림을 꾸려 갈 만은 하겠지만, 사치할 여유는 없을 터였다. 그래도 할미 니는 그저 호기로웠다.

"걱정 말라. 내가 돈 쓸 일이 어데 있니? 너 오면 사치하 려고 모아 둔 돈으로 지갑이 아주 두둑하다. 어서 타라."

하여튼 남다른 할머니였다. 미래는 얼결에 택시를 탔고, 할머니가 문을 닫았다. 운전수가 창문을 내리고 할머니에 게 물었다.

"동무는 어드렇게 집에 가시려고요? 타시라요. 가다가 내 려 드리지요."

할머니는 기진해 보였다. 무리를 해도 이만저만 무리한

날이 아닐 터였다. 그래도 할머니는 고개를 저었다.

"일없구만. 우리 애나 잘 데려다주오. 나야 딴 택시 타고 가면 되지."

"기래도……."

미래도 걱정스레 입을 떼는데 할머니가 고갯짓으로 막았다.

"일없대두, 평성 촌것이 무슨 평양 사람 걱정을 한다고. 너나 조심히 가라. 그리고 미래야, 잊지 말라. 너, 첫 번째 커피는 할머니랑 마신 거이다."

"네."

미래는 온 힘을 다해 웃었다. 할머니도 웃는 얼굴로 미래를 바라보며 택시를 가볍게 쳤다. 탕! 택시가 출발했다.

5

택시는 깜깜해지고서야 미래를 집 앞에 내려 주었다.

5층 아빠트가 온통 어둠에 잠겨 있었다. 정전이야 흔한 일이지만, 어쩐지 유독 어둠이 깊어 보였다. 미래는 집으로 들어가는 길을 잃은 듯 우두커니 아빠트를 올려다보고만 있었다.

　내일 아침이라도, 이 밤에라도 당장 엄마가 손목을 잡아 끌지도 몰랐다. 그러면 이 깜깜한 풍경도 마지막일까. 드라마에서 보니 남조선은 한밤에도 훤하던데. 그러면 얼마나 편할까. 오빠나 은화 말대로 하루도 전기가 끊기는 날이 없다면, 어느 집이고 수도꼭지에서 뜨거운 물이 콸콸 나온다면, 장작 걱정 없이 뜨끈하게 겨울을 난다면, 좋겠지, 참 좋겠지……. 하지만 불편하다고 불행한 건 아니었다. 제아무리 아쉬운 데 하나 없는 세상으로 간대도 이 껌껌한 아빠트가 그리울 터였다.

　"리미래!"

　울부짖는 소리가 앞마당을 울렸다. 미래가 번개를 맞은 듯 놀라 돌아보려는 순간, 등짝에 불이 났다.

　"아야!"

　은화였다.

　"무슨 짓이가!"

　미래가 인상을 찌푸리며 소리치는데, 은화는 대답 대신 통곡하듯 울음을 터트리며 땅바닥에 주저앉아 고아댔다.

　"니야말로 무슨 짓이가! 어디를 게바라다니다 온 거이가! 나는 벌써 일이 났는 줄 알고……."

"뭔 소리를 하는 거이가?"

"몰라서 묻네! 별의별 생각이 다 들었다! 혹시 들장이 나서 잽혀간 건 아인지, 인사도 없이 가 버린 건 아인지, 이래 그냥 영영 못 보는 건지……."

"야, 무슨 기런……."

미래도 털썩 주저앉아 은화를 덥석 안았다. 말도 안 된다. 은화한테 인사도 없이 떠나다니, 그런 일은 상상도 할 수 없다. 하지만 미래는 절대 그런 일은 없다고 말하지 못했다. 미래에게는 그런 약속을 할 힘이 없었다.

"은화야……."

미래도 그만 울음을 터트렸다. 둘은 껌껌한 아파트 앞마당에 퍼져 앉아 엉엉 소리 내어 울었다. 이를 사리물 것도 없었다. 소리 죽여 흐느낄 것도 없었다. 은화랑은 안 그래도 되었다. 미래는 맘껏 울었다. 은화랑은 그럴 수 있었다. 그래도 괜찮았다. 보고 싶어 어카니…… 보고 싶어…… 보고 싶어…… 끌어안고 울고 있는데도 이미 보고 싶었다.

"너도, 갈 거이가……."

은화가 훌쩍이며 물었다. 미래는 그 질문에 대답을 할 수 없었다. 은화에게, 어쩌면 답을 알고 있을지 모를 동무에게 되물었다.

"다른 수가 있니?"

앞뒤 없는 말에도 은화는 고개를 저었다.

"없지."

정말 그랬다……. 먹기 싫은 반찬을 억지로 먹어야 했던 그때와 다를 게 없었다. 엄마보다 훌쩍 키가 커졌는데도. 다 컸다는 말들은 그렇게들 하면서.

"기래도 지금이야 무슨 일인지 알고 당하지 않니?"

은화가 말했다. 열 살 난 은화에 비하자면 그랬다. 아직도 이해가 가지 않는, 이해하고 싶지도 않은 것들이 많지만, 그래도.

"뛰다가 넘어져서 엄마를 놓치는 일도 없고."

짐짓 농담을 하는 투였지만 엄마,라고 하는 은화의 목소리는 언제나 조금 슬펐다.

미래는 오랫동안 묻지 못했던 말을 꺼냈다.

"너는 왜 여기 있니? 엄마가 기렇게 부르는데."

은화는 그만 얼른 쌀쌀맞은 표정이 되었다.

"안 간다. 한번 바리고 갔으면 끝이지, 부른다고 속없이 쪼르르 가니? 아쉬운 사람이 오라지."

"어휴. 너희 엄마가 일부러 그랜? 인젠 알만 하면서 웬 고집 이니?"

그야말로 집에서 도망친 거였다. 은화 엄마는 가두녀성으로 지내다 반찬값이라도 벌려고 장마당에 나가게 됐는데, 뜻밖에 장사 수완이 있었다. 곧 은화 아빠보다 돈을 잘 벌었고, 그때부터 집안이 조용할 날이 없었다. 처음에는 싸움이었다가, 폭력이 됐다. 견디다 못해 은화 엄마는 남쪽으로 데려다주는 브로커를 샀다. 그런데 아빠가 눈치를 채고 보안서에 신고를 했다. 그 바람에 급히 도망치던 와중에 엄마는 은화의 손을 놓쳤다. 하지만 되돌아오지 않았다. 그게 은화 나이 열 살 때였다.

한참만에 은화가 입을 열었다.

"너, 그때 내가 학교에서 몹시 힘들었던 건 알지?"

물론 누구 못지않게 잘 알았다. 은화에 비할 바는 아니지만 미래도 속을 앓았다. 엄마가 남조선으로 도망간 애. 학교에 당장 소문이 났고, 몇몇 애들이 주동해 은화를 모서리 줬다. 놀이에 끼워 주지도 말을 걸지도 않았다. 총화 시간에는 다들 은화만 몰아세웠다. 자본주의 물이 들었다, 개인주의다, 게으르다……. 조은화 동무! 은화는 제 이름이 불릴 때마다 소스라치며 몸을 떨었다. 입학 때부터 내내 같이 지내는 담임 교원마저 은화의 처지를 모르는 척했다. 미래만은 은화 편이었지만, 그렇다고 맞서 싸우진 못했다. 다음 학년이 되고서야 괜찮아졌으니, 근 일 년이었다.

"기러고도 내가 인민학교 졸업할 때까지 어깨를 못 펴고 다녔어."

미래도 알고 있었다. 겉으로는 잘 지내면서도 은화는 늘 다른 애들 눈치를 봤다.

"이제 조은화 하면, 우습게 보는 애들은 없는데도 말이야. 우습게가 다 뭐이가. 돈을 빌려 달라, 드라마를 보여 달라, 음악을 달라…… 기웃기웃 부탁하는 애들이 한둘이 아니지 않아. 이제는 애고 어른이고 보안서에 걸려들지 않는 다음에야 식구가 남쪽에 있다는 게 무슨 흠이갔니. 기런데도……."

은화의 말에 한숨이 섞여 나왔다. 한숨이 끝나고서야 다시 말을 이었다.

"…… 솔직히 말하자믄, 지금도 내 맘은 좀 기래. 어릴 때 세게 당해서 그러나, 엄마 없는 애라는 소리를 듣고 자라 그러나……. 미래야, 기래서 내가 남쪽으로 안 가는 거이야."

그건 미래도 몰랐던 얘기였다.

"남쪽으로 가면 또 눈치꾸러기가 되는 거 아니갔니? 못 살아서 도망쳐들 내려왔다고, 거기서들 얕잡아 보고 손가 락질하지 않갔니? 나는 이제 기렇게 사는 거이 싫다."

"무슨 기럴 리가……."

114

하지만 미래는 말을 맺지 못했다. 하긴, 돈이 돈다는 소문을 듣고 평성 장마당으로 찾아든 꽃제비들을 곱게 봐주는 사람은 못 봤다. 당한 일도 아닌데, 미래는 어째 벌써 불뚝성이 났다.

"기걸 기냥 두나? 기란다고 지은 죄도 없이 기가 죽어? 아주 평성 사람 매운 맛을 보여야지."

은화는 박수까지 치며 좋아했다.

"야, 너 남조선 가서도 잘 살갔다!"

흥분을 해서 그만 넘쳤다. 은화도 미래도 소스라치며 입을 다물었다. 얼른 익어나 어두 앞마당을 구석구석 살폈지만 별다른 눈치는 없었다. 동시에 안도의 한숨을 푹 쉬었다. 아빠트 담장 옆에 있는 평상에 나란히 걸터앉았다.

은화가 입술을 달싹거리며 망설이다 물었다.

"너, 동무도 새로 사귈 거이니?"

"동무는 무슨……. 일없어. 권투 하기만도 바쁜데."

"길치? 기럼 약속을 하라."

"약속은 무슨……. 유치하게 뭔 소리니?"

목소리를 높이던 은화가 그만 시무룩해졌다.

"길치……. 너두, 나두, 결국 새 동무도 사귀구 기러갔지?"

"아니래두."

미래는 또 그렇게 말했지만 목소리에 힘이 들어가지 않았다. 우정조차 약속할 자신이 없었다.

어디선가 개가 짖었다. 오토바이가 요란하게 지나는 소리가 나더니 그만 조용해졌다. 1층 어느 집에선가 텔레비죤 뉴스 소리가 어렴풋이 들려왔다. 아빠트는 아직 정전인데, 그 집에서는 발전기를 들여 둔 모양이었다.

은화가 미래의 어깨에 가만히 머리를 기대어 왔다. 키가 한 뼘이나 더 크면서도 잘 그랬다.

"아무튼 다행이야. 진짜 무슨 일이 난 줄만 알고, 얼마나 겁을 먹었는지……."

"무얼 그저 몇 시간 늦어진걸."

"기렇지만 봐라."

은화가 손을 들어 미래네 창문을 가리켰다. 때마침 모든 창이 일제히 밝아졌다. 전기가 들어왔다. 그런데도 미래네 창문만은 그저 깜깜했다.

"내가 열 살 때부터 너희 집 드나들었어도 이 시간까지 집이 빈 건 처음 봤어. 내일이 쉬는 날도 아닌데, 어째 너희 엄마가 여태 저녁상을 안 보신단 말이니? 생전 가야 두부밥 하나 사다 먹는 일이 없는 너희 집인데."

미래는 벌떡 일어났다. 그 바람에 은화가 중심을 잃고 옆으로 넘어지는 줄도 몰랐다. 그러게. 다들 어디로 간 거지. 아까부터 어째 마음에 걸리던 느낌이 바로 그거였다.

"타치폰 좀 내놓으라."

은화에게 타치폰을 빌려서 엄마한테 전화를 걸었다. 한참 신호가 갔지만, 전화를 받을 수 없다는 안내 방송만 나왔다.

아침에 엄마가 또 그랬다. 학교 끝나면 곧장 집으로 오라! 미래가 대꾸를 않자 엄마가 그랬다. 안 보이면 두고 갈 거니 그리 알라! 미래는 소리 나게 문을 닫았다. 기럴 테면 기러라지! 복도로 난 부엌 창 앞에서 소리쳤는데.

아빠도 전화를 받지 않았다. 기럴 테면 기러라지. 엄마가 설마 그걸 진심으로 알아들었을까. 오빠의 타치폰은 아예 전원이 꺼져 있었다. 잘 때도 타치폰을 손에서 놓지 않는 오빠인데. 아니, 아니. 진심으로 알아들었대도 엄마가 손을 놓아 버릴 리 없는데. 그렇게 알고 있는데. 믿고 있는데.

"와 그러네? 너 무슨…… 미래야, 설마…….."

"아니야!"

미래가 얼른 고개를 저었다. 하지만 은화 엄마도 그랬을 것이다. 은화의 손을 놓으려던 게 아니었다. 놓치게 된 거였다. 어떤 일도 일어날 수 있었다. 서로 총구를 겨누고 있는 울타리를 넘어야 하는 때에는.

엄마한테 다시 전화를 걸었다. 신호가 울릴 때마다 심장 박동이 빨라졌다. 엄마…… 엄마…… 엄마!

그때 눈을 찌르듯 밝은 불이 앞마당으로 달려들었다. 끼이이익! 날카로운 마찰음을 내며 구급차가 멈춰 섰다.

"미래야!"

구급차 운전석에서 엄마가 뛰어내렸다. 아빠와 오빠도 함께였다. 세 사람은 차문을 닫지도 못하고 미래에게 달려왔다. 그러니까 셋이서 병원 구급차까지 빌려 타고 미래를 찾아다녔던 것이다. 그 때문에 온 집 안이 깜깜했던 것이다.

"엄……."

미래는 엄마를 외쳐 부르려다, 참았다. 겁이 나서 다리가 후들거렸다는 건, 엄마를 보는 순간 그만 눈물이 솟았다는 건, 아직 혼자는 도저히 안 되겠다는 건, 속에만 묻어 둘 생각이었다. 당분간 아니 어쩌면 영영.

미래는 엄마를 향해 천천히 걸어갔다. 그게 어느 쪽인지는 모르지만.

링그에 오른다는 것은 패배를 전제로 하는 일이다. 물론 미래도 모르지는 않지만, 그래도 지금껏 링그에 올랐다. 그게 리미래였다.

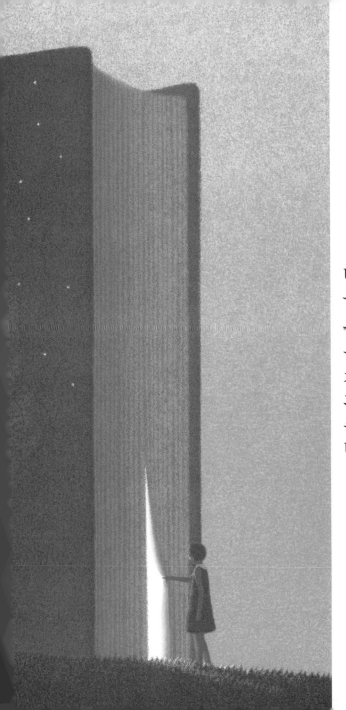

김중미 ─

나는 농부 김광수다

1

"우준가 태양인가 하는 애는 벌써 대학생이라며?"

퇴근한 아빠가 다짜고짜 우주 얘기를 꺼냈다. 기분 나쁜 걸 꾹 참고 대답했다.

"과학고 애들은 원래 고2 때 대학 많이 간대."

"넌 아무렇지도 않냐?"

"뭐가?"

"네 친구는 벌써 대학생인데 너는 겨우 검정고시나 보고."

"그게 뭐 어때서. 시험 잘 보고 와서 기분 좋은데."

"퍽이나 기분이 좋겠다."

아빠는 내가 학교 얘기하는 걸 싫어하는 줄 알면서도 빈정거리기를 멈추지 않는다. 시험 잘 봤다고 말하고 칭찬을 받고 싶었는데 잔소리만 듣고 나니 저녁 먹을 생각도 없어졌다. 스쿠터를 타고 집을 나왔다. 멀리 석모도 해명산 뒤로 넘어가던 해가 마을 어귀 당산나무에 걸렸다. 해넘이나 보고 올 심산으로 건평리로 가는 농로로 들어섰다. 해가 저물 때가 되니 서쪽에서 불어오는 바람이 서늘하게 느껴졌다. 할머니는 봄이 되면 텃밭을 치우며 말했다.

"서풍이 오는 걸 보니 봄이 오는구나."

할머니에 대한 기억은 이렇게 불쑥불쑥 눈앞에 혹은 귓가에 나타난다. 건평 들판으로 난 용내천이 석양을 받아 금빛으로 반짝인다. 용내천 위를 한가로이 헤엄치던 청둥오리들이 스쿠터 소리에 황급히 날아오른다. 속도가 이십 킬로도 안 되는 스쿠터가 소리는 엄청 요란하다. 돈을 조금만 더 모으면 백 시시짜리 스쿠터를 살 수 있다. 지금 타는 이 스쿠터는 아빠가 십 년 전에 산 거다. 보험은커녕 번호판도 없다. 그래서 집에서 논으로 갈 때나 편의점에 출근할 때만 조심스럽게 탄다. 가끔 해안 도로를 따라 자전거를 타면 비엠더블유, 볼보, 할리데이비슨 같은 수천만 원이 넘는 오토

바이를 몰고 질주하는 사람들을 본다. 나는 일 년 꼬박 아르바이트를 해도 이백만 원짜리 스쿠터나 살까 말까 한데 저 사람들은 도대체 뭐 해서 그 큰돈을 벌었는지 궁금하다. 물론 궁금할 뿐이지 부러운 건 절대 아니다.

내가 건평항에 막 도착했을 때, 어선 한 척이 은회색으로 물들기 시작한 바다를 가르며 선착장으로 들어왔다. 선착장 끝에서 낚싯대를 드리우고 있던 사람들이 어선을 보고 뒤로 물러난다. 선착장에서 잡힐 물고기라고는 망둥이밖에 없을 텐데 드물지 않게 낚시를 하는 사람들이 있다. 건평항 난간에 기대 붉은빛으로 물든 하늘을 바라보다가 사진을 찍어 유정이에게 보냈다. 웬일인지 금세 답장이 왔다.

— 예쁘다.

— 어디야?

— 학교. 토론 대회 준비 때문에.

— 고3은 토요일도 없구나.

— 그렇지. 근데 너 건평은 웬일로?

— 그냥.

— 왜? 또 아빠랑 싸웠어?

— 아니. 내가 초딩이냐?

―아님 됐고. 오늘 시험 어땠어?

―잘 봤어. 가채점했는데 수학이랑 영어도 60점은 넘는
거 같아. 나머지는 다 80점 넘어.

―와, 진짜 열심히 한 보람이 있네.

―나 돌머리 아니라는 거 증명했다.

―그래, 잘했어. 결과는 언제 나와?

―다음 달에.

―다음 목표는 방통대 농학과 어때?

나는 유정이의 마지막 메시지에 답하지 않았다. 고등학
교를 그만둔 뒤 이 년 만에 검정고시를 봤다. 희한히게 그해
겨울이 아득히 먼 옛날 같을 때가 있는가 하면 바로 엊그제
처럼 느껴지기도 한다.

이 년 전 설날에 아버지가 다시 낙농을 시작하겠다고 말
했다. 구제역으로 소를 두 번이나 살처분하고 나서 아빠는
우울증을 앓았다. 거기다 화재까지 겪은 뒤로는 자포자기
하고 술만 마셨는데 다시 일을 하겠다는 말에 할머니가 눈
물을 쏟았다. 농업 고등학교 입학을 앞두고 기숙사에 입소
하는 날 아빠는 나를 학교까지 바래다주었다.

"광수야, 대출 승인만 나면 소 들일 거야. 구제역 때부터

쌓인 빚이 있긴 하지만 대출이 가능하긴 할 거 같아. 너 고등학교 가서는 공부 열심히 해라. 아빠는 주먹구구식으로 낙농을 시작해서 시행착오를 많이 겪었어. 졸업하고 나서 아빠랑 목장 더 키워 보자."

아빠 말에 어깨가 올라가고 으쓱해졌다. 그런데 기숙사에 들어간 지 한 달이 채 되지 않은 어느 날 할머니가 쓰러지셨다는 연락을 받았다. 할머니는 내가 시외버스를 타고 병원으로 가는 동안 수술실에서 돌아가셨다. 뇌출혈이었다. 아빠는 새로 들일 소를 보러 새벽부터 외출해 집에 없었고, 아침에 일을 나가던 이장님이 마당에서 쓰러진 할머니를 발견했다. 곧장 119를 불렀지만 강화 병원에서 다시 인천의 큰 병원으로 가는 사이 상태가 더 악화됐다고 했다. 할머니 장례를 치른 뒤 아빠는 계약했던 소를 포기했다. 장례식이 끝나고 학교로 돌아가야 하는데 발걸음이 떨어지지 않았다. 유정이 작은아빠가 아빠 대신 학교에 데려다주며 말했다.

"광수야, 아빠는 내가 잘 살필게, 걱정 마. 너도 힘들면 언제든 전화해."

괜찮다고 했지만 기숙사로 돌아와 침대에 누우니 할머니 죽음의 무게가 온몸을 내리눌렀다. 할머니는 미련하고 고집불통인 나를 세상에 둘도 없는 귀한 사람으로 키워 주셨다. 그 덕에 나는 엄마의 빈자리를 크게 느끼지 않고 자랐다. 그런 할머니를 인사도 못 하고 보냈다는 후회로 잠을 제대로 잘 수 없었다. 장례식을 치르고 돌아가자마자 중간고사가 있었고 수행 평가와 동아리 활동, 방과 후 활동까지 하느라 학교생활이 바빠졌다. 그런데 어느 것에도 의욕이 생기지 않았다. 아빠는 술에 취해 전화해서는 외롭다고 아이처럼 엉엉 울었다. 아빠는 아들의 슬픔 따위는 헤아릴 여력이 없어 보였다. 여름방학이 되어 집에 돌아왔더니 마당과 텃밭에는 풀이 내 허리까지 올라와 있고 집 안은 쓰레기와 곰팡이로 엉망이었다. 나는 전부터 아빠의 유약함이 싫었다. 나이 쉰이 다 되어 가도록 할머니가 없으면 아무것도 못하는 아빠가 한심했다. 그나마 아빠가 잘하는 건 소 키우는 일뿐이었다. 그런데 그마저 포기했으니 아빠는 빈껍데기만 남은 것 같았다.

"힘들지?"

며칠 뒤 읍에 있는 한 카페에서 만난 유정이가 물었다. 갑자기 눈물이 쏟아졌다. 한참을 고개를 주억거리며 울다가 말했다.

"나 자퇴할 거야. 집에 소도 없는데 자영축산과 나와서 뭐 해."

"다른 과도 있잖아. 전과하면 안 돼?"

"나는 소가 좋아서 농고 간 거야. 난 정말 소를 좋아했어. 점순이, 초롱이, 온순이. 태어날 때부터 내 동생이었어. 너랑 젖병도 같이 물려 줬잖아."

"나도 기억나."

"그 애들이 산 채로 땅에 묻혔던 일이 나한테도 엄청 큰 상처였다는 걸 이번에 알았어. 어른들이 죽은 아이는 가슴에 묻는다고 하는 말이 무슨 뜻인지 알 것 같아. 나도 개들을 가슴에 묻고 일부러 잊어버렸던 거야. 이번에 할머니 돌아가시고 나서 알았어. 나는 아직도 점순이의 커다랗고 미끄러운 혀가 내 손등이랑 뺨을 핥던 느낌이 생생해. 낙농 실습장에 가서 젖소들을 볼 때마다 죽은 우리 소들이 생각나서 나도 모르게 자꾸 눈물이 났어. 1학기도 겨우 버텼어. 다시 학교로 가고 싶지 않아."

유정이는 평소 같으면 자퇴는 말도 안 되는 일이라고 부르댔을 거였다. 그런데 그날은 내 말을 묵묵히 들었다. 그리고 물었다.

"학교 그만두면 뭐 할 건데?"

"농사지을 거야."

"너 진짜 후회하지 않을 자신 있어?"

"응."

유정이가 나를 한참 동안 물끄러미 바라보았다.

"그럼 한 가지 약속해."

"뭘?"

"검정고시 보겠다고."

"왜?"

"뭘 왜야? 너 그냥 중졸로 끝낼 거야? 나중을 위해서라도 검정고시 준비해. 그리고 당장 자퇴한다고 해 봐. 너희 아빠 난리 날걸? 검정고시라도 보겠다고 해야 어쩔 수 없이 허락하실 거라고 본다, 나는."

자퇴를 하겠다고 마음먹고 나서 그 생각을 안 했던 건 아니다. 아빠는 내가 농고에 가겠다고 하기 전에 늘 그랬다. "공부 안 하면 너도 농부밖에 못 해." 나뿐만 아니라 우리 학교 애들은 거의 집에서 그 소리를 귀가 닳도록 듣고 살았다. 남자는 왜 큰 꿈을 품어야 하고, 무조건 공부를 잘해야 하는지 이해할 수 없었다. 성적 말고도 나를 곤란하게 하는 것은 커서 뭐가 되고 싶으냐는 질문이었다. 누군가 꿈이 뭐냐, 무엇이 되고 싶으냐고 물을 때마다 나는 소를 키울 거라고 했다. 그러면 어른들은 사내아이가 그렇게 꿈이 없어서 어떻게 하느냐고 혀를 찼다. 그래서 축구 선수가 되고 싶다고 했더니 그 키로 웬 축구 선수냐고 허황된 생각만 한다고 타박했다.

아빠는 예상대로 펄쩍 뛰었다. 학교를 그만두려면 집을 나가라고까지 했다. 결국 내가 아빠를 달랬다. 검정고시를 봐서 나중에 대학에 가겠다고. 그럴 때마다 누가 아빠고 누가 아들인지 헷갈렸다. 천천히 누그러진 아빠는 술을 차츰 줄이더니 김포에 있는 공장으로 일을 나갔다. 나도 면사무소 앞에 새로 생긴 편의점에서 아르바이트를 시작했다

2

"새엄마, 거기. 네, 거기도. 그렇게 골고루 뿌려야죠."
"광수, 이러케?"
"네. 아, 아니. 너무 많이 뿌렸어요."
새엄마는 일 년에 삼모작을 한다는 나라에서 왔는데 볍씨를 뿌리는 법도 모른다. 오늘 하는 일은 모판을 만드는 작업이다. 상토가 담긴 모판에 볍씨를 고루 뿌리고 다시 상토

를 덮어 물을 충분히 준 뒤 비닐로 덮는 단순한 일이다. 공정은 간단하지만 대충 해서는 안 되는 일이기도 하다. 아빠는 농협에서 모판을 사다가 못자리만 만들면 그만인 걸 왜 사서 고생하느냐고 꾸짖었다. 지난 며칠 동안 친환경농민회 작업장에서 모판 만드는 일을 도왔으니 우리 논에 넣을 만큼만 가져올 수도 있었다. 그렇지만 벼농사는 처음인 만큼 하나하나 내 손으로 해 보고 싶었다. 그래서 친환경농민회에서 탈망한 볍씨만 얻어 왔다. 볍씨에 붙어 있는 까끄라기를 자르는 탈망 작업은 기계가 필요한 작업이기 때문이다.

볍씨를 가져와 뒤뜰에서 소금물을 풀었다. 소금물 농도는 된장 담글 때처럼 하면 된다는데 할머니가 된장을 담글 때 거들떠본 적조차 없기 때문에 무척 긴장되었다. 그래도 유정이 할머니 말대로 소금 한 바가지에 물 세 바가지 비율로 소금물을 만드니 정말 계란 윗부분이 오백 원짜리 동전만큼만 떠올랐다. 그 물에 볍씨를 담가 위로 떠오른 쭉정이는 건져 내고 밑으로 가라앉은 튼실한 볍씨만 찬물에 헹궜다. 그리고 다시 60도 정도의 뜨거운 물에 볍씨를 담갔다가 찬물로 헹구어 소독을 했다. 마지막으로 방바닥에 비닐을 펼치고 볍씨를 깐 뒤 이불을 덮고 보일러를 돌렸다. 아빠가 더워 죽겠다며 또다시 타박을 했다. 그래도 이틀째 되는 아침이 되자 하얗고 앙증맞은 싹이 텄다. 하얀 싹 하나하나가 다 살아서 꼼지락거리는 것처럼 보였다. 좀 귀찮고 번거롭기는 했지만 그 과정을 거치고 나자 뿌듯한 느낌이 들었다. 그런데 모판을 만드는 오늘 아빠가 출근을 해 버렸다. 원래 일요일에도 자주 출근을 했지만 안 가도 될 일을 일부러 가는 것 같아 속이 상했다.

"아, 새엄마. 이번에는 너무 적게 뿌렸어요."

아빠한테 낼 짜증을 자꾸 새엄마에게 내고 있다. 4월 초 날씨에도 땀을 뻘뻘 흘리는 새엄마를 못 본 척하고 모판을 만들었다. 반 넘게 작업을 하고 허리를 펴다 새엄마를 보니 얼굴이 창백했다. 그제야 덜컥 걱정이 되었다.

"새엄마, 이제 얼마 안 남았으니 좀 쉬세요."

그러자 새엄마가 반색을 하며 말했다.

"아니 괜찮아. 광수, 나 깨 파종할까?"

새엄마가 선반에 있는 참깨와 검정깨를 가리켰다.

"네, 차라리 그렇게 하세요."

새엄마가 아까보다 가벼운 걸음으로 선반에서 씨앗을 심는 플라스틱 트레이를 가져와 칸마다 흙을 담고 깨를 몇 알씩 심었다. 모판 만들 때보다 더 정성스럽다. 새엄마는 우리 깨가 그동안 먹어 본 깨 중 가장 고소하고 맛있다고 좋아한

다. 우리 참깨와 검정깨는 토종 씨앗이다. 할머니가 김씨 집
안에 시집와 살다가 돌아가실 때까지 계속 지켜 온 귀한 씨
앗이다. 들깨는 할머니가 돌아가신 뒤 아빠가 보관을 잘못
했는지 잃어버리고 말았다. 그래서 종묘상에서 모종을 사
서 심는다. 요즘은 웬만한 작물은 토종 씨앗이 거의 없어 직
접 파종을 하지 않고 봄마다 모종을 사서 심는다. 종묘상에
서 산 모종은 대부분 거기에 맞는 농약과 비료가 따로 있다.
다국적 종묘 회사와 화학 회사가 합병을 해서 씨앗 자체가
자기네가 생산한 비료랑 농약만 쓸 수 있게 나온다고 했다.
그걸 알고부터는 은근히 부아가 난다. 그래서 올겨울에는
유정이 삼촌과 토종 씨앗을 찾는 일도 해 볼 생각이다. 모판
작업을 다 끝내고 새엄마가 하는 깨 파종을 도왔다.

"고생하셨어요. 이제 여기 치우는 건 제가 할게요."

"아니, 광수 같이 해."

"아니에요. 저 볶음밥 먹고 싶어요. 피시소스 넣고 하는
볶음밥요. 그거 해 주세요."

그 말에 새엄마가 활짝 웃으며 손에 묻은 흙을 털었다.

"오케이."

그리고 내 눈치를 한 번 더 보더니 조심스럽게 말했다.

"광수, 공장장님이 아빠 일요일에 와서 일해, 그랬어. 아

빠, 광수한테 미안해했어."

새엄마는 내가 왜 화가 났는지 알고 있었다. 괜히 새엄마한테 미안한 마음만 더 커졌다. 손으로 허리를 받치고 집 안으로 들어가는 새엄마를 보니 나도 모르게 한숨이 나온다. 두 달 뒤 내게 동생이 생긴다. 자그마치 열여덟 살 차이다. 새엄마와 아빠의 나이 차이랑 똑같다. 나이 쉰둘에 아기라니. 아빠 생각만 하면 얼굴이 화끈거린다.

새엄마를 처음 만난 건 작년 추석이었다. 아빠가 차례를 지내고 나가더니 웬 여자와 함께 왔다. 그전부터 아빠에게 이상한 낌새를 느끼긴 했다. 그래도 상대가 그렇게 젊으리라고는 상상도 못 했다. 게다가 유정이 작은엄마와 같은 베트남 사람일 줄은 정말 몰랐다. 새엄마는 유정이 작은엄마와 달리 옥소영이라는 한국 이름이 있었다. 한국에 온 지는 십 년이 넘었고 가정 폭력으로 이혼한 지 삼 년쯤 되었다고 했다. 아빠는 그날 새엄마와 결혼을 하겠다고 선언했다.

자퇴하고 집에 있으면서 밥, 빨래, 청소 등 집안일은 항상 내 몫이었다. 편의점 아르바이트를 하면서도 텃밭 농사까지 내가 다 했다. 그러면서도 엄살 한번 피우지 않았다. 내가 그렇게 힘들게 사는 동안 아빠는 연애를 하고 있었다니,

배신감이 들었다.

결혼 선언을 한 아빠는 나한테 상의도 없이 집을 수리하기 시작했다. 처음에는 돌담까지 허물고 그 자리에 철망을 새로 두르겠다고 했다. 하늘이 노래진다는 말이 실감이 났다. 그 돌담은 할머니가 시집와서 손수 쌓은 거라고 했다. 돌담 아래에는 할머니가 정성스럽게 가꿨던 꽃밭과 복숭아나무, 배나무, 백당나무가 있었다. 우리 마을에도 이제는 돌담집이 얼마 남지 않았다. 나는 그 돌담만큼은 오래도록 남기고 싶었다. 몇 날 며칠을 단식 투쟁 하며 돌담을 지켰다. 집수리가 끝나자 새엄마가 집으로 들어왔다. 딱 거기까지라면 참 좋았을 텐데 아빠는 기어이 결혼식이라는 걸 하겠다고 했다. 그것도 베트남까지 가서 말이다. 더 큰 충격은 나도 결혼식에 참석해야 한다는 거였다. 안 가겠다는 말에 아빠가 딱 한 마디를 했다. "우리 가족이라고는 너 하난데 안 가면 어떡해."

아빠 덕분에 난생처음 여권이라는 걸 만들었다. 아빠와 새엄마는 결혼식 준비를 한다고 먼저 떠나서 나 혼자 베트남까지 가야 했다. 유정이 작은아빠가 공항까지 데려다주고 발권도 도와주었지만 너무 긴장돼서 머리가 다 아팠다. 검색대를 통과하니 그 안은 또 하나의 도시였다. 탑승 시간까지 두 시간이나 남아 있었지만 길을 잃을까 무서워 탑승구 앞에서 꼼짝하지 않았다. 자정 넘어 비행기를 탔는데 저가 항공이라 기내식이 없다고 했다. 유정이 작은아빠가 햄버거라도 사 먹으라고 한 이유를 그제야 알았다. 다섯 시간 만에 도착한 호찌민 탄손누트 공항은 겨울방학을 틈타 여행 온 한국 사람들이 많아서 한국인지 베트남인지 헷갈릴 정도였다. 공항 밖으로 나오자 장마철 같은 후텁지근한 공기가 덮쳐 왔다. 다섯 시간 전 한국은 아직 겨울이었는데 한여름 속으로 건너뛰어 온 것 같아 신기했다. 아빠와 새엄마, 그리고 새엄마의 남동생이 승합차를 빌려 와서 나를 기다리고 있었다. 공항을 빠져나와 마주친 호찌민의 거리는 인천이나 안산에서 본 공장 지대 같은 느낌이 들었다. 그러나 조금 더 가자 서울 도심과 다르지 않은 고층 아파트와 빌딩들이 들어선 시내가 나왔다. 번화한 중심가를 지나 톨게이트를 빠져나간 뒤에는 불빛 하나 보이지 않는 어둠이 이어졌다. 두 시간 넘게 달린 뒤에야 건물들이 눈에 띄는 도시에 도착했다. 새벽 4시에 도착한 호텔은 생각보다 깔끔하고 에어컨도 훌륭했다. 새엄마는 남동생과 고향집으로 가고 아빠와 둘이 호텔에서 잤다. 두 시간 남짓 자고 아침 일찍 옥상 식당으로 올라가니 작은 읍내 모습이 한눈에 들어왔다.

옛날 우리나라 초가집 비슷한 지붕들이 드문드문 보였다.

아침을 먹고 조금 기다리자 하늘색 전통 의상을 입은 신랑 신부의 들러리가 호텔로 왔다. 그리고 아빠에게 황금색 실로 장식한 붉은색 베트남 의상을 입혔다. 아빠는 얼굴이 까만 데다 키가 작고 말라서 얼핏 베트남 사람처럼 보였다. 신부 측 들러리로 온 사람들도 그렇게 보였는지 자꾸 키득키득 웃었다. 신부 측에서 보낸 선물상자를 들고 호텔 로비에서 들러리들과 사진을 찍은 뒤 승합차를 타고 결혼식이 열리는 신부 집으로 갔다. 새엄마네 집은 호텔이 있는 시가지에서 한 시간쯤 더 가는 시골이었다. 간간이 베트남 전통시장과 학교가 있는 작은 마을을 지났다. 도로 옆으로 텔레비전에서만 보던 두리안나무도 보였다. 키가 큰 두리안나무에는 축구공보다 큰 열매들이 거의 땅에 닿을 만큼 열려 있었다. 드문드문 보이는 시골집 주변에는 바나나나무들이 초록색 열매를 달고 서 있었다. 승합차는 주변에 건물은 없고 농산물을 파는 가판대만 있는 한적한 농촌에 멈추었다.

큰길에서 벗어나 흙길을 한참 걸어가니 화려한 장식물로 꾸민 집이 보였다. 집 어귀부터 사람들로 북적였다. 울긋불긋 장식이 달린 집 모형물에 사람들이 축의금을 넣었다. 신랑 들러리들을 따라 집 안에 마련된 결혼식장에 들어갔다.

거실로 보이는 곳에 새엄마의 부모님과 자매, 친척들이 있었다. 신랑 신부가 초에 불을 붙이고 서로 술잔을 주고받았다. 아빠가 신부에게 금목걸이, 팔찌, 반지, 귀고리를 걸어주고, 신부 어머니는 신랑에게 금반지, 딸에게는 굵은 금목걸이를 선물했다. 신부의 자매들도 선물을 주었다. 사람들로 들어찬 좁은 방은 선풍기조차 돌지 않아 사우나 같았다. 전날 스콜이 덮쳐 온 마을이 정전되었다고 했다. 한 시간쯤 지나서야 찜질방 같은 방을 벗어나 마당에 차려진 피로연장으로 갈 수 있었다. 피로연 준비를 맡은 전문 업체 직원들이 마당에 있는 탁자들로 잔치 음식을 나르고 한쪽에서는 무대를 준비하고 있었다.

새엄마네 식구들은 내 입맛에 베트남 음식이 맞지 않을까 걱정했다는데 나는 차려진 요리들을 가리지 않고 다 먹었다. 새엄마 가족들이 나를 보며 엄지손가락을 치켜들어주었다. 점심 식사가 끝날 무렵 전기가 들어와 피로연장에 놓인 커다란 선풍기가 돌아가기 시작하고, 마당 한쪽에 설치된 무대 위로 사회자가 올라갔다. 피로연은 신랑 신부가 웨딩 케이크를 자르고 샴페인을 터뜨리는 것으로 시작했다. 새엄마의 친척들이 무대 위에 차례로 올라가 덕담을 하고 심지어 내게도 마이크를 건넸다. 나는 우리말로 간단하

게 인사를 했다. 새엄마가 옆에서 통역을 해 주었다. 인사가
끝나자 밴드의 공연이 펼쳐지고 가라오케 기계가 무대 앞
에 등장했다. 하객들이 나와 노래하고 춤을 추었다. 낯설고
이국적이었던 풍경이 한순간에 익숙한 장면으로 바뀐 느낌
이었다. 베트남 전통 혼례와 서양 예식이 뒤섞인 결혼식은
할머니를 따라가서 봤던 터미널 웨딩홀의 결혼식과 마을에
서 열리던 피로연을 합쳐 놓은 것 같았다. 사람들이 춤추고
노래하는 모습을 보면서 새엄마의 나라가 퍽 가깝게 느껴
졌다. 새엄마의 가족들이 농부라는 것도 은근히 마음에 들
었다. 나이 오십에 새신랑 노릇을 하는 아빠는 여전히 적응
이 안 됐지만 사흘간의 베트남 여행은 내 안에 있던 울타리
하나를 허물었다.

3

봄비치고는 비가 제법 내린 탓인지 마을에서 편의점 가
는 길에 새로 조성되는 전원주택 단지에 산사태가 났다. 산
이 높지 않아 큰 사고로 이어지지는 않았지만 시뻘건 흙이
도로 위로 쏟아져 내렸다. 요즘은 강화 곳곳에 전원주택 단

지와 펜션이 들어선다. 해안선을 따라 아슬아슬한 절벽 위로 카페 건물이 들어서기도 한다. 이러다 강화의 산이란 산은 다 깎여 나가고 해안선은 점점 카페나 펜션 사람들의 소유가 될 것 같다. 개발이 끊이지 않는 건 우리 마을도 마찬가지다. 마을 하천인 용내천을 따라 덕정산 기슭으로는 집들이, 용내천 남쪽으로는 논밭이 있었는데 이제는 산기슭뿐 아니라 논이 있던 곳까지 집이 들어섰다. 아빠나 유정이 작은아빠는 마을 안에 논이 자꾸 메워져 큰비가 오면 홍수가 날까 걱정이라고 했다. 외지인들이 많이 들어오면서 마을 분위기도 예전 같지 않다. 농사를 지으러 오는 사람들보다는 주로 퇴직하고 전원생활을 하러 온 사람들이라 마을 사람들과 쉽게 친해지지 못하고 겉돈다.

우리 목장 터를 사서 온 퇴직 공무원과 그 옆 펜션 주인도 마찬가지다. 우리 목장 아래 비탈밭에는 몇 해째 벌통이 놓여 있었다. 벌통 주인인 박씨 아저씨는 전에는 꽃을 따라 남쪽에서 북쪽으로 이동하며 벌을 쳤다. 그러다 삼 년 전부터는 우리 집 아래 은행나무 근처와 유정이네 골짜기에만 벌통을 놓고 꿀을 채밀했다. 그런데 새로 이사 온 두 집이 그 벌통 때문에 피해를 입는다고 군청에 계속 민원을 넣었다. 결국 오늘 아침 박씨 아저씨가 벌통을 빼기로 했다며 아빠한테 인사를 왔다.

"벌통 놓을 데는 찾았나?"

"네, 불은면 본가 근처에 밤나무밭이 있어요. 주변 야산에 아카시아도 많고. 주인한테 허락받았어요."

"그냥 좀 버텨 보지 그랬어."

"버틸 만큼 버텼고 더는 시달리기 싫어요. 우리 벌똥 때문에 비싼 차가 다 녹슬었다는데 어째요. 펜션 주인은 벌이 날아다녀서 손님들이 안 든대요. 둘 다 보상해 달라는 말은 안 하겠다면서 벌통만 빼라는데 할 말이 없더라고요."

"아니, 여기서 벌을 하루 이틀 친 것도 아닌데. 굴러온 돌이 바힌 돌을 빼는 겨이지."

아빠가 성난 목소리로 말하자 아저씨는 체념하듯 대꾸했다.

"어쩔 수 없죠. 이것도 오래 못 하려나 봐요. 기후가 변하니 꿀도 잘 안 모여요."

"차라리 예전처럼 하는 게 낫지 않나?"

"아니에요. 꽃 피는 시기가 전국적으로 비슷해졌어요. 옮겨 다녀 봤자 큰 차이가 없고 오히려 경비만 많이 들어요. 어머니도 연로하셔서 애들 감당하기 힘들어하시고. 그나마 여기가 과일나무도 많고 밤나무 과수원도 있고, 아카시아나무랑 들꽃도 많아서 참 좋았는데 아쉽죠."

"사람들이 서로 불편한 거 참으면서 같이 살아가야 하는데. 요즘엔 옛날이 그리워."

유정이 작은아빠한테 박씨 아저씨 얘기를 했더니 한숨을 쉬었다.

"앞으로는 농사짓는 사람보다 전원생활 하는 사람이 더 많아질 거야. 우리 마을만 해도 농사짓는 사람들 중에 내가 가장 젊으니."

"제가 있잖아요."

유정이 작은아빠가 나를 물끄러미 바라보다 물었다.

"광수야, 너 진짜 농사지을 거야?"

"네."

"사정이 예전보다 더 나빠졌어."

"저도 알아요."

"대충 아는 것하고 현실은 달라. 몇 년 전보다 친환경 농산물 판로도 더 줄었어."

"왜요? 더 늘어야 정상 아니에요?"

"예전에는 학교에서 친환경 농산물을 소비해 줬는데 몇 년 전부터 예산 문제로 계약을 해지했어."

"그렇구나."

"게다가 농협에서는 친환경 농산물을 따로 수매해 주지 않잖아. 그나마 쌀은 좀 받아 줬는데 과수는 안 되거든. 가락 시장에서도 유기농 농산물을 따로 쳐 주는 것도 아니고. 친환경으로 농사짓기도 힘든데 판로까지 없으니 그만두는 사람들이 많아. 나야 그나마 단골들이 있고 생협하고도 계속 거래를 하니까 버티는 거지."

"농사짓기도 힘든데 팔기까지 어려우니 어떡하죠?"

"그러니까. 나도 요즘 고민이 많다. 애들은 자라는데 계속 이걸 유지해야 할지."

"저도 걱정이 많아요. 심지어 그때 자퇴하지 말고 원예과로 전과를 할걸 그랬나 하는 생각까지 들어요."

"원예과?"

"네. 농고 다닐 때 기숙사 룸메가 원예과였어요. 종자라든가 과수, 화훼 이런 걸 배운다더라고요. 걔는 아버지 사과 농장을 이어받을 거라 과수 개량이 관심사였어요. 걔가 지구 온난화 때문에 사과 농사에도 변화가 심하다고 했던 기억이 나요. 그땐 건성으로 들었는데 요즘 여러 고민을 하다 보니까 그게 생각이 나는 거예요. 저도 과수에 관심이 많거든요."

"과수?"

"네. 삼촌, 샤인 머스캣 아시죠?"

"샤인 머스캣?"

"네, 청포도 알 큰 거 있잖아요. 마트에서 되게 비싸게 파는 거. 그거 어때요?"

"샤인 머스캣이라. 그런데 그거 강화에서는 아직 잘 안돼. 친환경으로는 더 어려울 거야. 아직은 영동, 김천 쪽에서 많이 해."

"강화에서도 좀 하는 것 같던데요?"

"더러 하기는 해. 그런데 상품 가치가 높지는 않나 보더라고. 여기는 아무래도 북쪽이라 충청도나 경상도 쪽하고는 생육 조건이 다르잖아. 강화에서는 아직 일러."

"아직 이를 때 우리가 먼저 해 보면 어때요? 아직 친환경으로 하는 데는 없잖아요."

"캠벨 포도도 친환경으로 하기 힘든데 샤인 머스캣 같은 새 품종을 친환경으로 하는 건 모험이야."

"그래도 한번 도전해 보실 생각 없으세요? 여기 토양이나 햇볕, 기온에 맞게 이것저것 시도해 보면 가능성이 생기지 않을까요? 예전에 남쪽에서만 재배하던 과수들이 점점 북쪽으로 올라왔다면서요? 앞으로도 기후가 계속 따뜻해질 테니까 잘될지도 모르잖아요."

"쉽지 않을 거야."

"삼촌, 그래도 한번 해 봐요. 우리 논, 햇볕 짱짱하잖아요. 거기 한 삼분의 일쯤을 흙을 덮어서 해 보는 거예요. 저는 포도 농사를 해 본 적이 없으니까 삼촌이랑 같이 해야만 할 것 같아요. 저 열심히 할게요, 삼촌. 저는요, 농사도 모험을 해 봐야 전망이 있다고 생각해요."

유정이 작은아빠가 어리둥절한 표정을 짓고 있다가 내게 물었다.

"근데 왜 하필 샤인 머스캣이야?"

"왠지 그게 끌리더라고요. 솔직히 말하면 아빠한테 뭔가 보여 주고 싶기도 해요."

"그게 다야?"

"네, 예전부터 삼촌 포도밭에 가면 나도 포도나무 키워 보고 싶다고 생각했거든요. 그런데 왜요?"

유정이 작은아빠가 멋쩍게 웃으며 말했다.

"아니. 광수를 이렇게 적극적이게 만든 힘이 뭘까 궁금해서. 네 얘길 들으니 언제부턴가 내가 너무 안전한 쪽으로만 가려고 했던 거 같아. 왜 무조건 안 된다는 생각부터 했을까?"

"그거야 삼촌은 부양할 가족이 있으니까요. 저도 그 정도는 알아요. 저는 그런 면에서는 자유롭잖아요. 쉽지는 않겠지만 까짓것 몇 번 실패하면 어때요? 저한테는 아직 시간이 무궁무진하니까 상관없어요. 삼촌도 친환경 포도 시작할 때 다들 불가능하다고 했다면서요? 그런데 해내셨잖아요."

"그래, 그랬지."

"그래서 삼촌이랑 같이 하고 싶어요."

유정이 작은아빠가 생각에 잠겼다. 그리고 잠시 후, 내 어깨에 크고 두툼한 손을 얹으며 말했다.

"네 말이 맞다. 해 보자. 부딪쳐 보자. 광수 네 덕분에 심장이 다시 뛰는 것 같은데? 영동에 내 군대 동기 놈이 샤인머스캣 농장을 해. 우리 추수 끝나고 같이 가 보자. 드디어 우리 살문리에 농사 동지가 생긴 것 같아 든든하다."

"그렇죠? 삼촌, 앞으로 저만 믿으세요."

4

아빠와 아침 일찍 논에 나와 못자리를 했다. 못자리에다 비닐하우스를 세우는 대신 부직포를 씌웠다. 이렇게 하는 게 오히려 보온이 잘되고 싹도 잘 튼다고 했다. 무엇보다 일하기가 편했다. 그런데도 아빠는 뭐가 그렇게 못마땅한지 내내 부루퉁했다. 점심 먹고 고구마와 고추 모종을 심을 때도 쓸데없는 까탈을 부리더니 점심을 먹으며 그예 한마디 했다.

"지희도 대학 간단다."

"지희요? 걔 미용 학원 다니는데?"

"제 엄마가 대학에 보내겠다고 했다더라."

아빠는 '기승전 대학'이다. 그 말만 안 들어도 내 키가 벌써 180센티미터는 넘었을 거다.

"마을 사람들이 다 흉본다. 아들 하나 있는 거 잘 가르치지 않고 왜 농부 만드냐고. 내가 너 때문에 아주 몹쓸 아비가 됐어."

나도 그런 시선을 못 느낀 것은 아니다. 편의점에 물건을 사러 와서는 은근히 나를 목표도 생각도 없는 애 취급 하는 마을 어른들도 많다.

"아빠, 제발 아빠라도 나를 긍정적으로 봐 주면 안 돼?"

아빠는 아무 대답도 하지 않고 한숨만 한참 쉬다가 퉁명스럽게 답했다.

"농사를 지으려면 돈 되는 걸 해야지. 하긴 그러려면 또 돈이 있어야 하지. 그래서 내가 농사 같은 거 하지 말고 대학에 가라는 거야. 이제는 농사도 자본 없으면 어려워."

"어차피 나는 시설 농업 하고 싶은 마음 없어."

"얼씨구. 이 철부지야, 정부에서도 특용 작물 재배를 장려한다고. 사람들은 기본적으로 규모 큰 기업농으로 가는 게 우리나라 농업의 미래라고 생각해."

"그렇다고 그게 맞는 건 아니잖아. 우리 마을 사람들도 원래 하던 대로 농사짓고."

"그거야 다 노인네들이라 그렇지. 그러니 맨날 이 모양이고. 여기 외지 사람들 아니면 부자가 어디 있냐?"

"유정이 작은아빠가 그랬어. 우리 농업을 지탱해 온 건 우리 마을 농부들 같은 가족농이라고. 난 그걸 이어 가고 싶어. 특용 작물 하려면 하우스랑 설비 해야지, 이주 노동자들 있어야지. 공장 돌리는 거랑 다른 게 없잖아. 나는 사장님이 아니라 농부가 되고 싶어. 그리고 될 수 있으면 직접 석유를 쓰는 농사는 안 지을 거야."

"어이구. 주제에 잘난 척은."

"잘난 척 아니거든. 나도 내 나름대로 생각이 있는 거지."

아빠가 내 눈치를 슬쩍 살피더니 툭 내뱉듯이 말했다.

"정 농사지으려면 대출받아서 인삼이나 한번 해 보든가."

"아빠, 인삼은 한번 심으면 최소한 사 년에서 육 년을 키워야 팔 수 있는데 내가 그걸 어떻게 해?"

"편의점 알바 계속 하시면 되지."

아빠의 빈정거리는 말투가 고까웠다.

"아들한테 그렇게 말하면 좋아?"

"정신 차리라고 하는 말이야. 제일 쉬운 논농사만 해도 월급쟁이만큼 벌려면 논 이만오천 평에서 삼만 평은 해야 돼. 안 그러면 계속 편의점 알바하면서 살아야 한다고."

"내가 선택한 거니까 최소한 십 년은 해 보고 가망이 있는지 없는지 판단할 거야. 아빠한테 손 벌리는 일 없을 테니까 걱정 마. 그냥 우리 논이나 팔지 말아 줘."

아빠한테 유정이 작은이빠와 샤인 머스캣 농사를 해 보기로 했다는 말은 하지 않았다. 섣불리 얘기했다가 또 실속 없는 생각만 한다고 잔소리를 들을 것 같았다.

"넌 도대체 누굴 닮아서 똥고집이냐?"

"아빠 닮았지. 누굴 닮았겠어?"

내가 퉁명스럽게 대꾸하며 일어서자 우리 눈치를 보며 잠자코 밥만 먹던 새엄마가 아빠를 노려보며 말했다.

"남편, 광수 체하겠다. 남편 잔소리 나빠."

마을 회관 앞에 서 있던 유정이가 나를 보고 눈을 흘겼다.

"뭐냐? 너 늦었다."

"아침에 못자리하고, 지금까지 고추랑 고구마 심었어."

유정이가 흘끗흘끗 내 표정을 살폈다.

"뭔 일이야? 또 아빠랑 싸웠어?"

"아니."

"아니기는."

아무리 티를 내지 않으려 해도 유정이한테는 소용이 없다.

"아빠가 또 대학 타령하잖아."

"앞으로도 계속하시겠지. 그래도 어쩌겠어. 네가 하고 싶은 거 하려면 참아야지 편의점 일은? 잘 마무리됐어?"

"응. 걔네 부모들이 와서 사과했어. 그런데 너 그 일 어떻게 알았어?"

"우리 아빠가 말해 줬어."

"삼촌이 말했구나. 그런데 넌 아빠라는 말이 진짜 자연스럽게 나온다?"

"이젠 입에 붙었어."

"안 어색해?"

"응."

유정이는 고등학교에 입학하면서부터 작은아빠와 작은엄마를 아빠 엄마라고 부른다. 유정이 작은아빠가 입양을 했으니 법적으로도 아빠 엄마가 맞다. 그래도 유정이가 그렇게 빨리 아빠 엄마라고 할 줄 몰랐다. 나한테도 새엄마를 아줌마라고 부르지 말라고 하도 잔소리를 해서 호칭을 바꿨다. 유정이 말대로 부르는 이름에 따라 관계가 달라졌다. 유정이가 아빠 엄마라고 부르자 진짜 가족이 된 기분이라고 한 것처럼, 나도 새엄마라고 부르면서 더 가까워진 느낌이 들었다.

"김광수, 너 진짜 편의점 알바 계속할 거야?"

"점장님이 여름에 손님 많다고 주말에는 24시간 할 거래. 그래서 내가 주말 야간하고 주간은 평일에 이틀만 봐주기로 했어."

"그런 일을 겪고도 계속하다니 배짱이 있는 거냐, 속이 없는 거냐?"

"배짱이 좋은 걸로 해 두자."

이 주 전 편의점에 온 손님과 실랑이가 있었다. 이십 대 초반으로 보이는 남자들 한 무리가 와서 몇 시간 동안 술을 마시며 잔심부름을 시켰다. 처음 몇 번은 서비스다 생각하고 들어줬는데 점점 심해져서 거절했더니 갑자기 나이도 어린 녀석이 건방지다며 시비를 걸었다. 꾹 참으면서 남자들이 가기를 기다리는데 탁자 위에 쓰레기를 수북이 쌓아 놓고 그냥 가려고 했다. 내가 불러 세우자 다짜고짜 욕을 하며 주먹을 날렸다. 처음엔 어리둥절했지만 이내 바지 주머니에 있던 비상벨을 눌렀다. 점장이 벨을 주며 야간 근무 동안 주머니에 넣고 있으라고 할 때만 해도 그렇게 요긴하게 쓰일 줄은 몰랐다. 마침 순찰을 돌던 경찰차가 오 분 만에 도착했다. CCTV 덕에 그 사람들 잘못이라는 게 드러났다. 아빠는 당장 편의점을 그만두라고 했다. 대학 안 가면 평생 편의점 아르바이트나 하며 살 거라고 독한 말을 쏘아 댔다. 아빠의 말이 그 남자가 날린 주먹보다 더 아프고 화가 났다.

"너희 새엄마가 걱정 많이 한다던데."

"새엄마가?"

"응. 너희 새엄마랑 우리 엄마 다문화 센터에 같이 다니잖아. 거기 산모 교실도 있거든. 둘이 만나면 네 걱정 자주 하는 것 같아."

새엄마가 나를 걱정한다는 말에 묘한 기분이 들었다. 방금 전에도 새엄마는 분명 내 편을 들었다. 나를 걱정하는 사람이 한 명 더 늘었다는 게 은근히 좋았다.

"다들 괜한 걱정 하는 거야. 점장님이 제발 주말이라도 해 달라고 부탁하셨어. 여기서는 알바생 구하기 힘들잖아. 나도 어차피 돈 벌어야 하는데 집에서 가까운 데가 낫지."

"그럼 가을까지는 편의점 알바 하고, 가을에 추수 끝나고 나서는 시간 많으니까 다른 알바를 구해. 그러는 편이 돈도 더 많이 벌걸?"

"안 돼. 나 할 거 많아."

"뭘 할 건데?"

"학원 다닐 거야."

"학원? 무슨 학원?"

"일단 운전면허 딸 거야. 그다음에 농기계 기능 정비사도 따고, 농기계 운전 기능사도 딸 거야. 트랙터나 경운기는 농기계 운전 기능사 자격증이 없어도 운전할 수 있다지만 그래도 자격증을 따 놓으면 나쁠 건 없잖아. 중장비도 천천히 배울 거야. 포클레인 운전하려면 필요해. 그리고 추수 끝나고 나서는 견학 다녀야 해."

"견학?"

"응. 우리 샤인 머스캣 농사 해 보려고."

내 말에 유정이가 눈을 동그랗게 뜨며 말했다.

"오, 김광수!"

"왜?"

"좀 멋져 보이는데?"

"멋지다고? 아직 시작도 안 했는데?"

"시작하려고 노력하는 게 멋져."

유정이가 해님보다 더 밝게 웃으며 말했다. 갑자기 얼굴이 화끈거렸다.

"빨리 가자. 이러다 해 지는 거 못 보겠다."

유정이가 자전거 페달을 밟기 시작했다. 나도 유정이 뒤를 따라갔다. 못자리를 마친 논 위로 백로가 내려앉았다. 어느새 해가 석모도 해명산에 걸터앉았다.

"윤유정, 더 세게 밟아. 건평항 도착하기 전에 해 지겠어."

"너나 빨리 와."

5

푸른빛이 감도는 초저녁 서쪽 하늘에 별 하나가 붉게 빛난다. 금빛을 띤 초승달도 아름답다. 모처럼 유정이, 지희와 함께 유정이네 집 평상에 앉았다. 지희가 하늘을 올려다보며 말했다.

"오늘 하늘 정말 예쁘다. 달이 황금색으로 보여. 저 별은 뭐지? 엄청나게 반짝인다."

"샛별. 우리 담임이 그랬어. 오늘 금성이 일 년 중 가장 밝고 크게 보일 거라고."

"그렇구나. 중3 때 여기서 우리 셋이랑 우주랑 별 보던 거 생각난다. 유정이 너는 이우주랑 연락하지?"

"아니. 대학생이 고딩이랑 연락하겠냐?"

유정이의 담담한 대답에 지희가 실망스러운 표정으로 대답했다.

"그래? 난 너랑은 연락하는 줄."

우주와 유정이가 서로 연락하지 않는다는 말에 은근히 기분이 좋아졌다. 이 년 전 우주가 유정이한테 고백한 뒤로 언젠가는 유정이 마음이 우주한테 갈 거 같아 불안했다. 그런데 유정이는 우주와 내게 둘 다 그냥 친구일 뿐이라고 선을 그었다. 어쨌든 나는 유정이와 가까이에 있고 우주는 멀다. 문득 자퇴하기 잘했다는 생각이 든다. 내가 계속 농고에 다녔다면 유정이와 가까이 있을 수 없었을 테니까 말이다.

"참, 윤지희, 너 대학 갈 거라며?"

며칠 전 아빠한테 들은 게 생각나서 물었다. 지희가 시무룩한 얼굴로 고개를 저었다.

"아니야. 너 어디서 들었어?"

"너희 아빠가 우리 아빠한테 말했다던데?"

"웃겨. 공부도 못하는 애가 무슨 대학이냐고 할 때는 언제고."

지희의 날 선 말투에 유정이가 걱정스럽게 물었다.

"왜, 또 무슨 일 있었어?"

"아빠가 엄마더러 요양원에서 받는 월급 왜 안 내놓느냐고 뭐라고 했어. 그랬더니 엄마가 그 돈은 절대 안 줄 거래. 그러면서 하는 말이 그 돈은 내 대학 등록금 내려고 모아 뒀다는 거야. 엄마가 다 늙어서 요양사 하는 게 순전히 나 대학 보내기 위해서래. 나 그날 진짜 펑펑 울었잖아. 하지만 난 대학 정말 안 갈 거야."

"언마가 보내 주신다고 할 때 가 너 자격증 한 개만 더 따면 특별 전형으로 갈 수 있다며?"

"어차피 미용은 기술이야. 난 졸업하자마자 취업할 거야. 서울에 있는 프랜차이즈 미용실에서 몇 년 기술 배워서 강화에다 미용실 낼 거야."

"연예인 코디 한다더니?"

내가 장난스럽게 던진 말에 지희가 입을 비죽거리며 말했다.

"그건 철없을 때 얘기지. 나는 우리 원장님처럼 살 거야."

지희는 지난겨울부터 토요일마다 읍에 있는 미용실에서 아르바이트를 한다. 뭘 꾸준히 하는 걸 본 적이 없는데 위탁

으로 가는 미용 학원과 미용실 아르바이트는 꽤 진득하게
붙어 있는 편이다.

"우리 원장님 서울에서 잘나가는 헤어 디자이너였대. 미
용 학원 나와서 이대, 이태원, 강남 같은 데서만 일했는데
스트레스가 너무 심해서 탈모증이 생겼대. 그래서 남자 친
구 고향인 강화로 온 거야."

"실력이 없어서가 아니라?"

"너 자꾸 깐죽거릴래? 아니라고. 오죽하면 친구들이 그
좋은 실력으로 왜 시골에 가느냐고 말렸겠냐? 그런데 그 친
구들이 이제는 다 부러워한대. 우리 원장님 토요일만 알바
부르고 나머지는 예약제로 혼자서 아침 10시부터 저녁 8시
까지만 하잖아. 그런데도 얼마 전에는 아파트도 샀어. 서울
에서는 월세 보증금도 안 되는 돈으로 산 거래. 강화니까 내
집 갖고 출퇴근 시간에 고생 안 하고, 육아도 남편이랑 같이
할 수 있는 거래. 그래서 나도 그렇게 살려고."

"윤지희. 너한테는 원장님이 멘토구나."

"응."

"나한테는 유정이 작은아빠, 아니 유정이 아빠가 멘토야."

우리가 나누는 대화를 잠자코 듣던 유정이가 말했다.

"나도 대학 가지 말까?"

"말도 안 돼. 유정이 넌 대학 가. 우리 둘처럼 공부를 못하는 것도 아니고. 넌 인서울 할 수도 있잖아?"

"아니, 갈 수만 있으면 인천에 있는 국립대 가야지. 그래야 우리 아빠 등록금 부담 덜어. 수능 끝나면 수술 한 번 더 해야 하니까 돈이 많이 들잖아."

지희가 갑자기 유정이의 뺨을 제 손으로 잡고 얼굴을 요리조리 뜯어보았다.

"이제 거의 티 안 나는데? 뭘 수술을 해?"

지희 말에 나도 얼른 맞장구를 쳤다.

"맞아. 티 안 나. 하나도."

우리 말에 유정이가 시무룩한 표정으로 말했다.

"콧구멍이 짝짝이잖아."

"야, 누가 네 콧구멍을 들여다보냐?"

내 말에 유정이가 정색을 하고 말했다.

"난 장난하는 거 아니거든."

"나도 장난 아니야. 진짜 티 안 나서 그렇게 말한 거야."

변명은 했지만 유정이한테 가장 예민한 부분을 잘못 건드린 것 같아 당황스러웠다. 유정이도 내가 신경 쓰였는지 머뭇거리며 말했다.

"사실 나 사범대 가고 싶어. 임용되는 게 너무 힘들다고는 하지만, 그래도 해 보고 싶어. 그래서 수술하려는 거야. 학생들이 내가 언청이였다는 거 몰랐으면 좋겠어."

중학교 때까지는 장난을 핑계로 유정이의 발음을 흉내 내며 놀렸다. 안면 기형이 거의 눈에 띄지 않아서 유정이의 마음을 헤아리지 못했다. 아직도 철없던 그때를 생각하면 얼굴이 달아오른다. 유정이에게 무슨 말을 해야 할지 몰라 우물쭈물하는 사이 지희가 입을 열었다.

"사범대? 유정아, 너랑 잘 어울려. 그리고 콧구멍이 좀 짝 짝이면 어때. 난 네가 학생들한테 네 얘기를 당당하게 할 수 있는 선생님이 되면 좋겠어. 우리도 솔직하고 당당한 선생 님이 좋잖아. 너는 국어 선생님 하면 되게 잘할 것 같아."

지희의 말에 유정이가 수줍게 웃었다.

"지희야, 네 말이 맞다. 내가 윤지희 말처럼 좋은 선생님 이 되도록 노력할게."

"장난 아니고 진심으로 말하는 건데 너 임용 고시 합격해 서 여고로 와라. 우리 셋이 강화를 지키자."

이럴 때는 지희가 나보다 낫다. 유정이 얼굴이 금세 펴 졌다.

6

포도알 솎기가 끝나고 유정이와 오랜만에 영화를 봤다. 강화에 작은 영화관이 생긴 건 삼 년 전이다. 강화 군립 문화 회관 한쪽을 멀티플렉스처럼 꾸미고 개봉작이나 다양성 영화를 상영한다. 예전에는 영화 한 편 보려면 김포나 인천까지 나가야 했는데 이제는 강화에서 대형 영화관의 반 값으로 볼 수 있다. 덕분에 아빠와 새엄마, 유정이네 식구들도 종종 읍으로 영화를 보러 간다. 난생처음 영화관에서 영화를 보셨다는 유정이 할머니도 요즘은 가끔 친구분들과 영화관에 간다고 한다. 그동안 내가 이렇게 영화를 좋아하는지 몰랐다. 안젤리나 졸리와 브래드 피트를 모르는 건 유정이만이 아니었다. 그런데 작은 영화관이 생긴 뒤로는 어떤 영화가 새로 개봉을 하는지 궁금해지고 외국 영화도 이따금 보러 간다. 솔직히 아직은 영화보다는 유정이랑 영화관에 가는 일이 더 좋긴 하다. 버스를 타고 집으로 돌아오는 길에 유정이가 외포리 쪽을 가리키며 소리를 쳤다.

"와, 석양 봐. 해가 진짜 빨갛다. 석모대교 개통 일주일 남았다고 그랬지?"

"거의 그럴걸?"

"개통되면 우리 자전거 타고 장구너머항까지 가서 석양 보자."

"좋아."

지난봄에 유정이랑 배를 타고 석모도에 갔다. 둘이 민머루 해변을 거닐고 장구너머항에 가서 석양을 보았다. 멀리 아차도와 볼음도 사이로 넘어가는 붉은 해가 유정이 뺨을 금빛으로 물들였다. 유정이는 지는 해를 황홀한 표정으로 바라보았다. 유정이는 참 표정이 많다. 고양이나 강아지 들을 볼 때는 한없이 따뜻하고 포근한 미소를 짓고, 우리 돌담의 복숭아꽃과 백당꽃을 볼 때는 꿈을 꾸는 듯한 얼굴을 한다. 가끔은 나에게도 그런 표정을 지어 주면 좋겠지만 나를 볼 때는 대부분 동생 용민이나 용우가 말썽을 피웠을 때처럼 꾸짖는 표정이다. 뭐 어떤 표정을 짓든 상관은 없다. 중요한 건 나와 유정이가 여전히 좋은 친구고 같이 있다는 사실이다.

이제 겨우 열아홉 살의 절반이 지났고 아직 내 앞의 시간은 무궁무진하다. 작년 가을에 유정이가 강화 도서관에 유명한 작가가 와서 강연을 한다며 나를 억지로 끌고 간 적이 있다. 그 작가는 미지의 세계로 나갈 용기가 젊음의 상징이라고 했다. 강연을 듣고 나니 강화 밖으로 나갈 생각이 없는 내가 게으르고 겁쟁이인 것처럼 느껴졌다. 지금은 그 작가의 말이 다 옳다고 생각하지는 않는다. 나는 논에서도 내가 미처 모르는 미지의 세계를 만난다. 올해 볍씨를 틔우면서 그 사이에서 꿈틀거리는 하얀 싹을 처음 만났다. 작은 싹이 벼 한 포기를 품고 있다는 것이 신기하기 짝이 없었다. 며칠 전 논농사에서 가장 힘들다는 논의 잡초를 뽑는 피살이를 하러 갔다가 오랜만에 해오라기를 만났다. 마을에서는 자취를 감춰 이제 오지 않는 줄 알았는데 다시 만나니 반가웠다. 나는 원래 소 말고는 다른 동물에 관심이 없었는데 유정이 덕분에 새도 좋아하게 되었다. 우리 논은 농약을 치지 않아서 우렁이와 미꾸라지, 개구리가 많아 백로나 황로, 가끔 저어새도 들른다. 다섯 마지기 논이 내게는 우주 전체와 맞먹는다. 순전히 내 힘으로 추수를 하고 나면 얼마나 감동적일지 상상만 해도 가슴이 벅차오른다. 11월쯤 논 한쪽에 샤인 머스캣 나무를 심을 일도 벌써 기대가 된다. 모험은 자기가 태어나 살아온 곳으로부터 떠나야만 가능한 것은 아니다. 나처럼 계속 살아온 곳을 지키며, 남들이 하지 않는 일을 하는 것도 모험이다. 이런 생각을 하는 내가 좀 멋진 것 같다. 우리 할머니가 늘 말했듯이 나는 세상에 둘도 없는 김광수다.

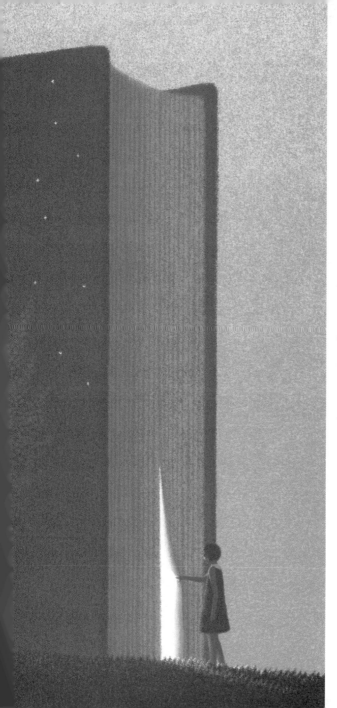

손원평 —

상자 속의 남자

나는 상자 속에 산다. 꽉 닫힌 상자 안은 안전하다. 나는 그 안에 머물면서 세상을 지켜보고 관찰한다. 응시하고 싶은 것을 응시하다가 불편해지면 눈을 질끈 감아 버린다. 이런 얘기를 들려줬더니 형은 옅은 미소를 지었다. 미소가 아니었는지도 모른다. 형이 어떤 기분인지를 표정으로 알기란 쉽지 않다. 거의 굳어 있는 형의 얼굴에서 표정이라고 해 봐야 한쪽 입꼬리를 어색하게 올리는 것뿐이다. 그리고 형은…… 아니다. 그의 자세한 상태를 묘사하는 건 내게도 형에게도 즐거운 일이 못 된다. 내가 말할 수 있는 건 형이 처음부터 이런 모습은 아니었다는 사실뿐이다.

한때 형은 누구보다 우렁찬 목소리를 가지고 있었으며 아침 햇살처럼 밝은 미소를 아낌없이 내비치던 사람이었다. 형이 이렇게 된 이유는 그가 상자 밖으로 부주의하게 뛰쳐나갔기 때문이다. 그러므로 내가 상자 속에 머무는 건 당연하다. 누구도 들어올 수 없고 내가 함부로 나갈 염려도 없는 이곳에서 나는 안전하고 평화롭다.

그렇다고 해서 내가 세상과 단절된 삶을 사는 건 아니다. 내게는 어엿한 직업이 있고 생활 속에서 매일 사람들과 말을 섞는다. 고된 상하차 작업에 대해 동료들과 푸념을 늘어놓기도 하고 엘리베이터에 탔을 때 멀리서 걸어오는 힐머니를 위해 닫히려던 문을 다시 열어 주기도 한다. 드물지만 내가 건넨 물품을 수령하는 사람과 가벼운 인사를 나누는 순간도 있다. 하지만 그건 예의의 범주에 속한다.

그렇게 하지 않으면 기분 나쁜 사람이라는 평가를 받게 될 테고, 차곡차곡 쌓인 불만과 클레임은 어떤 식으로든 내게 해를 끼칠 것이다. 기본적인 예의와 사회성을 갖추고 때로는 억울함을 견디며 손해 보는 느낌을 묵묵히 참아 넘기는 것. 그것이 나 같은 노동자들이 살아남기 위해 벌이는 소리 없는 투쟁이다.

물론 참기 힘든 순간도 더러 찾아온다. 주소 입력 오류로 생기는 번거로움이나 배송 지연에 대한 클레임 같은 건 아무것도 아니다. 최악의 상황은 얼굴을 맞댄 상대와 문제가 발생할 때 빚어진다.

한번은 집 안까지 무거운 생수 묶음을 들여놓으라는 할아버지와 싸움이 붙은 적이 있다. 날은 더웠고 땀에 젖어 등에 철썩 들러붙은 셔츠가 척척했다. 눈앞엔 막 내려놓은 생수가 산더미처럼 쌓여 있었다. 벌컥 문을 연 할아버지는 대뜸 꺼끌꺼끌한 목소리로 현관 안까지 생수 팩을 옮겨 놓으라고 명령했다. 첫마디부터 그렇게 공격적으로 말하지 않았다면 나도 마음을 바꿨을지 모른다. 하지만 다짜고짜 반말에 삿대질을 섞어 이걸 여기 두는 게 생각이 있는 짓이냐고 호통을 치는 데엔 도리가 없었다. 매뉴얼대로 택배 규정상 물품을 집 안까지 들일 의무가 없다고 응했으나 그는 막무가내였다.

나는 침착한 말투를 유지하려 애썼지만 돌아온 건 입에 담기 힘든 욕설과 직업 비하, 그리고 눈앞에서 쾅 닫히는 문의 굉음이었다. 관자놀이에서 굵은 땀이 쭉 흘러내렸고 주먹이 불끈 쥐어졌다. 생각할 틈도 없이 내 주먹은 문을 두드리고 있었다. 쾅쾅쾅쾅. 녹슨 철제문이 삐걱대는 소리가 사나운 개가 짖는 것처럼 복도를 컹컹 울렸다. 내 안에선 걷잡을 수 없는 분노가 번져 나갔다. 문 뒤의 노인은 응답하지 않았다. 다행이었다. 문이 열렸다면 즉시 주먹이 나갔을 것이고, 나는 직장을 잃었을 것이고, 나 자신과 세상을 한층 더 미워하게 됐을 테니까.

다행히 시간이 흐를수록 고객의 얼굴을 볼 일도, 업무 중 해야 할 말도 줄어들었다. 내 일은 점점 단순해져서 대부분은 고객을 상대하지 않은 채 박스를 싣고 닫힌 문 앞에 던져 두는 것으로 끝난다. 그 과정은 반복적이고 고되지만 어떤 의미에선 정확히 내 세계관과 일치한다. 굳게 닫힌 문 앞의 밀봉된 상자. 서로 마주칠 필요도, 상자 안에 든 물건이 무엇인지 알 필요도 없다. 이 일에서 가장 중요한 건 물건이 안전하게 배달되는 것뿐이다. 안전. 내 삶의 모토, 내가 상자 속에 사는 이유도 바로 그것 때문이다.

가끔 들르는 공원에는 아이들이 뛰어논다. 벤치에 가만히 앉아 있노라면 아이들이 눈앞에서 넘어지는 걸 보게 되는 경우가 생긴다. 그럴 때면 손을 내밀어 아이를 일으켜 주고 싶은 마음이 든다. 형을 닮았기 때문에 내 본능도 그러하다. 하지만 난 아이들에게 손을 내미는 대신 필사적으로 몸을 웅크려 손이 뻗어 나가지 않도록 단속한다. 누군가를 해치기 위해 주먹을 들면 안 되는 것처럼 누군가를 돕기 위한 손길도 내밀어서는 안 된다. 내 손은 누구를 향해서도 나아가지 않는다. 삶이 내게 가르쳐 준 씁쓸한 관성이다.

처음부터 내가 이런 종류의 삶을 산 건 아니었다. 형이 아니었더라면 모든 게 지금과 같지 않았을 거다. 한때 형은 빛이었으며 뒤따르고 싶은 길 같은 존재였다. 아무리 애를 써도 내가 부족해 따라갈 수 없던, 그럼에도 마냥 자랑스럽고 든든하기만 했던 형. 내가 형을 닮지 않은 건 축복이었을까, 저주였을까.

타고나길 약하고 소극적이었던 나와 달리, 형은 무엇을 해도 잘 해냈고 어딜 가든 인기가 많았다. 탄탄하고 다부진 몸을 가졌지만 힘을 함부로 과시하거나 으스대는 대신 진솔하고 소탈했다. 하지만 그 형은 과거의 형이다. 이제 내가 이 주에 한 번 의무적으로 보러 가는 형은 어두운 6인 병실에 누워 천장만 바라보며 쌕쌕댄다. 그의 시간은 십이 년째 멈춰 있다.

그날 밤. 그 참혹했던 밤. 내가 함께였다면 난 형을 말렸을까. 수갑을 찬 듯 내 안에 결박된 손을 뻗어 무모한 운명으로 향하려던 그의 걸음을 막을 수 있었을까. 그랬더라면 형은, 지금도 웃고 떠들며 힘찬 걸음을 내딛는 사람이었을까.

*

당시 우리는 높다란 언덕배기의 낡은 아파트에 살았다. 집으로 가는 길은 정문보다 오래된 주택가를 낀 옆문을 통하는 편이 빨랐는데, 그곳은 인적이 드물어 주로 개인이 소유한 트럭이나 택시 따위의 차들을 세워 두는 장소로 쓰였다. 길고 경사가 아주 심해서 사이드 브레이크를 올리고도 반드시 뒷바퀴에 벽돌을 받쳐 놓아야 안전한 길이었다.

그날 밤 형은 술을 한잔 걸치고 집으로 돌아오고 있었다. 언덕 꼭대기엔 여느 때처럼 파란 트럭이 하나 세워져 있었다. 형이 길 초입에 서서 담배를 한 대 피우려고 주머니를 뒤지던 때였다. 옆 골목이 소란해지나 싶더니 젊은 부부가 가로등 불빛 아래 몸을 드러냈다. 둘은 다투고 있었는데 소리가 점차 커지는 것으로 보아 쉬이 끝날 싸움 같진 않았다. 그들 옆으로는 서너 살 먹은 아이가 아장거렸지만 언쟁에 몰두한 부부는 혼자 도로 건너편으로 걸어가는 아이를 신경 쓰지 못했다.

형은 꺼내려던 담배를 도로 넣으며 이만 자리를 피해야겠다고 생각했다. 막 걸음을 옮기려는데 설명하기 힘든 이질적인 느낌에 형은 눈을 끔뻑, 하고 깊게 감았다가 떴다. 움직이지 않아야 할 배경이 움직이고 있었다. 술을 너무 마셨나 의심한 순간 형은 깨달았다. 트럭이 천천히, 아주 느리게 미끄러지고 있었다. 바퀴 밑에 보여야 할 벽돌이 보이지 않았다. 부부는 아무것도 모른 채 서로를 비난하며 목소리를 높였고 아이는 어느새 트럭의 지선거리 아래에 쭈그리고 앉아 돌멩이를 땅에 두드리며 놀고 있었다.

서서히 움직이던 트럭에 갑자기 가속이 붙었다. 그것은 언덕 아래를 향해 푸른 불꽃이 번지듯 매섭게 질주하기 시작했다. 생각할 틈도 없었다. 형은 번개처럼 몸을 굴려 아이를 거칠게 밀어냈다. 그리고 다음 순간 트럭 아래로 자취를 감췄다. 그제야 부부는 싸움을 멈추고 정체를 알 수 없는 끔찍한 소리를 향해 얼굴을 돌렸다.

형의 이야기는 신문과 뉴스에 실렸다. 다투던 부부는 왜인지 얼굴이 모자이크 처리된 채 인터뷰를 했다. 아이는 팔

에 상처를 입었을 뿐 무사하며, 깊이 감사드린다고 얘기하
는 목소리는 공손했으나 어딘가 냉랭했다. 형은 용감한 시
민 표창장을 받았지만 시상식에는 내가 대신 갔다. 구청장
이 전해 주는 차가운 금속성 패를 만질 때 이상하게 몸에 소
름이 돋았다. 그 모든 일이 일어나는 동안 형은 만신창이가
되어 병실에 누워 있었다. 취재진이 예의 없이 들이미는 마
이크에 형은 온몸이 붕대와 깁스로 압박된 채 어눌한 발음
으로 이렇게 말했다. 당연히 했어야 할 일을 한 것뿐이라고.

시간이 흘렀다. 형이 가진 많은 것들이 차츰 사라졌다. 형
의 직장, 뽑은 지 얼마 안 된 차, 홀로 계시던 어머니, 결혼을
약속한 정혜 누나, 그리고 형을 찾아오던 수많은 발길들…….
불행만 나열한 듯 쓸쓸한 삶. 그 삶이 우리의 것이 됐다.

*

아주 가끔 그 부부의 삶을 엿본다. 사고가 난 곳 근처의
주택가는 허물어지고 그 자리에는 아파트가 올라갔다. 부부
는 아파트 입구 상가에서 꽃집을 한다. 가게 이름을 검색하
고 SNS를 통해 그들의 일상을 훔쳐보는 건 어려운 일이 아
니다. 그들의 삶은 평화롭고 윤택하다. 환한 미소가 가득한

일상에는 귀여운 반려동물이 함께하며 해외여행의 흔적과 새로 산 물건들이 주는 작은 기쁨이 녹아 있다. 그들을 그런 삶으로 안내한 건 형이다. 그리고 그 대가로 형은 정지된 시간 속에서 욕창이 가득 번진 몸으로 의미 없는 숨을 쉰다.

딱 한 번, 그들의 가게에 들어가 본 적이 있다. 아무도 없는 공간에 알록달록 예쁜 꽃들이 숲처럼 우거져 있었다. 나는 요정의 정원에 들어선 듯 어지러운 꽃향기에 넋을 잃은 채 어쩔 줄 모르고 서 있었다. 받아 본 적도, 선물해 본 적도 없는 이름 모를 꽃들이 낯설기만 했다.

그때 가게 안으로 깡마른 여자아이가 들어왔다, 엄마, 하고 부르는 목소리가 높고 맑았다. 아이의 얼굴을 보기도 전, 팔에 난 긴 상처가 눈에 띄었다. 사슬처럼 촘촘하게 이어진 색 바랜 상처 자국이었다. 형이 그 애를 구해 준 흔적, 그리고 그 아이가 살아남은 증거였다.

아이의 시선이 내 눈과 마주쳤다. 자신과 나의 삶이 어떤 식으로 엮였는지, 자신의 생이 무엇을 앗아 갔는지 전혀 알지 못하는 무심한 눈빛이 은테 안경 너머에 차갑게 자리하고 있었다. 나는 시든 꽃이라곤 한 송이도 없는 그곳을 도망치듯 빠져나왔다.

그날 밤 꾼 꿈을 잊을 수 없다. 수천 수만 송이의 시든 꽃들 틈에서 얼굴이 보이지 않는 사람들이 끊임없이 외쳤다.

*누가 도와 달랬어요? 감사하다고 충분히 말했잖아요. 한
번 도움을 받았다고 평생 죄인처럼 살라는 겁니까? 그러니
까, 누가 도와 달랬느냐고요……*

피해자는 가해자만 원망한다. 그러니까 형이 가만히 있
었더라도 문제 될 건 없었다. 그 부부는 사이드 브레이크를
올리지 않은 트럭 운전사를 저주했겠지만 형을 나무라진
못했을 거다. 그들도 못한 일이었으니까. 물론 그들은 형에
게 감사해했다. 그러나 감사의 대가는 통렬하다. 당연히 해
야 할 일을 한 것뿐이라고? 거짓말이다. 그렇게라도 말하지
않으면 무너질 수밖에 없기에 하는 새빨간 거짓말일 뿐이
다. 나는 깊은 밤 형이 고통과 회한에 울부짖는 모습을 수없
이 봤다.

사람들은 감사의 마음을 쉽게, 너무나 빨리 잊어버린다.
고맙다고 인사를 건네고, 다행이라고 한숨을 내쉬고, 그러곤
아무 일도 없었다는 듯 자신들의 일상으로 돌아가 버린다.

아주 오랜 시간 동안 나는 그 사실에 분노했었다. 하지만
시간이 흐르자 내 생각은 조금 더 합리적인 쪽으로 기울었

다. 사람들이 쉽게 감사의 마음을 잊는다면 방법은 간단하다. 굳이 남들이 감사할 일을 하지 않으면 그만인 것이다. 누군가가 고마워할 만한 일을 한다는 건 내가 더 위험해지거나 손해를 본다는 뜻이니까. 그러니까 명심하고 새겨야 한다. 절대로, 절대로 나와 상관없는 일에 뛰어들어서는 안 된다.

크리스마스이브의 일을 겪으면서도 그 생각은 변하지 않았다.

연휴를 앞두고 새벽부터 쌓이는 눈으로 고생이 훤한 날이었다. 다음 날이 크리스마스라는 사실이 짜증스럽기만 했다. 눈길에 거북이 운행을 하는 차들 틈에서 연거푸 경적을 울렸지만 달라지는 건 없었다. 아침부터 쿨럭거리던 엔진 소리가 심상찮아 갓길에 차를 대자마자 타이어에서 푸슉 바람 빠지는 소리가 났고 차는 완전히 멈춰 섰다.

본사 작업반장과 문자를 주고받으며 이런 경우는 매뉴얼상 천재지변에 속하므로 큰 문제가 없을 거라는 답을 듣고 나서야 잔뜩 굳었던 몸이 풀리기 시작했다. 보험 회사에서는 도로 사정으로 도착하는 데 시간이 조금 걸린다고 했지만 내 마음은 이미 한결 여유로워져 있었다. 이제 얼마간은 쫓기듯 다음 목적지를 향해 가지 않아도 괜찮았으니까.

　차창 너머에는 눈으로 뒤덮인 청계천이 펼쳐져 있었다.
거리는 하얗게 칠한 듯 완전히 다른 풍경으로 바뀌어 있었
고 주변의 소음마저 백색 눈송이 안으로 빨려 들어가는 것
같았다. 날씨의 변화를 온전히 느껴 본 게 얼마 만이었던가.
비나 눈이 오면 무조건 배송 지연부터 떠올렸었는데 뜻하
지 않은 일로 나는 오히려 날씨가 바꿔 놓은 도시를, 크리스
마스이브의 풍경을 감상하고 있었다. 잠시나마 세상이 아
름다워 보였다. 나는 차 문을 열고 밖에 나왔다. 지나가는
구세군 합창단의 행렬이 울리는 노랫소리가 경건하고 아름
다웠다.

　한 식당의 문이 열리더니 모녀로 보이는 여자 둘이 걸어
나왔다. 체구가 단단한 할머니와 검고 긴 생머리의 여자였
다. 그들은 자신들이 어른이라는 걸 잊은 듯 아이들처럼 폴
짝거리며 눈밭에서 즐겁게 뛰놀았다. 경쾌한 웃음소리가
끊이지 않았다. 그래. 가족이란 저런 거였지. 뭉클한 기분에
내 눈길도 두 여자의 발랄한 몸짓을 쫓았다. 그때 묘한 풍
경이 시선을 사로잡았다. 한 남자가 그녀들을 향해 다가가
고 있었다. 걸음걸이가 몹시 불안정했는데 눈길이 미끄러

운 탓인지 의도적인 것인지 분간하기가 힘들었다. 이미 조금전부터 그의 존재를 눈치챈 행인들이 웬일인지 동요하는 게 느껴졌다. 그리고 그 순간 나는 내 눈을 의심하지 않을 수 없었다. 남자의 손에 칼이 들려 있었다. 내 입에서 소리가 튀어나오기도 전에 남자가 망치를 든 다른 쪽 손을 올렸다. 비명 소리가 들리고 상처 입은 여자가 바닥에 미끄러졌다. 순식간의 일이었다.

호흡이 가빠지고 손이 부들부들 떨렸다. 그들은 나와 멀지 않은 거리에 있었다. 걸음으로 따지자면 스무 걸음쯤. 하지만 난 동상이라도 된 것처럼 자리에서 한 발짝도 움직일 수가 없었다. 도와주세요. 여자가 소리쳤지만 그녀의 목소리는 맥없이 끊어졌다. 새하얀 눈에 여러 차례 새빨간 자국이 새겨졌다. 나이 많은 여자가 무언가를 막듯 식당 문에 기대섰고, 또 한 번의 타격이 뒤따랐다. 그녀가 쓰러진 붉은 유리문 뒤로 한 소년이 보였다. 무심하고 무표정한, 그날의 다른 장면들만큼이나 어울리지 않던 얼굴로 그 애는 문밖에서 일어나는 일들을 바라보고 있었다.

그 뒤의 장면들은 잘 기억이 나지 않는다. 깨어진 성가대의 소리가 귀를 왕왕 어지럽혔고 속수무책의 일들이 연이어 벌어졌다. 그 모든 일들이 끝날 때까지 나는 여러 차례

형의 손길을 느꼈었다. 내 등을 떠미는 형의 손길.

그러나 나는 고개를 절레절레 저으며 눈 속에 발을 묻은 채 버티고 서서 미동도 하지 않았다. 그것이 내가 살아남은 방법이다. 내 삶의 기준대로, 형이 내게 남긴 교훈대로.

그날 밤 나는 너덜너덜해진 정신으로 텔레비전 앞에 앉았다. 하루 종일 굶은 탓에 머리가 핑 돌았지만 허기는 느껴지지 않았다. 끔찍한 하루였다. 동료가 대신 트럭을 몰고 간 후 경찰서에 참고인 신분으로 출석하고 뒤늦게 저녁 조에 배정돼 할당을 채우고 왔다. 하루에 일어나기엔 너무 많은 일들을 겪은 후였다. 내일이 크리스마스라는 사실이 믿기지 않았다. 뉴스에서 낮에 있던 일이 보도됐지만 나는 그대로 전원을 꺼 버리고 말았다.

그 후 며칠간 주어진 짧은 휴가 동안 나는 아무것도 할 수가 없었다. 지워 버리기엔 그날의 기억이 너무나 선명했다. 도와주세요, 라던 절박한 외침. 내 발 위로 쌓여 가던 눈. 그리고 피로 붉게 물든 문 뒤에 서 있던 소년의 얼굴이 자꾸만 떠올랐다.

결국 이틀 뒤 나는 부고 기사에 적힌 병원 장례식장에 찾아갔다. 삼일장으로 치러지는 합동 장례식의 발인 전날이었다. 장례식장엔 생각만큼 사람이 많지 않았다. 막연한 애도의 마음으로 찾아간 길이었다. 아무도 나를 탓하지 않았지만 어쩌면 그렇게라도 함으로써 죄책감에서 벗어날 수 있을 거라 생각해서였는지도 모른다. 그러나 넓은 공간을 채운 무겁고 침울한 공기가 피부에 닿자 나는 누구에게도 묵념을 올릴 자신이 없어졌다. 희생자들의 유족과 한 공간에 있다는 사실이 너무 뻔뻔스럽게 느껴졌다. 나는 감당하기 힘든 기분을 안고 서둘러 발걸음을 돌렸다.

로비를 지나 엘리베이터를 기다릴 때였다. 옆으로 길게 배치된 대기 의자에 한 소년이 앉아 있었다. 검은 양복을 입고 있었지만 앳된 얼굴이 낯설지 않았다. 그날 본 붉은 문 뒤의 아이, 눈밭에서 엄마와 할머니를 잃은 아이였다.

그 애는 비교적 바른 자세로 앉아 깍지 낀 손을 무릎에 힘없이 내려놓은 채 앞을 바라보고 있었다. 처음엔 침울해 보였다. 하지만 그건 그 애가 상복을 입었기 때문에 생긴 선입견이라는 걸 곧 알 수 있었다. 소년은 거기 앉아서 지나가는 사람들을 관찰하고 있었다. 장례식장에서 일하는 사람들, 눈물을 훔치는 유족들, 급한 발걸음으로 들어서는 조문객들을 뚫어지게 바라봤다. 집요하게 무언가를 알아내고자

하는 눈빛은 아니었다. 하지만 사람 하나하나를 바라보는
눈길은 길었고 자기 나름대로 감상을 머릿속에 새기는 것
같았다. 나는 아이의 눈빛에 이끌려 엘리베이터를 타는 것
도 잊고 천천히 그 애에게 다가가 두 자리 건너에 앉았다.

　──뭘 그렇게 보니?

뭐라고 운을 뗄까 하다 말을 던졌다.

　──사람들요.

아이가 짧게 답했다.

　──사람들?

　──네. 궁금해서요. 다들 무슨 생각을 하고 살아가는지.

아이가 잠깐 말을 멈췄다.

　──할머니가 돌아가셨어요. 엄마는 아직 살아 있지만 죽
을 수도 있겠죠. 살아나도 사는 게 아닌 상태가 될 수도 있
고요.

높지도 낮지도 않은 담담한 어조였다. 가족의 비극을 이
야기하는 십 대 소년의 말투치고는 지나치게 차분했다. 나
는 아이를 위로하고 싶었지만 이렇게 크나큰 일을 겪은 이
에게 해 줄 수 있는 말이 쉽게 떠오르지 않았다.

　──……많이 화가 났니?

　──그런 건 아니에요. 이해가 잘 안 가시겠지만 화를 낼

줄 몰라요. 알고 싶을 뿐이에요. 세상에 일어나는 일들에 사람들이 반응하는 방식에 대해서요, 거기에 어떤 이유가 있는지.

아이는 자신의 말을 더 정확히 하려는 듯 덧붙였다.

—그리고 나는 비슷한 일이 생기면 어떻게 했을까도 생각하고 있어요. 안다고 생각했는데 갑자기 모르게 됐거든요. 사실은 처음부터 몰랐던 거겠죠.

아이의 어조는 마치 인간을 기계로 치환한 것처럼 무미건조했다. 하지만 신기하게도 그 건조함 안에 옅은 호기심이 느껴졌다. 아니, 호기심보다는 탐구심이라는 표현이 더 어울렸다. 궁금함을 참지 못하는 어린아이 같은 호기심이 아니었다. 그보다는 학자처럼 차분한 태도로 세상을 관조하며 분석하는 느낌에 더 가까웠고, 나와 대화한다기보다 나라는 대상을 통해 자신의 생각을 정리하는 것처럼 보였다. 그런 역할이라도 해 줄 수 있다면 다행이었다.

—아저씨는 아세요?

아이의 물음에 나는 고개를 저었다.

—나도 마찬가지야. 분명 알고 있다고 생각했었는데…… 네 말처럼 사실은 처음부터 몰랐던 거겠지.

나는 길게 심호흡을 하고 용기 내 말했다.

─ 엄마가 꼭 회복되시길 바랄게.

하지만 뒤이은 아이의 말은 나를 당황시키기에 충분했다.

─ 정말 궁금한 게 있어요. 그날로 다시 돌아간다면 무언가 달라졌을까요.

그 애가 나를 뚫어지게 바라봤다. 내가 거기 있었다는 사실을 아는 걸까. 내가 못 박힌 듯 서 있기만 했다는 걸? 나를 쳐다보는 이 아이의 눈빛은 무엇을 의미하는가. 나를 비난하기 위함인가, 아니면 나의 반응을 시험해 보려는 것인가. 아무것도 읽을 수 없는 표정은 나를 혼란스럽게 했고 그러자 더는 버티기가 힘들어졌다. 나는 전화가 걸려 온 척 스마트폰을 귀에 대며 일어섰다.

그 아이와 나눈 대화는 그게 전부였다. 어른으로서, 한 인간으로서 나는 그 애에게 답해 줄 말이 아무것도 없었다.

그러나 그 뒤로도 소년의 눈빛은 쉽게 잊히지 않았다. 아무리 생각해도 규정하기 힘든 표정이었다. 누군가를 탓하거나 원망하려는 의도가 아니었기 때문인지도 모른다. 정말로 이해가 가지 않아서, 아무도 답해 줄 수 없는 불가능한 어떤 답을 찾는 듯했다. 그 얼굴이 떠오를 때마다 나는 괴롭게 뒤척일 뿐이었다.

그 후 내 마음속에는 비밀이 생겼다. 떠올리는 것만으로도 진저리가 나는 잔인한 비밀이었다. 나는 트럭이 질주하던 순간 한발 늦게 고개를 돌린 부부의 심정을 알게 된 것 같았다. 미안했고 동시에 빨리 잊어버리고 싶었다. 끝까지 이해하고 싶지 않은 누군가의 마음을 이해할 수 있을 것 같다는 생각은 나를 끔찍하게 짓눌렀다. 아무런 흔들림 없이 지내던 내게 그런 종류의 고민은 반가운 일이 아니었다. 물건을 나를 때에도, 좀처럼 오지 않는 엘리베이터 앞에 무거운 수레를 대고 하염없이 기다리며 서 있을 때에도 괴로운 생각은 그치지 않았다.

새해가 된 지 며칠이 지나 형을 찾아갔다. 형의 낯빛은 한층 더 생기를 잃어 가고 있었다. 보온병에 싸 간 떡국을 조금씩 잘라 입에 넣어 줬다. 자꾸만 입 밖으로 국물이 새어 나왔다.

—형.

가만히 형을 불렀다. 참 오랜만에 불러 보는 것 같았다.

—이렇게 된 거 후회 안 해?

형은 갑작스러운 물음에 놀랐는지 몸을 움찔거렸다.

—그냥, 너한테 미안하다.

형의 말들은 글로 옮기면 짧지만 말로 들으려면 아주 긴 시간이 걸린다.

— 아니 미안한 거 말고. 후회 안 하냐고.

내가 물었다. 왠지 모르게 목소리에 화가 실렸다. 그리고 나는 해서는 안 될 질문을 던지고 말았다.

— 그날로 다시 돌아가면 똑같이 할 거냐고.

형은 한동안 말이 없었다.

— 그건 답하기가 힘들어. 쉽게 답해서도 안 돼. 어떻게 대답하든 누군가는 아파져.

— 왜.

— 똑같이 할 거라고 말하면 넌 아프게 할 테고, 아니라고 하면 내가 비겁해지는 거니까.

— 아니, 그런 답 말고……. 형, 나 그동안 형한테 한 번도 물은 적 없어. 그럴 용기가 없었거든. 근데 알아야겠어. 알고 싶어. 만약…… 만약 그날로 다시 돌아가면 어떻게 할 거야?

이미 눈물이 차오르는 걸 느끼면서도 나는 고집부리듯이 물었다. 오늘만큼은 끝까지 답을 듣고 싶었다. 그 아이에게 내주지 못한 답을 나도 알아내고 싶었다. 형은 쓰게 웃었다.

— 있잖아, 이미 일어나 버린 일에 만약이란 건 없어. 그건 책임지지 못할 꿈을 꾸는 거나 마찬가지야. 하지만 한 가

지는 말할 수 있지. 어떻게 하든 누군가는 아프게 된다고.

　형이 나를 바라봤다.

　— 반대로 말하면 누군가는 기쁘게 되는 거야.

　형의 꿈결 같은 말은 내게 아무런 감흥도 주지 못했다. 그건 까만 종이를 뒤집으면 흰 종이가 된다는 말과 조금도 다르지 않았다.

　세상에 일어나는 무수한 일들에 정답 같은 게 있을 리 없었다. 나는 연말부터 한동안 나를 괴롭힌 모든 문제들로부터 다시 자유로워지기로 결심했다

　그 뒤로 나는 다시 상자 속에서 살았다. 상자를 올리고 상자를 내리고 그것을 닫힌 문 앞에 놓아 두었다. 더 힘든 날과 견딜 만한 날이 존재할 뿐, 점에서 점으로 이어진 직선처럼 생활에는 아무런 변화도 없었다. 그 사실은 내게 안도감과 허탈감을 동시에 안겨 주었다.

*

　일 년이 지나 다시 겨울이 왔다. 11월까지 이어진 이상 고

온 탓으로 내내 늦가을 같던 날씨는 12월이 되자 작정한 듯 겨울로 바뀌었다. 하루아침에 찾아온 급작스러운 추위에 아침부터 온몸이 얼어 관절들이 뜻대로 움직이지 않았다.

원래 비번이었지만 동료의 갑작스러운 병가로 대신 일을 나간 날이었다. 내 담당 구역에서 거리가 꽤 먼데도 배송 주소 목록을 보자 훤히 길을 알 수 있었다. 전에 살던 동네였다.

차가 동네 초입에 들어서자 온몸의 신경이 날카롭게 곤두섰다. 골목마다 깃든 어린 시절의 기억 위로 낯선 아파트들이 송곳처럼 삐죽삐죽 솟아 있었다. 낯선 지도 위를 익숙하게 헤집는 느낌, 방향을 훤히 아는 미로 같았다. 전에 우리가 살던 아파트. 옆문을 통해 가던 그 길, 비로 그곳에 주택가를 밀어낸 아파트가 서 있었다. 세월이 흘러 이곳도 완전히 새 아파트라고 부르기는 어려웠다. 나는 묵묵히 차를 주차하며 일에만 집중하자고 마음을 다잡았다.

그렇게 첫 동 작업을 마치고 나왔을 때였다. 다음 동으로 향하기 위해 트럭에 올라타려는데 어딘가에서 이상한 소리가 나는 것 같았다. 처음엔 화단에 숨은 고양이가 낑낑대는 소리인 줄 알았다. 그런데 낑낑대는 소리에 사람의 호흡이 섞여 있었다. 나는 불길한 기분에 이끌려 화단을 따라 조심스럽게 걸음을 옮겼다. 하늘은 흐렸고 주변엔 사람 하나 보이지 않았다.

길은 더 이상 쓰이지 않아 막아 둔 산책로로 이어졌다. 그 앞에 한 젊은 여자가 쓰러져 버둥거리고 있었다. 재활용 쓰레기를 버리려다 쓰러진 건지 주변에 페트병이며 빈 박스들이 어지러이 널려 있었다. 여자는 가슴을 움켜쥐고 심하게 떨었다. 얼굴이 고통으로 일그러져 있었다. 괜찮으세요? 떨리는 목소리로 겨우 한 마디를 물었지만 여자는 답하지 못했고 퀭한 눈동자가 점점 빛을 잃더니 다음 순간 완전히 이시을 잃고 말았다.

나는 혼란에 빠진 채 멍하니 서 있었다. 그 회색빛 공간에 여자와 나 둘뿐이었다. 짧은 시간 수많은 생각이 스쳐 지나갔다. 일하면서 잊을 만하면 들었던 폭언들, 귀찮은 일에 휩싸이게 되리라는 두려움, 도움을 주려고 함부로 신체를 접촉했다가 오히려 가해자로 몰려 고소당했다는 증언들, 크리스마스이브, 붉은 문 뒤의 아이, 그리고 형…….

119에 전화를 걸 생각조차 하지 못한 채 내 몸은 돌처럼 굳었다. 차라리 보지 않았더라면. 못 들은 척 여기까지 오지 않았더라면……. 나도 모르게 뒷걸음질 치고 있었다. 두려웠다. 이곳에서 벗어나는 것만이 내가 할 수 있는 가장 현명한 일처럼 여겨졌다.

그때 몸에 둔탁한 충격이 느껴졌다. 누군가가 내 몸을 밀치고 쏜살같이 달려가 여자 앞에 무릎을 꿇었다. 트레이닝복을 입은 소녀였다. 소녀는 여자를 똑바로 눕힌 후 여자가 입은 카디건의 단추를 풀고는 호흡과 맥박을 확인했다. 그러곤 한 손을 다른 손에 깍지 껴 여자의 몸 위로 올렸다.

하나, 둘, 셋, 넷. 하나, 둘, 셋, 넷.

구령을 맞추듯이 주문처럼 숫자를 세며 아이는 여자의 가슴을 압박했다. 아이의 작은 몸에서 나오는 힘은 일정하고 규일했으며, 그 끊임없는 규칙성에서는 고집과 외지가 느껴졌다.

— 119요, 아저씨!

소녀가 나를 보지도 않고 외쳤다. 가쁜 숨을 미처 채워 넣지 못해 목소리가 갈라졌다.

— 그리고 제세동기, 101동 우편함 옆에요! 입구 비밀번호는······.

— 알고 있어. 말 안 해도 돼.

이미 달려 나가면서 나는 등 뒤로 외치고 있었다. 아이의 말에 번뜩 정신이 든 느낌이었다. 한쪽 손으로는 119에 전화를 걸면서 나는 숨이 턱에 닿도록 달려 101동 현관 비밀 번호를 눌렀다. 신고 접수를 하며 이 아파트는 1, 2호와 3, 4호 라인이 외따로 떨어져 있으므로 입구에서 쭉 올라와 벤치 앞에서 좌회전을 해야 한다는 말도 잊지 않았다. 오늘 처음 들어온 101동의 구조와 비밀번호를 알고 있다는 게 믿기지 않았다.

꺼내 온 제세동기를 건네주자 아이가 말했다.

— 저 하는 거 보이시죠. 이제 아저씨가 이렇게 하셔야 돼요. 멈추면 안 돼요, 얼른!

아이의 말투가 너무 진지해서였을까, 겁은 났지만 아이가 여자의 가슴에서 손을 떼자마자 나는 바통을 이어받아 아래로 펌프질을 하기 시작했다. 너무 세거나 빠르지 않게, 최대한 아이가 보여 준 직각의 방향대로. 그러는 동안 아이는 제세동기의 전원을 켜고 여자의 옷 안으로 패드를 부착했다.

— 손 떼고 떨어져요, 위험하니까.

아이의 말에 나는 동작을 멈췄다. 아이가 잠시 숨을 몰아쉬더니 버튼을 눌렀다. 몸에서는 땀이 흘렀고 어지러울 만큼 숨이 가빴지만 하얗게 질린 여자의 얼굴을 보자 한 가지 생각밖에 들지 않았다.

살아났으면 좋겠다. 다시 숨을 쉬었으면 좋겠다. 나와 한 번도 본 적 없는 사람이지만, 어쩌면 언젠가 내 손길이 닿은 상자 한 개쯤은 이 사람의 문 앞에 닿은 적이 있을지도 모른다. 지금 이렇게 과도하게 뛰는 내 맥박을 조금이라도 나눠주고 싶다. 그러니까, 살아났으면 좋겠다⋯⋯.

그때였다. 여자가 미약하게 몸을 떨며 잔기침을 했다. 몸이 다시 깨어나는 소리였다. 나는 피가 잘 통하도록 따뜻한 손으로 여자의 손과 팔을 주물렀다. 코트도 벗어서 몸 위에 덮었다. 몇 분 지나지 않아 구급대원이 도착했고 나는 상황을 설명하고 나머지 처치를 그들에게 맡겼다. 대원이 여자를 들것에 옮기면서 위급한 상황은 넘긴 것 같다고 말하자 그제야 현실로 돌아온 기분이었다.

아직도 쿵쾅거리는 맥박을 진정시키지 못한 채 주위를 둘러봤다. 하지만 아이의 모습은 보이지 않았다. 고개를 빼꼼히 드니 언덕 아래로 아이가 도망치듯 뛰어가는 모습이 눈에 들어왔다. 나는 구급차를 뒤로한 채 급하게 아이의 뒤를 쫓았다.

—저기, 잠깐만!

아이를 불렀으나 그 애는 얼핏 멈춰 돌아보는 듯하더니 오히려 더 빠르게 달리기 시작했다. 이건 또 무슨 일인가 싶어 나도 전속력으로 그 애를 향해 달렸다. 나도 달리기로는 어디 가서 지지 않는 편인데 아이는 나를 약 올리기라도 하듯 좌우로 배낭을 달랑거리면서 잘도 뛰었다. 보통 빠르기가 아니었다.

—잠깐 기다려 봐. 도망가는 거 아니면 멈추라고!

다시 한번 크게 소리쳤을 때에야 아이가 속도를 늦췄다. 헉헉대며 무릎을 짚은 나와는 달리 별로 숨찬 기색도 아니었다.

—할 말 있으면 빨리요. 좀 바빠서…….

아이가 다소 퉁명스럽게 말했다.

—구급대원도 왔는데 그냥 도망가면 어떡해. 응급 처치까지 다 해 놓고.

—그 언니 괜찮은 거 확인했으니까 더 있을 필요 없을 것 같아서요.

방금 전까지 꽁무니를 빼던 건 아예 시치미를 떼고 있었다.

—그래도 인사 정도는 듣고 가야지. 생명의 은인인데.

—고맙단 말 들으려고 한 거 아닌데요. 깨어나서 다행이

긴 하지만.

아이가 흘러내린 안경을 올리며 말했다. 은테 안경 뒤의
눈동자가 차가운 듯 맑게 빛났다. 어딘가에서 본 기억이 있
는 것 같다는 생각을 뒤로하고 중얼거렸다.

—용감하네.

—그냥 학교에서 배운 대로 한 거예요. 맞게 하고 있는
지 몰라서 순간 진짜 쫄긴 했지만. 쓸모없다고 생각했는데
뭐든 배워 두면 쓸데가 생기나 봐요.

아이가 싱긋 웃었다.

—그리고, 아저씨 없었으면 저도 힘들었을 거예요.

아이의 웃음에도 왠지 나는 따라 웃기가 힘들었다. 어지
로 미소를 지었지만 웃음소리까지 나오지는 않았다. 조금
전 아이가 심폐 소생을 하던 때의 모습이 떠올랐다. 꺼져 가
는 생명에 자신의 모든 힘을 쏟아 넣던 그 모습이.

—난 아무것도 한 게 없어. 네가 다 했지.

—아저씨가 구급차도 부르고 제세동기도 갖다주셨잖아
요. 같이 도운 거예요. 고마워요, 아저씨.

엉뚱한 사람이 엉뚱한 사람에게 감사의 말을 듣고 있었
다. 의식을 잃은 여자는 자신을 위해 누가 뭘 했는지 전혀

모를 테니까. 그렇지만 꼭 그 당사자에게 고맙다는 말을 듣지 않아도 이미 충분하다는 생각이 들었다.

—아저씨, 근데요…….

아이가 조심스럽게 나를 불렀다.

—괜찮다면 이거 비밀로 해 주실래요? 그러니까, 혹시 구급대원이나 그 언니한테 연락이 오더라도 제 얘기는 빼 주시는 걸로…….

—왜?

아이는 말을 멈추며 쭈뼛거렸다.

—사실 제가 지금 학원에 있어야 되거든요. 절대 이 시간에 여기 있으면 안 되는 거라서, 그래서 알려지면 곤란해요.

난데없는 알리바이 조작 요청에 나는 할 말을 잃었다. 내 생각을 읽은 듯 그 애는 급히 변명을 덧붙였다.

—아, 저 믿으셔도 돼요. 나쁜 짓 하는 것도 아니고, 그냥 부모님이 바라는 거랑 제가 하고 싶은 게 좀 달라서 그런 것뿐이에요. 그러니까 비밀로, 네?

애원하듯이 양손을 맞잡은 아이의 소매 끝에 조그맣게 상처가 새어 나와 있었다. 사슬 모양의 빛바랜 상처. 본 적은 없지만 머릿속에서만큼은 너무나 낯익은 어떤 장면이 스치듯 지나갔다. 오래전 어느 밤, 형과 어떤 아이가 만났던 장면이.

나는 그 상처를, 누군가가 살아남은 흔적을, 또 다른 누군 가가 불어넣은 생명의 흔적을 물끄러미 바라봤다. 아이는 내 눈빛을 끄덕임으로 이해했는지 씩 웃고는 바람처럼 달려 사라졌다.

정말로, 빨랐다.

그 후로 다시는 그 아파트에 갈 일이 없었다. 내 구역이 아니므로 구태여 그쪽을 향할 일은 앞으로도 없을 것이다. 구급대원으로부터 여자가 감사 인사를 전하고 싶다며 내 연락처를 물어 왔다는 연락을 받았으나 나는 무사하다면 그것으로 됐다는 말을 남겨 달라고만 전했다. 마음 같아서 는 소녀의 존재를 이야기하고 싶었지만 약속은 약속이니 까. 그렇게 그 일은 아이와 나, 둘만의 비밀로 남았다.

아마도 나는 변함없이 상자 안에 숨어서 안전한 삶을 추 구할 것이다. 이미 굳어진 어른의 마음은 쉽게 변하기가 힘 든 법이니까. 그렇지만 누군가를 향해 손을 멀리 뻗지는 못 한다 해도 주먹 쥔 손을 펴서 누군가와 악수를 나눌 용기쯤은 가끔씩 내 볼 수 있을까.

형의 말대로 삶은 누군가를 아프게 하고 누군가를 기쁘게 한다. 그런 의미에서라면 나는 내가 알고 싶었던 답을 영원히 찾지 못할 것 같다. 하지만 유일하게 위안 삼을 수 있는 점은, 아픔도 기쁨도 한 종류만은 아닐지 모른다는 거다. 그 아이가 영원히 갖고 살아갈 상처처럼, 그리고 그 애와 내가 나눈 비밀스러운 미소처럼.

구병모 ㅡ

초원조의 아이에게

그는 말수 적고 표정이나 몸짓도 절약하는 습관이 있어서 다른 이들에게 간혹 무감한 이로 오해받곤 했지만 누구에게 특별히 피해를 끼치거나 상처 주지 않는 편이라 살아가는 데에는 큰 문제가 없었다. 함께하는 농사와 목축에서 일의 흐름을 주도 내지 장악하거나 정리하려 들지 않고 다만 부여받은 일을 성실하게 해낼 뿐이었는데, 일손이 빠른 데다 잡담도 안 하니 자신의 바구니에 미과가 가득 차면 곧 옆 나무에서 일하는 다른 이의 미과 수확을 돕기도 했다. 그러나 평소 말 없는 사람이 무표정으로 다가와선 문답무용으로 과실을 따면 그의 의중을 모르는 이는 의아해하며 당신 화났어요? 내가 일이 너무 느려서? 조심스레 묻는가 하면, 혹시 지금 싸우자는 거냐고 시비를 트는 이도 있었다. 오직 그녀, 이시아만이 그의 의도를 바로 알아차리고 심상하게 대꾸했다. 고마워요. 마침 지루했는데, 둘이 하면 더 빨리 따겠다. 그가 이시아에게 신을 벗어 내민 것은, 이시아와 혼인의 비행을 하기에 이른 이유라면 그것으로 충분할 터였다. 자신의 말과 부족한 태도가 타인의 마음에 큰 오해나 불화 없이 다다른 경험은 흔치 않았으므로.

그는 이행식을 마친 뒤 그동안 누구에게도 손 내밀지 않고서 세 번의 해를 넘긴 것이 어쩌면 이시아에게로 도착하기 위해서였을지 모른다고 생각했지만, 그만한 부피의 기쁨이나 열기라고 할 만한 것이 워낙 표정으로 드러나지 않다 보니까, 사람들은 그가 정말로 이시아를 원했던 건지 다만 너무 늦기 전에 가정을 꾸려야 한다는 의무감에서 덮어놓고 고른 상대가 이시아였는지 궁금해했다. 누구도 이들의 혼인에 토를 달지는 않았으나 딱 한마디, 보편적인 가정을 이루기에는 이시아가 어려울 수도 있다는 점을 염두에 두라는 지장의 당부가 있었고, 그는 두말없이 고개를 끄덕였다.

이시아의 본업은 아이들을 가르치는 일이었으므로 밭에

는 드물게 나오는 편이었다. 아직 본격적인 노동에 참여하지 않는 어린이들에게 도시의 언어와 셈법을 가르쳤고, 자기가 아는 선에서 옛 언어로 된 노래를 들려주기도 했다. 여자아이가 셈법까지 익히는 경우는 많지 않았는데, 이시아는 어려서부터 집단에서 돌출된 아이였다고들 했다. 지장이 남아들에게만 허락했던 도시의 교육을, 원한다면 여아도 나가서 받을 수 있어야 한다고 항의한 게 이시아의 나이 열두 살 때였다. 이 같은 의견에 어른들은 당혹스러워했다. 그동안 특별한 이유가 있어서 그래 왔던 게 아니라, 그저 누군가 소리 내어 말하기 전까지 관습에 불과했음을 알아서였다. 이를 타당하게 여긴 지장과 다른 어른들이 그 의견을 회의에 부치려 하자, 이시아가 자신의 자유에 찬반 토론이 웬 말이며 날개를 펼치면 어딘들 못 가겠느냐고 반문했다는 일화가 두고두고 마을 사람들에게 회자되었다.

그렇게 부모의 반대는 아랑곳 않고 이시아는 이 년을 도시에서 머물다 왔다. 관례와 습속에 이의를 제기한 것치고 짧은 기간만 다녀온 까닭은 공기와 풍토가 다른 곳에서 차갑고 좁고 습한 거처에 머물며 학교를 오가고 밤낮없이 공부하다 병을 얻어서였다. 도시에서는 유학생에게 제공되는 교육비 일체 외에 기본 생활비라는 것이 필요했고 그것은 공부가 아닌 별도의 일로써 벌어야 했는데, 고원 지대에서 하던 노동과는 종류와 강도가 달라서 적응하는 데에 애를 먹었다. 늘 긴장 상태로 극도의 절약을 했으며, 혼자 떠나왔으므로 누군가가 자신을 날개로 감싸 줄 형편이 아니라 자신의 치유력에만 의지하는 동안 몸이 약해지면서 치유력도 줄어들었다. 이시아는 낮에는 학교 공부와 연구를 따라가기 위해, 밤에는 돈을 벌러 출근하기 위해 증상을 빠르게 가라앉혀야 했으므로 도시의 진료소에서 처방한 화학 물질로 된 약을 복용했고, 그것은 자연의 약초 외에는 써 본 적도 쓸 일도 없는 익인의 체질에 잘 받지 않았다. 큰소리치며 떠나온 만큼 금방 돌아가고 싶지 않아서 이시아는 한동안 비티어 냈다. 그러나 도시 사람들은 이시아를 유학생 가운데 하나로 보기보다는 먼 나라에서 건너온 신기한 문물 같은 것으로 간주하며 제대로 된 일을 주려 하지 않았다. 그들 중에는 금요일 밤마다 관객 앞에 서서 날개를 꺼내어 보여 주면 출연료를 주겠다고 제안한 버라이어티 쇼 극장의 사장도 있었고 이시아는 단호하게 거절했다. 이 정도가 그녀의 존재를 존중하는 편에 가까운 지극히 점잖은 제안이었고, 대개는 불길한 신호나 불쾌한 이물을 보듯 흘겨보며 수군거리기 일쑤였다. 어차피 조금쯤 다치게 해도 곧 나을 거라고, 학교나 도서관에서 돌아오는 밤길에 추근대다가 위협해 오는 자들도 있었다. 처음에는 좋은 말로 거절하다가 나중에는 욕을 하며 지붕 위로 날아올라 앉은 이시아를 보고 그자들은 휘파람을 불면서 박수를 보냈다. 그저 익인이 겁박을 견디지 못하고 날개를 펼쳐 꽁무니를 빼는 모습을 보고 싶었을 뿐이었으므로, 그들은 저속한 농담을 던지고 야유를 보내며 이시아가 반응하지 않자 바닥에 침을 뱉고 떠났다.

어느 날 피로에 젖어 잠든 이시아는 아침에 일어나고 보니 학교에 가지 않은 채로 나흘이라는 시간이 흘렀다는 걸 알았다. 몸이 그 정도로 회복이 느려지는가, 도시의 공기라는 게 얼마나 맞지 않기에……. 비로소 동요한 이시아는 조금 큰 진료 기관에 가서 몸속 사진이라는 것을 찍어 보았다. 태어나서 처음 보는 제 몸속 기관들이, 의사가 스캐너를 갖다 대는 곳마다 꿈틀거리고 있었다. 몸속에 나쁜 것이 생긴 듯하니 이보다 더 규모가 큰 병원에 가서 수술을 의논해 보라고, 그런데 발생 위치가 좋지 않아서 어떻게 손댈 수 있을지는 모르겠다고 의사는 말해 주었다.

이시아가 고원 지대로 돌아온 것은 그로부터 이 주일 뒤로, 네댓 시간 거리를 한 번에 날아오지 못해 사막에서 몇

번을 쉬다가 이틀 가까이 걸려서 왔다는 이시아의 얼굴은
거의 검은빛이었다. 익인들은 돌아가면서 이시아를 감싸
고 보살폈으며, 그달을 넘기지 못할 것처럼 보였던 이시아
는 날개의 기운을 받으면서 반년쯤 지나자 기운을 차리고
얼굴빛도 돌아오고 일상적인 활동도 문제없어 보였다. 그
러나 이시아를 날개로 감싸 본 이들은 짐작하고 있었다. 몸
속에 있는 그 나쁜 것은 사라지지 않았고 이미 뿌리를 내린
채 다만 작아진 모습으로 숨죽이고 있을 뿐이며 언제라도
계기만 얻으면 다시 고개를 들리라는 것을. 그러면서도 이
시아를 도시 사람들에게 맡겨 몸속의 나쁜 것을 그들의 기
술로 떼어 내게 해야 한다는 의견은 아무도 낼 생각을 못 했
다. 그런 기술이 있다는 사실을 소수의 공부한 이들만이 알
았을뿐더러, 초원조의 아이들이 아닌 도시 사람들에게 몸
을 맡긴다는 것은 그들에게 있어서 모험을 넘어 죽음과 다
르지 않은 일이었다. 그들이 날카로운 비수로 살아 있는 것
을 베는 경우는 사냥을 비롯하여 명백하게 목숨을 빼앗아
야 할 때밖에 없었고 그런 일은 자주 있지 않았다. 그런 그
들에게 몸을 가른다니, 몸속에 있는 무언가를 떼어 낸다니
상상하기 어려운 일이었다. 그 과정에서 만약 잘못되기라
도 한다면 그들이 이시아의 몸에다 무엇을 어떻게 할지 모

른다는 것도 중요한 이유였다. 이시아 또한 자신이 지쳐 실망하고 떠나온 곳으로 다시 돌아가서 구차하게 기술만 빌릴 생각은 없어 보였다.

그는 이시아의 내력에 대해 들어서 알았지만, 두 개의 점이 서로를 마주하고 손을 내밀어 선이 되는 일에 그런 것은 중요하지 않았다. 어쨌거나 그 느리고 오랜 회복기로부터 몇 년이나 흐른 지금, 그때보다 더 좋아졌다고는 할 수 없으나 그렇다고 크게 나빠진 것도 없이 이시아는 그의 눈앞에서 날 수 있고 웃을 수 있고 노래할 수도 춤출 수도 있었다. 그 눈부시다는 두 시의 기술력으로 그녀를 침상에서 내려오게 하는 이상의 일이 가능했을까. 그는 초원조의 축복을 믿었으며 날개의 힘에 경외를 느꼈다. 아이는 있어도 좋겠지만 그걸 위해 이시아가 보통의 익인 여성들보다 큰 위험을 감수해야만 한다면 그는 굳이 원하지 않았다. 이시아에게는 언어가 있었고 노래와 춤이 있었고 숫자가 있었으며 그것들을 즐겁게 흡수하는 마을 아이들이 있었다. 그는 농장에서 돌아오는 길에 집 앞에서 이시아가 아이들을 배웅하는 모습을 보면서, 초원조가 선물해 준 풍요로운 하루가 그녀의 미소와 몸짓 속에 저물어가는 것을 느끼곤 했다.

그래서 그는 자신의 날개로 이시아를 늘 감싸 안을 수 있다는 이유로, 그 같은 날들이 언제까지나 유지될 줄 알았다. 이시아가 어느 날 날개를 펼치지 못한 채 홀림목 가지에서 힘없이 떨어져 내릴 때까지.

맞은편 나무에서 수확 중이던 그가 팔에 낀 자기 바구니를 던져 버리고 날아가 붙들지 않았다면 이시아는 그대로 추락하여 바닥에 머리를 부딪혔을 것이다. 이시아를 안아서 조심스럽게 착지하는데 주위에 부서진 미과 냄새가 진동했다. 사람들이 하나둘씩 내려와 이시아의 상태를 살폈다. 저녁 빛이 이시아의 얼굴을 어루만지고 지나갈 때가 되어서야 그녀는 눈을 가늘게 뜰 수 있었다.

그날부터 그는 공동의 노동에서 면제되어 한 달간 이시아의 곁을 지켰다. 날개를 접는 일 없이 내내 이시아를 감싸 안았고, 그렇게 함으로써 자신의 남아도는 기운이 이시아에게로 흘러들기를 기원했지만, 그는 어렴풋이 알고 있었다. 이시아의 몸속에 깃들어 한동안 잠든 줄 알았던 나쁜 것은 그의 두 팔과 날개 깃털 하나하나의 끄트머리에 이르기까지 그 악의가 전해질 정도로 자라나서 이시아를 갉아 삼키고 있었다. 우리가 해 온 일은 다 헛짓거리였나? 날개는 하늘을 나는 도구 외에 아무것도 아닌가? 그의 마음속 부르짖음을 듣기나 한 것처럼 이시아는 품 안에서 눈을 뜨더니 그의 뺨을 가만히 쓸어내리며 띄엄띄엄 말마디를 이어 갔다. 날개는 만능열쇠가 아니에요. 날개는 제 일을 다했어요. 다만 내가 다른 이들보다 조금 일찍 초원조 곁으로 갈 뿐이야. 그는 이시아를 안은 팔에 힘을 주곤 더 말하지 말라고, 입을 열어 기력을 소진하지 말라고 부탁했다. 그렇게라도 이시아와 있는 시간을 조금 더 잡아 늘리려는 것이었다. 교차하는 낮과 밤의 수레바퀴를 붙들어 돌리고자 하는 것이었다. 이시아가 떠난다면 이시아를 구하는 데에 그리 기여하지 못한 자신의 날개를 잘라 버리리라. 날개를 훼손하는 건 어쨌든 출혈과 부상과 죽음의 위기를 동반하고 그런 행동이 남들을 겁에 질리게 할 테니까 이시아가 원치 않는다면, 최소한 두 번 다시 자신의 의지로는 날개를 밖으로 꺼내지 않을 거라고……

그렇게 맹세하려는데 이시아가 당부했다. 마디마디 끊어지고 늘어지는 목소리에 밤공기가 스며들어 그런지, 아니면 자신이 흐느끼고 있어서인지 그는 잘 알아들을 수 없었지만 그녀 이야기는 이랬다. 진짜로 사람을 구하는 건 말이에요, 중요한 건 날개가 아니야. 날개는 초원조의 부탁을 받아 우리를 잠시 도울 뿐. 당신은 나한테 필요한 걸 이미 주었어요. 그러니까 혹시라도 두 번 다시 날개를 펴지 않겠다든지 쓸데없는 약속은 하지 말고. 나를 끝내 구하지 못했다고 자책하지도 말고. 당신은 언젠가 나 대신 다른 사람을 구할 테니까요. 나는 이대로도 충분하지만, 당신은 나에게 미처 못 해 주었다고 생각하는 만큼 다른 사람을 도와줘요. 그게 언제가 되었든 상관없으니까. 그는 이시아가 없는 세상에서 도무지 누구를 구할 일은 없을 거라고 예감했지만 그녀를 실망시키지 않기 위해 수긍하는 척했다.

이시아의 마지막 부탁은, 그토록 환멸을 얻고 떠나왔음에도 불구하고 도시의 첨탑을 보고 싶다는 것이었다. 첨탑이란 자기가 공부했던 도시의 학교 건물을 가리켰다. 이시아는 날개가 낫지 않았으므로 그가 안아서 데려가기로 했다. 고원을 떠나면서 이시아는 희미한 목소리로 환성을 지르며 금곡조를 향해, 우리온 떼를 몰고 가는 마을 사람들을 내려다보며 손을 흔들었다. 그는 초조한 마음으로 쉬지 않고 다소 무리해 가며 날갯짓했는데, 사막을 다 건너기 전에 무겁게 부풀어 오른 슬픔이 그의 품 안을 가득 채웠다. 내려다본 이시아의 얼굴은 미소의 여운을 머금은 채로 굳어 있었다.

이시아가 초원조의 부름에 응답하여 떠난 뒤에도 그의

생활은 크게 달라지지 않았다. 선생님이 안 계시니 그전에 찾아오던 아이들의 발길이 끊어졌을 뿐이었다. 이웃 선생님들이 아이들의 교육을 나눠 맡아 주었다. 어떤 이들은 간단한 교육이라면 이시아를 어깨너머로 본 자네도 할 수 있지 않느냐고, 아이들을 두세 명이라도 맡아 가르쳐 보라고 권하기도 했다. 아이들의 목소리와 웃음소리가 있어야 생활에 활력이 생긴다는 이유를 들었지만, 실은 빈집에 그를 혼자 두면 언제라도 무슨 사달이 날까 우려하는 듯했다. 남들에게 싫은 소리를 잘 하지 않던 그는 처음으로 눈앞의 어르신들에게 소리 지르고 싶은 충동을 느꼈다. 이시아에게 무언가 대단한 지식을 전수받기에는 두 사람은 너무 짧은 시간만을 함께했다. 그게 아니더라도 그는 이시아가 일찍 떠난 데에 결정적인 원인을 제공했다는 듯 그 모든 호기심과 지식과…… 아무튼 나날을 살아가는 일 이상의 지적 성취욕을 증오했다. 그녀가 도시로 나가서 보고 듣고 알고 싶어 했던 것들 모두를 경멸하기로 했다. 그런 것이 없어도 익인은 잘만 살 수 있었다. 이시아를 고원 밖으로 끌어내기만 했을 뿐 그녀의 생명을 지켜 주지 못한 지식은 그에게 무의미했다. 숫자와 낱말을 외우는 아이들의 노랫소리가 더는 들리지 않게 된 뒤로 집 안에 감돌던 모든 소리가 사라졌다.

새소리마저 흐느낌이나 비명으로만 들렸다.

이시아가 말했던 대로 그는 날개를 자르거나 몸속에 묻어 두지 않았지만, 홀림목을 돌보거나 미과를 수확하는 등 필수 노동을 위해서가 아니면 꺼내는 일이 없었다. 더 이상 그걸로 날아올라서 고원의 아름다움을 조감하거나 누군가를 돌보기 위해 감싸는 일은 없을 것이었다. 그는 더욱 고립적인 성격이 되었지만 노동을 빼먹거나 만취하는 등 일탈하지 않았으며 여전히 남들에게 무해했으므로, 아직 혼인하지 않은 여성들을 소개하겠다는 친척들이 있었다. 그러나 친척들이 미처 알지 못한 게 있었다. 지금의 그는 누구에게도 무해한 동시에 무관심했다. 이시아는 그가 신을 벗어 내밀고 싶었던 단 한 명의 사람이었고, 이시아의 부재와 함께 그가 다른 이에게 보일 수 있는 애정은 물론 원망도, 최소한의 관심도 손닿지 않는 곳에 갈무리되었다. 그녀를 대신할 사람은 아마도 없을뿐더러 무엇보다도 그는 누군가를 그녀 대신으로 삼는다는 것이 양쪽 모두에게 얼마나 실례인지 정도는 알고 있었다.

누가 우는지 소리치는지 혹은 멱살잡이를 하는지 노천 회의장이 소란스러웠지만, 그는 마을에서 중요한 직책을 맡거나 어떤 의결 사항에 발 벗고 나서기보다는 주어진 바에 따라 이행할 뿐인 성격에 조금도 변한 데가 없어서, 평소처럼 무심하게 지나치려고 했다. 반원을 그리고 둘러선 사람들의 수군거림 사이로 흙바닥에 무릎 꿇은 여자를 힐끗 보긴 했으나 그가 상관할 바 아니었다. 누군가 규범을 어겨서 공개 처벌 중인가 보았다. 날개를 꺼내어 도망가지도 못하게 상반신을 커다란 천으로 여러 겹에 걸쳐 감아 놓고 저 많은 사람 앞에 끌어내어 망신을 줄 정도라면, 절도하다 걸렸거나 외도가 발각됐거나. 상대 없이 혼자 끌려 나온 걸로 보아 후자는 아니겠다. 그가 발걸음을 멈춘 이유는, 지장을 비롯하여 높으신 분들이 여자를 죽일지 살릴지를 두고 격론을 벌이는 걸 보면 설마 살인죄인가 싶어서였다. 고원 지대에서 그 정도로 심각한 사건은 최소한 그가 살아오는 동안 발생한 적 없었다. 또한 여자의 얼굴에는 피로에 지친 기색 외에 후회나 두려움이 없어 보였다.

그때 무릎 꿇은 여자 옆으로 다른 여자들 두세 명이 뛰어나와 나란히 앉아서 읍소했다. 그중 한 명은 나이 든 얼굴로 보아 여자의 어머니, 나머지는 친구들인가 보았다.

"그러실 게 아니라 이 친구는, 시와는 부디 살려 주시고, 태어날 아이만 어르신들 뜻대로 하는 것으로 안 되겠습니까?"

시와라고 불린 여자는 공연히 끼어들었다가 함께 낭패 보지 말라는 듯 친구를 향해 눈짓했다.

"막상 아이가 태어나면 시와가 그 애를 순순히 내줄 거라고 생각하나?"

높은 어른들은 차갑게 고개 저었다.

"그리고 우리 중 누구라도, 아기를 보면 마음이 약해지지 않으리라는 보장이 없지. 우리도 살생은 쉽지 않다. 좋아서 하는 일 아니다."

"아기는 차마 손댈 수 없고, 그 아기를 지금 품고 있는 시와는 해칠 수 있으십니까?"

이야기가 거기까지 흘러가고 나서야, 그는 한동안 벽안의 남자가 고원에 머물다 떠났다는 사실을 떠올렸다. 도시에서 유영기를 타고 날아오다가 고원 가까이 와서 사고를 입었다는 그 남자의 존재는 모든 마을 사람이 알고 있었다. 그러나 그는 부상자에게 호기심을 갖고 기웃거려 본 적 없어서, 최초로 그자를 발견하고 구출한 누군가가 맡아서 돌봐 주고 있다는 얘기만 들었으며 그게 저 여자라는 건 몰랐다. 벽안의 남자가 사실은 도시에서 권세가 있는 자로, 한 무리의 군인들이 찾아와 그를 데려갔다는 것도 나중에 다른 사람들의 이야기를 듣고 나서야 그런가 보다 하고 잊었

다. 그런데 머물던 동안 저런 사고를 치고 갔구나. 그는 품
위도 없고 도리도 모르고 무책임하기까지 한 도시의 벽안
인을 떠올리며 혀를 찼다.

"시와가 출산한 다음에 직접 그 아이를 처리한다는 조건
으로, 이 일은 없던 걸로 하겠다. 모두 처음으로 되돌리는
거야. 이것도 많이 봐준 처분이라는 걸 명심해라."

그렇게 말한 사람은 평소 많은 일과 사람들을 챙기느라
바쁜 청년 대표였다. 통솔력 있고 결단력 있으며 다음번 지
장이라고 누구도 의심하지 않는, 그가 이시아를 잃었을 때
두 장례를 도와준 적 있는, 지도자 유형의 사람.

"그럴 수 없습니다."

시와가 눈을 부릅뜨자 높은 어른들이 탄식했다. 시와의
어머니로 보이는 여자는 땅을 치다가 딸의 어깨를 치다가
하면서 울었는데 딸을 말리는 건지 높은 분들께 시위하는
것인지 의도를 알기 힘든 행동이었다.

"예정대로 네 처분을 집행하기를 바란다는 뜻으로 받아
들여도 되겠지."

"그것이 초원조의 뜻이라면 그렇게 하세요."

청년 대표는 주름이 잡힌 양미간을 손가락으로 누르고
분노를 참는 듯했다.

"너는 그 이름을 입에 올릴 자격이 없어. 우리는 처음부터 네가 그 벽안인을 보살피는 일에 충분히 주의를 주었다. 다른 모든 일을 모른 척해 주었지만, 피가 섞인 아이를 만드는 일만은 절대로 안 된다고 부인들이 눈치를 주었을 것이다. 그 최소한의 지시마저 어긴 네가, 어떤 식으로도 책임지지 않겠다고?"

"그래서 제가 이곳을 떠나겠다고 하지 않았습니까."

"익인도 도시인도 아닌, 어떤 모습으로 나올지 모르는 아이를 세상 어딘가에 풀어놓게 내버려 둘 수 없다고 분명 말했지. 네가 이곳을 떠나면 어디로 가겠나, 그 벽안인에게? 그런 반쪽짜리 아이를 둘이고 셋이고 더 낳으면서 행복하게 살기를 꿈꾸기라도 했나?"

"그 사람은 가족이 있고 내가 이렇게 된 걸 몰라요. 나는 혼자 살아갈 거예요. 아무도 저를 모르는 곳에서요. 아이와 단둘이서만 살다가……."

시와의 말속에 생략된 바를 모르는 사람은 없었다. 아이와 단둘이서만 살다가 초원조에게로 돌아가겠다……. 지금의 시와는 그런 말을 할 입장이 아니었다. 그렇다고 아이와 단둘이서만 살다가 죽겠다……는 말은 그들에게는 너무 과격하고 불유쾌한 말이었다.

"우리가 통제할 수 없는 곳에서 그런 아이가 살아가게 놓아 둘 수는 없다. 최대한 인정을 베풀어 살려 둘 수 있는 건 딱 너까지야. 우리의 인내심을 시험하지 마라."

시와가 한마디도 지지 않으려 하니, 재판보다는 점점 언쟁이 되어 가고 있었다. 청년 대표는 여기서 시와를 찍어 누르는 것이 자신의 통솔력을 증명하는 수단이나 된다는 듯 강경하게 마을 사람들과 자신의 의견을 고수했다. 시와는 뜨겁고 아찔한 햇빛 아래서 곧 쓰러질 것처럼 몸이 기울어져 있었다.

그때 한동안 말이 없던 지장이 청년 대표에게 손짓하여 옆으로 가까이 불러들이더니 오래도록 귓속말했다. 듣는 동안 청년 대표는 눈을 휘둥그렇게 뜨고, 지장을 설득하려는 듯 소리를 높이기도 하다가, 이윽고 한숨을 쉬고 고개 흔들며 다시 여자들 앞에 섰다. 청년 대표가 내린 방침은 이랬다. 지장 어른께서 더 큰 양보의 덕을 베푸셨으니 이 이상의 방법은 낼 수 없으며, 그건 우리 가운데 누군가가 도시인의 아이를 가진 이 미혼의 여자와 결혼하여 그녀와 아이를 맡는 것이라고. 아이가 어떤 모습으로 태어나든 익인의 규율과 풍습에 맞게 양육해야 하며, 그 아이는 평생 누구와도 혼인하지 않음으로써 그 운명을 짊어지고 자신의 존재를 속

죄해야 한다고. 그러니 지금 이 두 생명을 책임질 각오가 된 자가 있는가. 청년 대표는 마을 사람들 가운데 이행식을 마친 미혼의 남성이 있는지 수색이라도 하는 듯 둘러보았는데, 이때 젊은 남자들은 슬그머니 고개 돌리거나 자리를 뜨기 시작했다.

그러다가 청년 대표가 깜짝 놀라 그에게로 성큼성큼 다가왔고, 그제야 그는 자신이 어느새 시와와 그 친구들이 모인 자리에 뛰어들어서 넘어지려는 시와를 두 손으로 받치느라 옆에 쭈그리고 앉았다는 걸 알아차렸다. 어이없다는 뜻인지 반색하는 중인지 불분명한 표정으로 자신의 얼굴을 올려다보는 시와와 눈이 마주치고서야, 그는 자신이 무슨 선택을 했는지 알게 되었다.

"자네가 정말? 괜찮겠어? 무리하지 말고."

청년 대표가 마지막 기회라는 듯이, 이 순간이 지나고 나면 되돌릴 수 없다는 뜻으로 몇 번이고 물었다.

"어…… 저는……."

딱히 자원한 건 아니고 넘어지려는 사람을 부축했을 뿐이라고 말하기 전, 그의 귓가에 맴도는 목소리가 있었다. 당신은 언젠가 나 대신 다른 사람을 구할 테니까요.

"그러니까 저는 뭐, 이제는 아무래도 상관없으니까요."

그게 이 사람이라고는 생각해 본 적 없으므로 그는 머뭇거리다가 그리 큰 의미를 부여하지 않는다는 뜻으로 대답했다. 아무래도 상관없는 건 이쪽도 마찬가지라는 듯이 힘없는 실소를 지어 보이는 시와와 눈이 한 번 더 마주쳤으나 그는 시선을 피했다. 사방에서 무익하고 부담스러운 살생을 피하게 된 데 대한 안도의 한숨이 터져 나왔다.

생활 공간을 대체로 칸막이로만 구분하거나 그조차도 나누지 않는 다른 익인들의 집과는 다르게 그의 집에는 나무 문을 완전히 닫을 수 있는 큰 방이 하나 더 있었는데, 그곳은 이시아가 마을 아이들과 공부할 때 쓰던 장소로 지금은 책걸상 같은 것들이 모두 치워져 빈 공간이었다.

"이 방을 쓰시면 됩니다. 먼지만 털면 쓸 만합니다. 워낙 뭐가 없어서……."

그는 부산스레 몸을 움직이며 오랫동안 방치된 살림살이들을 정리했다. 과묵했던 그는 그나마 이시아와 함께 보낸 세월 동안 꼭 필요한 말만큼은 전하는 요령을 익혔다. 말투는 여전히 누구에게나 평등하게 건조했지만.

"갑자기 정해진 일이라 쉴 데가 마땅치 않고 덩그러니 빈 방만 있어서 미안합니다. 늦어도 모레까지는 침상을 만들어 드릴 겁니다. 하루나 이틀만 이불 깔고 참으시면."

그는 이시아가 떠난 뒤 혼자 써 온 너무 넓은 침상을 외면하고 말했다. 미안하지만 저기에 시와를 재우고 싶지는 않다고 생각하면서. 침상을 만들 때까지만 시와를 그녀의 부모에게 잠깐 돌려보내는 방법도 있었으나, 혼인한 부부가 각자의 본가로 돌아가는 것은 큰 싸움이 있다는 뜻으로 간주되었으므로 고작 침상 때문에 그럴 수는 없었다.

"바닥이라도 상관없지만 나 혼자 이 안에 두고 문을 닫는 것은 싫어요. 생활 영역에 선을 긋겠다는 뜻이니까요. 당신이 나를 동정해서 데려왔다는 걸 그렇게 굳이 티 내고 싶다면 좋을 대로 하셔도 되지만요."

이왕 부부로 살기로 했으니 되도록 좋은 감정을 갖고 지내 보자는 생각이, 그에게도 없지는 않았다. 그러나 지금의 그에게 있어 좋은 감정이란 바삭함과 가벼움 같은 것들과 크게 다르지 않았다. 열정으로 벅차오르거나 갈망으로 고동치는 등 가슴속의 파고가 높아지는 일은 없을 것이었고, 그럼에도 불구하고 시와를 데려왔으니 최소한의 대우는 할 셈이었다. 어쩌면 두 사람은 잘만 하면 큰 탈 없이 남매처럼 지낼 수도 있을 터였다.

"원래 용도가 다른 방이어서 그랬는데, 문은 내일 날이 밝는 대로 떼어 내겠습니다. 살림도 원하는 대로 쓰시고, 필요한 건 말씀하시면 최대한 준비해 보겠습니다. 그리고…….”

그가 창밖을 살피는 걸 보고, 시와가 고개를 저었다.

“저는 혼인의 비행은 필요 없어요.”

마을 사람들이 증인으로 모인 자리에서 기도와 노래와 춤으로 이루어진 혼례를 마치고 나면, 이제 막 부부가 된 두 사람은 그날 밤이 되기 전에 손을 잡고 날아올랐다. 처음에는 고원이 한눈에 다 들어오는 높이까지, 그런 다음 사물이 식별되는 높이까지 고도를 낮추어 고원 지대를 한 바퀴 돌면서 자신들이 살아갈 터전을 눈에 담는 것이었다. 그러나 이번에는 상황이 상황인 만큼 그의 친척과 시와의 부모가 모인 자리에서 지장이 증인을 대신하고 혼례는 생략했는데, 그렇다고 해서 마을 사람들의 노동과 시선과 축복을 수반하는 일련의 과정과는 무관한 혼인의 비행까지 건너뛸 필요는 없지 않나 싶었지만 그는 잠자코 시와의 다음 말을 기다렸다. 어쩌면 그녀도 피치 못하게, 선택의 여지 없이 자신의 의사가 반영되지 않고 서둘러 이루어진 혼인 자체에 불만이 있을 터였다.

“몸이 무거워서요. 날갯짓을 하기가 힘듭니다.”

“아, 그런 거였습니까. 그건.”

그건 몰랐습니다……, 말할 뻔하다가 그는 입을 다물었다. 무겁다고? 이시아가 아이를 낳은 적 없으니 가까이서 지켜본 일이 없었지만, 그도 아이 가진 여인들이 홀림목을 돌볼 때뿐만 아니라 일상적으로 날아다니는 모습은 자주 보았다. 시와의 아기는 온전히 익인들만의 아기가 아니어서 조금 다르고 힘든가 보다 짐작만 할 뿐 그는 이유를 묻지 않고 다만 상태를 물었다.

"높이 올라가면 안 되는 겁니까. 혹시 아프다거나."

"안 될 건 없는데, 날개도 잘 안 나오고 날갯짓이 평소보다 서너 배는 힘들어요. 아픈 데는 없고 그냥 축 처지는데요. 바위를 들고 나는 게 차라리 쉽지, 자기 몸이 무거운 건 전혀 다른 얘기거든요."

그러고 보니 한밤중에 사막에서 자기보다 큰 도시의 벽안인을 어떻게든 떠메고 왔을 정도라면 시와는 대부분의 익인들과 마찬가지로 힘이 좋은 편이겠는데, 몸속의 생명이란 그보다 더한 무게와 부담으로 다가오나 보았다. 벽안인의 아이라고 한다면 더욱이.

"그러면 올라간다고 해서 아이나 당신한테 문제가 생기는 건 아니라는 뜻이죠."

"저도 처음 겪어 보는 데다 누구한테 물어봐도 소용없는 일이라 잘은 모르겠지만, 아마도 그렇지 않을까요?"

시와는 아까 노천 회의장에서 공개 처형 당할 위기에 놓였었다는 사실을 잊었는지, 지친 기색에도 불구하고 이미 여유를 찾은 듯 보였다. 그는 혼인의 서약을 말로 주고받을 때부터 어렴풋이 알고 있었다. 익인 집단에 있어서는 대단히 불행한 사태이자 전례 없던 사안이지만, 그들이 그동안 해 온 일과 지켜 준 마음들 그리고 만유를 포용하는 본성을 생각해 보면, 어떤 구실과 방법을 갖다 붙여서라도 시와는 목숨을 건졌을 것이었다. 통념에서 벗어난 일과 이견에 대해 숙고아 신이를 거치기는 하나, 높은 분들이든 마음 사람들이든 구분 없이 고원을 떠나고자 하는 이시아를 용인했고 그녀가 만신창이가 되어 돌아왔을 적에도 수용했다. 그들 집단은 무언가를 밀어내기보다는 가능한 한 최선을 다해 받아들이는 일에 익숙했다.

"괜찮다면 저한테 맡겨 주겠습니까."

그리고 그는 지금 자신이 받아들여야 할 존재가 무엇인지도 알고 있었다.

"예? 뭐, 딱히 안 괜찮을 것까지는, 그런데 뭘요?"

말이 끝나기 전에 그는 조심스럽게 무릎을 굽혀 시와를 안아 올렸다.

"잠깐만요. 이러지 않아도 돼요. 걷는 건 혼자 할 수 있다고요."

"이 정도는 하게 해 주십시오. 너무 아무것도 없이 지나가는 건 제가 좀 그렇습니다."

그는 시와를 데리고 집 밖으로 나와서, 앞으로 두 사람이 살아가야 할 터전을 두 눈에 담기 위해, 큰 도움닫기도 없이 가볍게 허공으로 떠올랐다. 지상에서 멀어질수록 한눈에 들어오는 고원 지대의 모습이 영원을 약속할 것처럼 펼쳐져 있었다. 그들은 웬만해서는 일생 고원을 떠나지 않기에 일상생활을 영위하는 데 필요한 만큼 적절한 높이를 유지하며 날았으므로 이행식 때와 혼인식 때 말고는 평소 이런 모습을 좀처럼 볼 일이 없었다. 그가 마지막으로 이 광경을 내려다본 것은, 이시아의 시신을 안고 사막에서 돌아오던 때였다. 그의 기억은 몇 년이나 그때 거기에 붙들려 있었다. 풍요나 희망과는 조금도 관계없으며 온몸의 뼈와 내장이 상실의 비명과 신음으로만 채워졌던 어느 날에.

"불편하지는 않습니까."

"전혀. 당신이 도와주니까요."

그는 시와와 또 다른 생명을 안은 그대로 고도를 조금씩 낮추고 대지의 품에 안길 듯 활공했다.

"제가 무슨 이상한 말을 했나요?"

시와가 염려스럽다는 얼굴을 하고 그를 바라보며 물었을 때, 비로소 그는 자신이 눈물을 흘리고 있다는 걸 알았다.

나에게 미처 못 해 주었다고 생각하는 만큼 다른 사람을 도와 줘요…….

"아닙니다."

강한 바람에 눈물방울이 흩어졌고, 저녁의 마지막 햇살이 그의 날개깃에 닿아 부서졌다. 그는 비로소 이시아를 조금쯤 떠나보낼 수 있었다.

"도움이 됐다니 다행입니다."

시와의 어머니를 포함하여 마을의 노부인 몇몇이 집에 드나드는 동안 그는 불을 땔 나무를 넉넉히 베어 왔다. 잡념과 초조를 떨치느라 나무를 너무 많이 해 오는 바람에 집 뒤뜰에 장작더미가 반년은 때고 남을 만큼 쌓였다.

나무를 담은 수레를 몰고 열다섯 번쯤 왔다 갔다 하는데, 이를 본 청년 대표가 그를 불러 세웠다. 청년 대표는 시와를 살려 주는 데에는 동의하면서도 시와의 아이를 제거하는 데에는 적극 찬성하던 쪽으로 기억하는 만큼, 그는 주춤하며 시선을 피할 수밖에 없었다. 어쩌다 보니 등 떠밀려 혼인한 것에 비하면 그들은 상대를 존중하고 큰소리 내지 않으면서 협조적으로 잘 지내 온 편이지만, 그럼에도 약간 서먹할 수밖에 없다는 사실 또한 서로가 인정했다. 그의 마음속에는 이시아가, 시와의 마음속에는 벽안인이, 흉터처럼 남아 있다는 사실을. 그들은 가끔씩 오래된 흉터가 비바람에 쑤시거나 꿈틀거릴 때 그것을 어루만지는 공조자의 삶을 선택했다는 것을. 그 정도가 최선의 자세라고 여기던 마당에 아이의 존재를 여전히 마을의 불운이나 저주로 인식하고 있을 청년 대표를 마주하는 상황은, 아무리 그가 웬만한 일에는 무딘 성격이라도 경계하지 않을 수 없었다.

"어젯밤부터 시작했다지. 이제 태어날 때가 됐겠네."

"예. 지금 들어가 보려던 참입니다."

"시와한테 이걸 전해 주게. 여자들이 지난번에 만든 걸 사 왔어."

청년 대표가 그의 두 손에 올려놓은 것은 지금 사용하기에는 너무 이른 비녀와 팔찌, 귀걸이, 부적 주머니 같은 장신구로 아기가 아니라 최소한 유소년기 이상부터 성년까지 착용하는 크기였으며, 보석과 동물 뼈의 세공 상태나 탄성사의 짜임 무늬 수준으로 보아 도시에 내다 팔 때도 비싼 값을 받을 만한 물건이었다.

"뭐, 자네가 그 애 아비가 되기로 한 이상 잘해 보게. 우리 모두를 위해서라도."

청년 대표는 말을 마치곤 공연히 헛기침하면서 몸을 돌렸다.

"감사합니다. 그런데 이건……."

"그런데 뭐. 내가 그런 걸 줘선 안 된다는 법이 있나."

"아닙니다. 그게 아니라……."

그 선물에 담긴 의미를 읽지 못한 척, 그는 드물게 의뭉을 떨었다.

"이거 다 사내 건데요. 아직 모르는데."

청년 대표는 이미 등을 돌린 채 멀어져 가면서 손을 흔들고 있었다.

"남자애야. 느낌이 그래."

종일 물을 끓여 대어 온 집 안에 퍼진 보얏한 훈김을 걷어 내며 그는 들어섰다. 여자들은 첫울음을 우는 아기를 따뜻한 수건으로 닦아서 막 시와의 배에 엎어 놓고 있었다. 여자들의 얼굴은 너도 나도 눈물범벅에 지쳐 쓰러질 것처럼 보였고, 시와는 아기 얼굴을 보기 위해 눈을 간신히 뜨고 버티는 모양이었다. 선물을 내려놓고 시와에게로 다가간 그는 어릴 적 친척 동생들이 태어났을 때를 떠올리려고 애썼다. 아기는 피부색이 다른 이들과 조금 달랐으며 갓 태어난 아기치고는 몸집이 큰 듯싶었다. 이런 아이가 몸에 깃들어 있었으니 시와가 날개를 펴기 어려울 만도 했다.

"이리 가까이 오시게."

산파가 바가지에 담긴 따뜻한 물을 그의 앞에 내밀었다. 그는 아이에게로 다가가기를 주저하는 것처럼, 아이를 최초로 만지는 순간을 지연시키기라도 하려는 듯이 손을 오래오래 씻었다.

"그 손 닳아 없어지겠네. 얼른 아이 옆으로 가 봐."

아기는 엄마의 배에 밀착되자 울음이 잦아들어 편안히 숨쉬는 듯했다. 그는 조금 다르게 생긴 아이에게 선뜻 손을 뻗지 못하고 그 대신 시와에게 말을 건넸다.

"많이 힘들어서 어쩌지요."

"괜찮아요. 그보다는 아이가, 어떤가요. 얼핏 봤는데, 내가 지금 눈이 보이다 말다 하거든요. 조금 다르게 생겼지만 감당하기 어려울 정도는 아닌 것 같은데."

"그 말대로입니다. 똑같아요."

"그런데 날개가, 날개가 아직이죠."

하루 가까이 신음만으로 고통을 버틴 시와는 뒤늦게 울

음을 펑펑 터뜨리느라 시야가 흐려진 것 같았다. 그는 그동안 아무렇지 않은 척 밝게 생활했던 시와가 실은 얼마나, 어떤 아이가 태어나려나 두려워하고 있었는지를 알았다.

"날개는 중요하지 않습니다."

그는 자기도 모르게 그렇게 말했는데 그것은 자신의 머뭇거리는 태도와 마음을 타박하기 위해 스스로에게 하는 다짐에 가까웠다.

"그렇게 말해 줘서 고맙긴 한데, 역시 초원조는 이 아이를 환영하지 않는다는 뜻일까요."

단지 위로하려는 것만은 아니었다. 날개는 주어진 것일 뿐 특권은 아니었고, 그는 어쩌면 초원조라는 그들의 기원이자 신 자체가 사실은 이 세계를 덮은 거대한 무의미이자 무심한 우연에 불과할지 모른다는 생각을, 이시아를 잃은 때부터 줄곧 했다. 사람들에게 이런 모독의 마음을 들켜서는 안 되기에 입 밖으로는 꺼내 본 적 없지만.

"나도 옛날에 다른 사람에게 들은 말일 뿐입니다. 날개가 없으면 나나 당신이 데리고 날아 주면 되는 일입니다. 그마저도 어렵다면 땅에 발붙이고 살면 그만이지요. 그래도 살아갈 수 있습니다."

그가 그렇게 말했을 때, 작은 날숨을 토해 내듯이 아기의 등에 날개가 솟아났다. '초원조가 다녀간 시간'이었다. 여자들이 모여들어 날개를 내려다보았다. 그 날개는 피부가 그렇듯이 색깔이 보통의 익인과 달랐고…… 여느 아기의 것보다 너무 작았다. 그 날개로는 도저히 제 한 몸을 이끌고 떠오를 수도 없을 것처럼 보였다. 산파들은 겁에 질린 얼굴로 서로를 바라보았다. 정말로 이게 다인가? 여기까지가 끝인가? 그때 시와가 웃음을 터뜨렸다. 기가 막힌다는 뜻인지 뒤늦게나마 작게라도 날개가 나와 주어 고맙다는 뜻인지 알 길이 없었지만 최소한 발작적인 웃음은 아니었다. 일단 산모의 웃음에 전염된 것처럼 그 남편도 희미하게 미소를 지으니 산파들은 안도의 한숨을 내쉬었다.

"다니오."

평정을 찾은 시와가 고요한 음성으로 불렀을 때, 그의 마음속에는 이미 망설임이 거의 남아 있지 않았다. 각자의 상실과 슬픔으로 연마된 이들이 다시 한번 두 개의 점에서 한 줄의 선이 되는 가능성을 향해, 있는 힘껏 팔을 뻗는 일이 자신의 몫인 것 같았다.

"이 아이를 안아 주세요. 그리고 이름을 지어 주세요."

그는 산파가 조심스럽게 들어서 넘겨 주는 대로 아기의 목을 받치고 얼굴을 자신의 가슴에 기대어 놓았다. 등불이

없이도 실내를 밝힐 만큼 눈부신 날개가 두어 번 힘없이 파
닥이다가, 아기의 호흡이 편안해지면서 어느새 들어갔다.
설령 그들이 목격한 날개가 순간의 빛이거나 잠깐의 착각
일지라도, 두 번 다시 날개가 나오지 않거나 한없이 작더라
도 겁낼 것은 없었다.

　다니오는 아이의 귀에, 그리고 심장에 소리가 가닿을 것
을 믿으면서 나직하게 말을 걸었다.

　"환영한다."

　이시아가 예언처럼 남겼던 도움이라는 것은 이 아이의
탄생으로써 비로소 마무리가 되었음을, 그리고 그 마무리
또한 새로운 시작의 일부에 불과함을 인식하며 그는 말을
이었다.

　"이제부터 너를 부를 말은⋯⋯."

이희영 —

모니터

가디들이 하나둘 회의실에 들어왔다. 최와 황, 강과 한, 조와 임……. 센터장의 시선이 비어 있는 한 자리에 머물렀다.

"참 한결같네. 이렇게 매번 회의에 늦기도 힘들겠다."

최의 입에서 허탈한 웃음이 흘러나왔다. 황이 미간을 찌푸리며 멀티워치를 확인했다. 회의 시간은 여덟 시 반, 시계는 이미 삼십오 분을 가리켰다. 순간 지잉 소리와 함께 문이 열리더니 윤이 허겁지겁 뛰어 들어왔다. 잔뜩 헝클어진 머리에 반쯤 풀어 헤친 셔츠를 보아, 늦잠으로 인한 지각임에 틀림없었다.

"죄……죄송합니다."

센터장이 자리를 가리키자 윤이 의자에 걸터앉았다. 그는 올해 4월 라스트 센터에 발령된 신입 가디였다. 최종 평가에서 최고점을 받은 후 스스로 센터를 결정한 최와 달리, 윤의 시험 성적은 정말이지 형편없었다.

'진짜라니까요. 저 이 센터 오려고 일부러 아는 문제도 틀렸단 말입니다. 여기 실적 최악이라면서요. 다들 기피한다고요. 최종 평가에서 가장 낮은 점수대를 보낸다 해서 얼마나 머리 굴렸는데. 최하 점수 맞는 건 뭐 쉬운 줄 아시나.'

윤의 말은 사실일 수도 있지만 어쩌면 그럴싸한 핑계인지도 몰랐다. 가디가 된 지 반년도 채 되지 않았으나 그는 누구보다 센터에 빨리 적응했다. 비록 지가을 밥 먹듯 하고 자잘한 문제로 동료들과 마찰을 빚지만, 언젠가는 한 명의 훌륭한 가디로 성장하리라 박은 굳게 믿었다. 또다시 지잉 소리와 함께 문이 열리더니 헬퍼가 들어와 테이블에 커피를 내려놓았다. 윤이 의자에 앉기 무섭게 나타난 헬퍼였다. 커피를 시킨 사람이 누구인지는 따져 물을 필요가 없었다.

"카페인이 들어가야 머리가 좀 돌아갈 것 같아서요."

제 앞에 놓인 커피를 홀짝이며 윤이 말했다. 회의에 지각하는 와중에도 헬퍼를 부를 정신은 있었다니. 질렸다는 표정으로 도리질 치는 최와 달리, 황은 이미 포기했다는 듯 커피 잔을 들어 올렸다. 박의 입가에 슬며시 미소가 머물렀다.

"오늘 모니터 있는 날이죠."

황이 커피 잔을 내려놓으며 말했다. 오늘 모니터는 센터 장인 박과 신입인 윤의 차례였다.

"네, 오늘은 저와 윤……."

윤이 박의 말을 막아서며 슬그머니 손을 들었다.

"죄송한데요, 제가 오늘 컨디션이 너무 안 좋아서 그러거 든요. 딱 하루만 저 대신 최가 모니터 해 주시면 안 돼요?"

그렇게 말하며 그가 쿨럭쿨럭 기침을 했다. 진짜 몸 상태 가 안 좋은지 꾀병인지는 부검실 담당 의사를 만나 보면 알 터였다. 문제는 그때까지 기다려 줄 시간이 없다는 것이다. 회의가 끝난 후 바로 출발해야 하니까. 박이 흘낏 곁눈질하 자 최가 어쩔 수 없다는 듯 어깨를 으쓱했다. 최는 누구보다 윤에게 엄하면서도, 한편으론 약한 사람이었다. 평소라면 업무 규칙을 들먹일 박도 더 이상 토를 달지 않았다. 오늘 모 니터는 어쩌면 윤보다 최가 나을 테니까. 그 아이의 마지막 모니터……. 오 년이라는 시간은 생각보다 빨리 흘러갔다.

"그 외에 전달하실 말씀 있습니까?"

최의 질문에 박이 큼큼 목을 가다듬고는 가디들을 바라 보았다.

"오늘 책이 배송되어 올 겁니다. 대략 오십 권 정돈데 반은 종이 책이고, 나머지는 PHB입니다. 퍼홀도 몇 대 구매했는데, 개인 등록은 차단했습니다. 제가 자리를 비울 때 도착할 것 같은데, 황이 헬퍼를 이용해 도서관까지 운반해 주세요."

책은 전자책과 오디오 북을 거쳐 개인용 홀로그램 북(Personal Hologram Book), 즉 PHB로 진화했다. 귀로 듣는 오디오 북과 눈으로 읽는 전자책의 결합이었다. 사용자가 홀로그램으로 직접 활자를 읽거나, 홀로그램 속 캐릭터가 책을 낭독했다. PHB의 가장 큰 장점이라면 퍼홀을 통해 개인 정부 등록이 가능하다는 것이다. 성별이나 나이, 관심 분야를 입력하면 읽기 속도, 음향, 책 속의 강조할 부분까지 사용자의 상황에 맞게 낭독했다.

'오늘은 여기까지. 내일 다시 읽어 줘.'

'거기 밑줄 치고 반복해 봐.'

'잠깐, 나 그 부분에 메모 좀 할게. 기록해 줘.'

퍼스널 홀로그램 북을 줄여 '퍼홀'이라 부르는 리더기가 존재하지만, 멀티워치의 스크린 기능으로도 사용이 가능했다. 다만 전문 퍼홀 리더기에 비해 홀로그램 화질이 떨어진다는 단점이 있었다. 때때로 개인 정보 입력을 차단하는 경우도 있는데, 도서관이나 학교처럼 여러 사람이 한 대의 퍼홀을 함께 사용할 때였다. PHB 시장이 활성화될수록 종이책은 점점 도태됐지만, 사람들은 여전히 책장을 넘기던 감각을 잊지 않았다.

"본부 도서 지원 신청 기간은 두 달 전에 끝났는데요?"

황이 물었다. 센터장이 커피를 한 모금 마시고는 부드럽게 미소 지었다.

"제가 개인적으로 구입한 책입니다. 출판사가 마음에 들어서요."

"사실 아이들을 위해서는 퍼홀보다 VR룸에 새로운 게임을 들여오는 것이……"

찌릿한 최의 시선에 윤이 꼴깍 마른침을 삼켰다. 아이들 못지않게 VR룸을 좋아하는 윤이었다. 아이들과 어울려 게임을 하다 몇 번인가 최에게 지적을 당한 일도 있었다. 물론 윤이 일으키는 문제는 그것뿐만이 아니지만.

"어젯밤 자정에 카페 시스템 작동시킨 사람 누굽니까."

아이들의 건강과 숙면을 위해 카페는 밤 열 시까지만 운영되었다. 누군가 센터 사무실로 들어와 시스템을 건드리지 않는 이상, 자정에 카페가 열릴 일은 없었다. 그 범인이 누구인지는 굳이 따져 묻지 않아도 될 일이었다.

"저기 제…… 제가."

윤이 어색하게 웃자, 모두들 그럴 줄 알았다는 표정을 지었다. 센터장이 날 선 시선으로 신입 가디를 바라보았다.

"물론 알죠. 아이들에게 야식이 안 좋다는 거요. 하지만 밥 먹고 돌아서면 배고플 나이잖아요. 생활관에 밤늦게까지 불이 켜져 있어서 무슨 일인가 하고 가 봤는데, 너무 배가 고파서 잠이 안 온다고……."

"그럴 때마다 몰래 센터 사무실로 들어와 시스템을 멋대로 작동시키겠다는 겁니까, 지금?"

최가 쩌렁한 목소리로 다그쳤다. 그건 아니지만……. 말끝을 흐리며 윤이 시선을 떨궜다. 아이들보다 훨씬 더 문제가 많은 가디라니. 센터장이 피곤에 지친 눈으로 얼굴을 쓸어내렸다.

"오늘 회의는 여기까지 하죠. 저와 최는 센터를 비울 겁니다. 나머지 분들이 수고 좀 해 주세요. 내일은 준 1547과 페어 2015의 첫 인터뷰가 있는 날입니다. 아이들이 긴장하지 않게 각별히 관리해 주시고 특히 프리 포스터에 관한 기록, 한 번 더 꼼꼼하게 확인해 주세요."

가디들이 한목소리로 대답했다. 박과 최를 번갈아 보던 윤이 히죽 웃으며 뒤돌아섰다.

"내 윤 그 자식을……."

버럭 소리를 내지르던 최가 길게 한숨을 내쉬었다.

"경어 쓰세요."

"센터 아니잖아요."

센터는 이미 오래전에 빠져나왔다. 시티에서 뚝 떨어진 곳이라 주위에 보이는 것은 온통 나무밖에 없었다. 시티와 연결된 좁은 외곽 도로를 아는 사람도 드물거니와, 굳이 이먼 곳까지 찾아올 이도 없을 테니까.

"업무 시간입니다."

그럼 그렇지, 싶은 표정으로 최가 입술을 비죽였다.

"자동 운전 모드로 바꾸시고 좀 주무시죠? 준이랑 페어 첫 인터뷰 준비로 밤늦게까지 사무실에 남아 있었잖아요. 어차피 이 길은 차들도 안 다니는데."

"윤이 그렇게 문제가 많습니까."

박이 슬쩍 대화의 핸들을 꺾었다. 어쩌면 본래의 이야기 궤도로 다시 돌아온 것인지도 몰랐다. 귓가에 최의 무거운 한숨 소리가 들려왔다.

"아이들한테 잘해 주는 건 좋아요. 그래도 기본적인 원칙과 규율이 있는데 그것조차 다 무시하잖아요. VR룸 사용만 해도 그래요. 아무리 조른다고 제 날짜도 아닌 아이들을 몰래 들여보내면 어떡해요. 들여보내기만 해? 아주 자기가 앞장서서 애들이랑 같이 노는데? 진짜 생각 같아서는 멀티워치 압수해서 리모스룸에 가둬 버리고 싶다니까요?"

아이들의 방을 제외하고는 모든 곳이 가디들의 통제하에 있었다. VR룸이나 카페도 몇 개의 시스템만 건드리면 언제든 오픈이 가능했다. 비록 그렇다 한들 NC에는 엄연히 규칙이 있었다. 박의 시선이 주먹을 꽉 쥔 최의 손에 닿았다.

"윤은 너무 물러요."

누구보다 아이들에게 너그러운 최였다. 그런 그녀의 입에서 무르다는 말이 나오다니. 박은 자신도 모르게 웃음이 터져 나왔다.

"왜 웃어요?"

"그냥 좀 옛날 생각이 나서요."

"그나저나 오늘 모니터는 누구예요? 내가 대신 가 주면 기본적인 업무 인계는 해야 하는 거 아녜요? 하긴 그 덜렁덜렁한 성격에 퍽이나."

"로운입니다."

박의 한마디에 최의 두 눈이 휘둥그레졌다.

"로운이라면, 이로운 맞죠?"

"오늘이 그 아이의 마지막 모니터입니다."

차창 밖의 풍경은 또 한 번 가을을 준비하고 있었다. 늘 반복되는 계절의 변화지만 단 한 번도 같은 적이 없었다. 인간의 삶도 마찬가지가 아닐까. 늘 똑같은 하루를 보내지만, 어제와 오늘 그리고 내일은 전혀 다른 날들이다. 다만 자각하지 못할 뿐이다. 그런 하루들이 모여 어느덧 오 년이라는 시간이 흘렀다. 자동차가 한 마리의 물고기처럼 날렵하게 도로 위를 미끄러져 갔다.

대도시라 불렸던 시티는 시간이 지날수록 그 명성을 잃어 갔다. 공해와 소음, 미세 먼지로 인한 악성 호흡기 바이러스가 창궐했으니까. 부를 거머쥔 이들은 복잡하고 시끄러운 도심을 떠나 더 깊고 푸른 자연 속으로 들어갔다. 바다와 가까운 곳은 '블루 랜드'로, 숲과 가까운 곳은 '그린 랜드'라고 불렀는데, 이 같은 청정 지역은 아무나 살 수 있는 곳이 아니었다.

쉬지 않고 달려온 차가 멈춘 곳은 아름다운 정원에 둘러싸인 2층짜리 석조 주택이었다.

"맨날 홀로그램 숲만 보다가 이렇게 진짜 정원 딸린 집에서 살면 어떤 기분일까?"

최가 주위를 한번 둘러보고는 기분 좋은 휘파람을 불었다. 잠시 후 대문이 열리더니 헬퍼봇이 어서 오시라는 기계음을 내뱉었다. 차량이 진입로로 들어서기 무섭게 방문자가 왔다는 알람이 울렸을 것이다. 물론 그 전에 사전 약속이 되어 있었지만…….

두 사람은 헬퍼를 따라 안으로 들어섰다. 사그락사그락 밟히는 잔디가 푹신했다. 코끝으로 부드러운 낙엽 냄새가 느껴지고 어디선가 컹컹 강아지 짖는 소리가 들려왔다.

현관문이 열리자마자 익숙한 얼굴이 한걸음에 달려 나왔다. 그 뒤로 익숙한 은발의 노부부가 웃으며 서 있었다. 전에 만났을 때보다 조금 더 주름진 얼굴이지만, 두 사람 모두 여전히 건강하고 활기차 보였다.

"오시느라 고생 많으셨어요. 시장하시죠? 마침 아버지가 오늘 아침에 베이킹을……."

박이 로운의 어깨에 손을 얹으며 미소 지었다. 식사는커녕 커피 한 잔도 대접받을 수가 없었다. 가디들이 요구할 수 있는 건 물 한잔이 전부였다. 모든 규율을 알고 있음에도, 로운은 박이 올 때마다 어린아이처럼 떼를 썼다.

"오늘이 저희가 찾아오는 마지막 날입니다."

박이 고개를 들어 노부부를 바라보았다. 그들의 두 눈에

안도와 함께 뜻 모를 아쉬움이 담겼다. 워낙 사람을 좋아하
는 성품인지라 다시는 가디들을 볼 수 없다는 사실이 새삼
서운한 모양이었다. 안타까움은 박 앞에 서 있는 로운에게
서도 느껴졌다. 커다랗고 맑은 눈동자가 여리게 흔들리고
슬픔을 참으려는 듯 아랫입술을 꽉 깨물었다.

"그럼 시작하겠습니다."

"솔직히 의미 없네요. 딱 보면 답 나오잖아……."

"최 가디."

박의 서늘한 시선에 최가 나직이 쳇 소리를 내뱉었다. 마
지막까지 의무를 저버려서는 안 되었다.

"실례하겠습니다."

박이 신호를 보내자 최가 노부부와 함께 방으로 들어갔
다. 이제부터 최는 두 사람에게 로운에 대한 간단한 질문을
하고 대답을 들을 것이다.

"저희도 가요, 박."

로운이 박의 손을 이끌고 2층으로 올라갔다. 팔목에 느껴
지는 단단한 악력이 박의 가슴에 온기를 불어넣었다. 물과
거름을 따로 주지 않아도 나무와 풀은 열매를 맺고 꽃을 피
운다. 이제 로운의 삶도 그럴 것이다. 염려하지 않아도 제힘
으로 굳게 뿌리내려 어떤 비바람에도 쓰러지지 않는 거목

이 될 테니까.

문이 열리자 깔끔하게 정돈된 공간이 펼쳐졌다. 박이 멀티워치를 작동해 방을 한 바퀴 스캔한 뒤 의자에 걸터앉았다. 손목 위, 작은 화면에는 이상 없다는 표시가 깜빡거렸다.

"맨날 오시면 대체 뭘 살피시는 거예요?"

그가 방에 들어오기 무섭게 확인한 것은 혹시 모를 녹음 장치와 카메라 설치 여부였다. 드물긴 해도 아이가 가디와 어떤 대화를 나눴는지, 혹여 자신들에게 불리한 증언을 하지 않았는지 엿들으려는 부모들 때문이었다.

"잘 지냈어?"

최의 말처럼 무의미한 질문일지도 몰랐다. 이제 막 성인이 된 이 싱그러운 청년이 가족과 함께 어떤 하루를 보내는지 누구라도 예상 가능하니까.

"이쯤 되니 슬슬 무서워지네요. 무슨 노화 방지 시스템이라도 작동돼요? 어떻게 박과 최는 변한 게 하나도 없어요. 세월은 바깥세상에서만 흘러가는 모양인가 봐요."

"그런 농담도 할 줄 알고 많이 컸구나."

"네, 저만 컸죠. 두 분은 그대로고."

눈부신 청춘이었다. 더없이 강하고 아름다운 모습이었다. 덕분에 박은 안도했고, 한편으론 미안한 생각마저 들었다.

로운이 책상 위 트로피를 가리키며 얼굴 가득 천진한 미소를 띠었다.

"지난번 윈드 보드 대회에서 2위 했어요."

"대단하구나, 규모가 상당하다 들었는데. 다친 곳은 없었고?"

"어떤 분의 지독한 교육 덕분에 안전은 늘 철저하게 지키죠."

로운이 짓궂은 표정으로 한쪽 눈을 찡긋했다. 박의 입가에 가만한 미소가 스쳤다. 자신이 아끼는 것을 자랑하려는 로운의 순수함은 예나 지금이나 변함없었다.

"솔직히 기술 점수는 제가 더 높았어요. 완벽에 가까웠으니까. 그런데 마지막 스핀에서 실수한 녀석이 엉뚱하게 1위를 하더라고요. 뭔가 이상했지만 주최 측에서도 별말을 안 하더라고요? 하긴 제가 누군지 모두들 알고 있으니까."

박이 시선을 옮겨 로운의 커다란 두 눈을 바라보았다. 서늘한 바람 한 줄기가 가슴을 훑고 지나갔다. 햇살 아래 트로피가 빛을 튕겨 내고, 로운의 눈길이 그 빛 속에 오래 머물렀다.

"앞으로 대학생이 되면……."

"무슨 말씀 하려는지 알아요. 사실 저도 겁나요."

트로피에 시선이 매인 채 로운이 입을 열었다.

"굳이 제 입으로 밝힐 필요 없었겠죠. 제 ID 카드에는 아무것도 남아 있지 않으니까요."

로운의 ID 카드에서는 그 어떤 NC의 흔적도 읽어 낼 수 없었다. 그럼에도 그는 NC 출신임을 밝혔다. 그것도 이미 오래전에.

"처음에는 얼버무렸어요. 저의 과거를 묻는 사람들에게 그냥 다른 지역에서 살다 왔다, 해외에서 생활했다, 거짓말을 했어요. 저도 사람인데 왜 안 무섭겠어요. NC 출신이라면 이상하게 생각할까 봐 두려웠죠. 그런데 아이들은 서슴없이 옛날 일을 말하더라고요. 좋은 기억이니 특별한 순간들을 쉽게 털어놓잖아요. 그런 과거라면 저도 있는데, 단순히 NC에서 생활했다는 이유로 그것들을 지워 버리긴 싫었어요. 좋았고 힘들었던 모든 기억요. 그래서 고민했어요. 부모님께도 상의드렸더니 저만 괜찮다면 말해도 좋다고 하셔서……. 어렵게 결정했죠. 저를 가장 괴롭히는 존재가 누군지 아세요? NC 출신이라고 수군거리는 애들이 아니에요. 바로 저 자신이었어요. 스스로 소중한 과거를 지워 버리려 했으니까. 남들이 뭐라 하든 뭐라 비웃든, 적어도 저만큼은 저를 인정해 줘야 하잖아요."

그렇게 로운은 당당히 NC 출신임을 고백했다. 그로 인한 따돌림과 냉대를 혼자서 견뎌 냈다.

"그래도 꼭 나쁘지만은 않았어요. 그 덕분에 진짜 친구들을 만날 수 있었으니까. 어떤 녀석들은 제가 NC 출신인지 정말 몰랐대요. NC 출신은 어때야 하는데? 물으니까 멋쩍게 웃더라고요. 본인이 말해 놓고도 창피했던 모양이에요. 생각해 보면 조금 이상하지 않아요? 친구들은 저보다 훨씬 더 자유롭게 넓은 세상을 봤을 텐데. 좁은 공간에서 생활하는 일보다 답답한 건, 좁은 생각에 갇혀 사는 거예요. NC를 무슨 감옥처럼 여기는 애들은 딱 그만큼의 생각 속에 갇혀 있었어요."

한없이 여리게만 봤는데, 로운은 생각보다 훨씬 강한 아이였다. 그렇게 세상에 제 색깔을 마음껏 보여 주었다.

"박."

로운의 목소리에 박이 고개를 들었다.

"그래도 저는 ID 카드에 NC 출신이라는 기록은 없어요. 제도적으로는 절대 저를 차별할 수 없죠. 하지만 여전히 ID 카드에 NC의 기록이 남아 있는……."

허공에 흩어진 말 속에 무엇이 담겨 있는지 박도 모르지 않았다. 잠시 아랫입술을 잘근거리던 로운이 다시 입을 열었다.

"정말 소식 모르세요?"

"……."

"저는 가족을 선택했잖아요. 그렇기 때문에 저에 대한 그 어떤 정보도 외부에 알려서는 안 되죠."

로운의 간절한 눈빛을 보며 박이 천천히 고개를 끄덕였다.

"하지만 형은……."

"로운이 네 말처럼 사람들의 생각은 편협하다."

"……."

"우리가 사는 세상 역시 그리 넓지 않아. 우주 속 작은 먼지와도 같지."

이 작은 먼지 알갱이 속에서 왈강달강 살다 보면, 언젠가 소식을 듣게 될 것이다. 간절히 바라면 이루어지듯, 기억에서 지워 버리지 않는 한 반드시 만나게 되리라.

차가 다시 도로 위로 올라섰다. 그린 랜드의 푸른 숲이 등 뒤로 빠르게 멀어져 갔다.

"부모 쪽 모니터는 괜찮았습니까? 문제 될 사항 없었나요?"

"아주 많았죠."

최가 절레절레 도리질 쳤다.

"윤이 왜 안 오려고 했는지 알겠어요. 묻는 질문에만 대답하셔도 될 것을 어찌나 자랑을 하시는지. 곧 대학생이 되는 성인에게 '우리 아기'란 애칭은 너무 심하지 않아요?"

푸념처럼 늘어놓지만, 최의 얼굴에 미소는 사라지지 않았다.

"아키 쪽 모니터는 어땠어요?"

"더 이상 아키 505가 아닙니다. 이로운이라 부르세요."

"고유 넘버까지 기억하시는 분이 하실 말씀은 아닐 것 같은데요?"

동그란 눈으로 배시시 웃던 어린 소년은 어느덧 멋진 청년으로 자라났다.

'하지만 형은⋯⋯.'

환청처럼 들리는 목소리에 박이 속도를 높였다. 멀리 잿빛 안개에 둘러싸인 시티가 괴괴한 모습을 드러냈다.

빠르게 달리던 차가 시티 한복판에서 멈춰 섰다. '여기는 왜?' 눈으로 묻는 최에게 박이 멀티워치를 찬 손목을 들어 보였다.

"오늘 생각보다 일찍 끝나지 않았습니까."

모니터에는 정해진 시간이 없었다. 간단한 몇 마디 인사로 끝나기도, 심층 질문으로 이어지기도 했다. 그래서 모니터가 있는 날 근무 시간은 탄력적이었다. 운이 좋다면 퇴근 시간이 평소보다 훨씬 단축될 수도 있었다.

박이 운전석에서 내리자 놀란 최가 튀어 오르듯 조수석 문을 열었다.

"뭐예요? 센터 안 돌아가요?"

"먼저 들어가세요. 이왕 시티까지 나왔는데 개인적인 일 보셔도 됩니다. 차는 최가 사용하세요. 오늘 윤을 대신해 수고 많았습니다. 그럼 내일 센터에서 보죠."

돌아서는 박을 향해 최가 소리쳤다.

"진짜 숨겨 둔 애인이라도 있나 보네. 지난번 황이랑 모니터 했을 때도 혼자 사라졌더니."

등 뒤에서 자박자박 따라오는 소리가 들려왔다. 박이 돌아보자 손끝으로 톡톡 멀티워치를 가리키는 최가 있었다. 근무 시간 끝. 더 이상 센터장에게 예의를 지킬 필요가 없단 뜻이었다. 더욱이 여긴 센터도 아니지 않은가.

"어떻게 알았지? 다들 눈치가 빨라."

"선배에게 애인이라니. 누군지 모르겠지만 사람 보는 눈은 전혀 없나 봐?"

최가 한심하다는 듯 쳇 소리를 내뱉었다. 불어오는 바람에 익숙하면서도 생경한 향기가 밀려 들었다. 무엇이 익숙하고 또 무엇이 낯선 것일까. 박이 비스듬히 한쪽 입꼬리를 말아 올렸다.

"맞아. 아주 똑똑하고 능력 있는데,"

"......"

"사람 보는 눈은 전혀 없더라고."

최가 피식 코웃음을 터트리고는 "너무 완벽하면 재미없잖아?" 한마디를 남긴 채 멀어져 갔다. 박이 뒤돌아 회색 빌딩 숲으로 말없이 걸어 들어갔다.

남자가 커피를 내려놓으며 헤벌쭉 웃어 보였다. 지난번에 왔을 때도 박에게 차를 내준 사람은 바로 이 남자였다.

"우리 대표님이 사지육신 멀쩡한데 왜 비싼 헬퍼봇을 사용하느냐 하셔서. 보다시피 웬만한 건 제가 다 알아서 합니다. 한 달에 한 번 직원들이랑 대면 미팅 할 때도 커피는 알아서 각자 타 마십니다. 사람이 직접 내주는 커피 생소하시죠?"

박이 가벼운 목례와 함께 커피 잔을 들어 올렸다. 점점 더 심해지는 미세 먼지에 시티를 잠시만 걸어도 목이 따끔거렸다. 박이 주먹으로 입을 가리고 목소리를 가다듬었다.

"죄송합니다. 바쁘실 텐데 이렇게 자꾸 찾아와서."

괜찮다는 남자와 달리 여자의 시선은 더없이 차가웠다. 그녀는 어쩌면 박과 최초로 조우한 날을 떠올리는지도 몰랐다. 당신이 나를 처음 만났을 때 딱 이런 눈빛이었죠. 소리 없이 말했으니까.

"혹시 그동안 연락이라도…… 지금 어디에 있는지는……."

애써 침착하려 해도 목소리가 떨려 왔다. 처음 책을 봤을 때는 설마 싶은 생각이었다. 그러나 홀로그램 속 활자를 읽어 나갈수록 확신할 수 있었다. 저자가 말한 그 친구가 누구인지를.

"연락 없었어요. 어디 있는지도 몰라요."

쏘듯이 내뱉는 여자를 보며 남자가 한 번 더 어색한 미소를 내비쳤다.

"워낙 바람 같은 녀석이라, 세계 여기저기 떠돌고 있습니다. 그림 한 점 보겠다고 유럽을 들쑤시고 다니다, 또 훌쩍 태평양의 어느 이름 모를 섬에 가 있고요. 흔히 말하는 사막에 떨어뜨려 놓아도 살아남을 놈이 바로 그 녀석이거든요. 어디에 있든 생활하는 데는 크게 문제가……."

여자가 등받이에 몸을 묻으며 툭 남자의 팔을 건드렸다. 자연스러운 몸짓처럼 보이지만, 그만하라는 무언의 신호였다.

"그렇게 자유로운 영혼을 그 좁은 곳에 가둬 놨으니."

호로록 커피 한 모금을 넘기며 여자가 말했다.

PHB는 저마다의 캐릭터가 낭독자 역할을 수행했다. 홀로그램 리더는 책 표지나 마찬가지였다. 똑같은 내용이라 해도 어떤 캐릭터를 홀로그램 리더로 개발하느냐에 따라 판매 실적이 달라졌다. 몇몇 대형 출판사들이 유명 아이돌을 홀로그램 리더로 개발했지만, 엄청난 개런티에 비해 낭독의 전문성이 떨어지는 탓에 판매 실적이 부진해 곧바로 사업을 접었다. 굳이 홀로그램 북이 아니더라도, 그들을 볼 수 있는 콘텐츠는 차고 넘치니까.

안 그래도 책 읽는 사람들이 줄어드는데, 신생 출판사가 눈에 들기란 어려웠다. 무명 출판사가 독자들의 시선을 붙잡은 건, 바로 의외의 캐릭터 개발 덕분이었다.

보통 책의 내용이 깊고 무거울수록 홀로그램 리더 역시 진중한 분위기를 갖췄다. 마치 격식 있는 파티에 정장을 차려입는 것처럼, 동화책에 나올 법한 판다 캐릭터가 그리스 고전을 낭독하기란 무리일 테니까.

그러나 이 생각의 틀을 깨 버린 이들이 있었으니 바로 눈앞의 두 사람이었다. 어렵고 딱딱한 심리학 도서에 귀여운 진돗개 캐릭터를 내세웠다. 덕분에 스크린에 노출되는 행운을 거머쥐었고 독자들은 차별화된 홀로그램 리더에 열광했다.

　─제가 오늘 소개해 드릴 책은 요즘 장안의 화제인『겁쟁이』입니다. 원제는 'Weak People'로 캐서린 그레이엄이란 심리학자가 쓴 책인데요. 한국에는 처음 출간된 작가라네요. 번역이 깔끔해서 가독성이 정말 좋았어요. 인간은 누구나 자신을 특별한 존재로 생각합니다. 그렇기 때문에 남들과는 다른 차별성을 갖고자 노력하죠. 물론 그것이 나쁘다는 말은 아니에요. 다만 책의 내용처럼 몇몇 사람들은 그 차별성을 극대화하기 위해 자신보다 약자에게 군림하려 하고 차별적인 혐오의 시선을 아무렇지 않게 던집니다. 그렇게 함으로써 자신이 그들보다 우위에 있고 더 완벽한 존재라고 생각합니다. 이 책의 핵심이 바로 이겁니다. 그런 사람이야말로 세상에서 가장 약한 겁쟁이들이라는 사실을 말하고 있죠. 네모의 기준으로 동그라미를 평가한다? 네모와 동그라미는 완전히 다른데도 말이죠. 아! 제가 너무 강하게 발언했나요? 이 책은 내용도 좋지만 여러분도 아시다시피 홀로그램 리더 캐릭터가 너무 깜찍하잖아요. 심리학 책을 읽어 주는 강아지. 저도 이 진돗개 캐릭터처럼 부드럽게 말할 걸 그랬죠?

카메라를 보며 환하게 웃는 사람은 책 소개를 전문으로 하는 어느 유명 방송인이었다.

만약 방송을 보지 않았다면 박 역시 이 책에 관심을 두지 않았을 것이다. 그렇게 읽은 책은 마음 한구석을 건드렸고 출판사의 다른 책들까지 검색하게 만들었다.

『내 친구는 NC 출신입니다』

이미 사 년 전에 출간된 책이었다. 제목을 보는 순간, 박은 단단한 모서리에 관자놀이가 찍힌 기분이었다. 설마 싶은 의구심은 책장을 넘기기 무섭게 산산이 조각나 부서졌다.

"처음에는 비자가 필요 없는 나라들부터 시작하더라고요. 아시잖아요. 그 녀석 처지에 비자 신청조차 쉽게 할 수 없다는 거. 그렇게 무비자 나라들을 여행하다 하나둘 친구들을 사귀더니 곧잘 초청을 받아서는……."

여자의 경고 섞인 눈빛을 모른 척하며 남자가 빠르게 내뱉었다.

"워낙 영특한 건 알고 있었지만, 언어에도 그토록 재능이 있는지는 몰랐어요. 이제 웬만한 번역가는 그 녀석 앞에 명함도 못 꺼낼걸요? 아이디어는 또 얼마나 많은지. 우리 출판사 아이디어 뱅크라니까요. 사실 그 진돗개 캐릭터도 그 녀석 생각이었어요. 참 지난번에 우리한테 1차로 보내 준

원고……."

그 순간 여자가 박수를 짝 치지 않았다면, 남자는 말했을지도 모른다. 그가 지금 어디에 있고, 어떻게 연락 가능한지.

"저, 메일 주소만이라도……."

"어머머, 죄송해라. 날벌레가 있네요. 헬퍼 없다고 청소 게을리하지 말라고 했지?"

여자가 두 눈을 치뜨며 남자를 노려보았다. 더 이상의 질문은 사양하겠다는 노골적인 표현이었다. 박은 창백하게 굳은 표정으로 자리에서 일어났다.

대표 집무실을 벗어나자 여섯 개의 스크린이 설치된 원형 테이블이 보였다. 화상 미팅을 위한 것이었다. 대부분의 사람들이 재택 근무를 하는 탓에 사무실의 의미는 오래전에 사라져 버렸지만 혹시 이곳 어딘가에…….

남자가 미안한 표정으로 박에게 말했다.

"다음에 들어오면 잘 말해 볼게요."

"한번 볼 수 있습니까?"

"……."

"지난번에 말씀하신 자리가 어디인지."

흘낏 문을 곁눈질하던 남자가 따라오라는 눈빛으로 걸음을 옮겼다. 책상 하나, 작은 침대가 전부인, 사무실 가장 후

미진 공간. 박의 손끝이 책상 위를 오래 쓰다듬었다.

"그 녀석이 원하는 자리였어요. 우리가 일부러 이런 곳 내췄다고 오해 마세요."

벌써 오 년도 더 전에 그린 앳된 모습의 캐리커처가 박을 향해 싱긋 웃고 있었다. 박의 기억이 천천히 과거의 어느 날로 되돌아가기 시작했다.

센터에 경고음이 울렸다. 보안 기능이 강화된 밤이었다. 늦은 시각, 가디 이외에 센터에 들어올 수 있는 사람은 없었다. 아이들의 규율 위반이나 외부인의 침입, 마지막으로 시스템 오류를 의심해 봐야 했다. 지잉 소리와 함께 사무실 문이 열렸다. 복도에서 헬퍼와 가디 들의 음성이 들려왔다. 다행히 외부자의 침입은 아니었다. 시스템 오류도 발견되지 않았다. 그럼에도 센터의 경고음을 울리다니, 누군지 모르지만 대단히 미련하거나 아니면 지독하게 화가 난 것일 수도 있었다. 황과 최가 달려오고 헬퍼들이 뒤를 따랐다. 박이 눈을 들어 제누 301을 바라보았다. 갑자기 무슨 일이냐는 듯 모두들 어안이 벙벙한 얼굴이었다.

"너 지금 몇 신데 허락도 없이……."

박이 손을 들어 황을 막아섰다. 지금 제누의 귀에는 아무

것도 들리지 않는 듯했다. 상황을 파악한 최가 황을 잡아끌
며 헬퍼들에게 돌아가라고 명령했다.

"규칙을 어겼구나. 리모스룸은 저쪽이다."

박의 한마디에 제누가 차갑게 한쪽 입꼬리를 말아 올렸다.

"제가 말도 안 되는 소문을 들어서요."

한 달 후면 센터를 떠날 녀석은 어느덧 박과 마주 볼 정도
로 자라 있었다. 상대를 꿰뚫는 눈매는 여전했고, 굳게 닫힌
입술이 고집스러워 보였다. 싱겁게 웃어도 그 미소 속에는
늘 차가운 냉소가 어려 있었다.

"듣자 하니 특별한 입양 절차가 곧 진행될 거라고 하던
데, 거짓말이죠?"

부모 면접을 포기한 아이였다. 한 달 후면 쫓겨나듯 센터
를 떠나야 했다. 하루하루 시간이 지날수록 박은 초조했다.
세상은 제누가 생각하는 것 이상으로 냉혹하고 무서운 곳
이기에.

드문 일이긴 해도, 가디들이 센터 아이를 입양하는 경우
가 있었다. 가장 가까이에서 함께 지내 온 사람들이었기 때
문에 여타 프리 포스터들과 달리 면접 절차가 까다롭지 않
았다. 물론 제누가 유일한 존재는 아니었다. 박이 보살펴 주
고 싶은 아이들은 손에 다 꼽을 수 없을 정도로 많았다. 하

지만 늘 결국 도리질 쳤다. 일에 파묻혀 사는 그가 좋은 부모가 될 리 없었다. 그러나 제누만은 달랐다. 이미 열아홉, 곧 성인이 될 나이였다. NC 꼬리표만 떼어 주고 작은 도움만 준다면, 충분히 비상할 수 있는 아이였다.

"연금이 의외로 세더라. 거래라고 생각하면 어때. 서로가 필요한 것만 취하면 되잖아. 널 간섭할 생각 조금도 없다. 네 덕분에 나도 늘그막에……."

"그만해요."

박이 피식 헛웃음을 터트렸다. 생각보다 상대는 화가 많이 난 모양이었다.

"답답할 정도로 원리 원칙에 목숨 거는 분인 줄 알았는데, 제가 틀렸나요? 이렇게 졸속으로 일을 처리하려 들다니. 전혀 박답지 않잖아요."

"가디들은 입양 절차가 간소해. 이미 신분이 보장되었고, 나는 누구보다 너를 오랫동안……."

"그럼 제가 거절할 거라는 사실도 잘 알겠군요."

"……."

"누구보다 저를 오랫동안 지켜본 분이니까."

박이 주먹을 꽉 움켜쥐었다. 기어코 혼자서 날아 보겠다는 저 집념, 결코 타협하지 않으려는 아집이 점점 더 그를 걱정하게 만들었다.

"왜요, 혼자 세상에 던져지는 제가 불안해요? 걱정돼요?"

네가 뭐가 그리 잘났는데. 적당히 타협하고 살면 되는 거야. 다른 애들은 너보다 덜 똑똑해서 그렇게 현실에 맞춰 살아가는 줄 알아? 너는 대체 왜?

마음속에 맴도는 수많은 외침 중에 정작 박이 내뱉을 수 있는 말은 없었다. 이런 것들이 통했다면, 저 껑충한 녀석은 이미 오래전에 센터를 떠났을 테니까.

"당사자인 나는 괜찮다는데, 왜 주변에서 더 난리예요?"

"……."

"그건 센터장님이 겁쟁이라 그래요."

정말 그런지도 몰랐다. 커다란 벽을 부술 수 없으니 작은 구멍으로라도 피해 가려는 비겁한 겁쟁이…….

돌아서던 제누가 걸음을 멈추고는 박에게 물었다.

"왜 점수 안 물어봐요?"

가슴이 뻥 뚫린 기분이었다. 아주 작은 희망의 끈이 뚝 하고 힘없이 끊어졌다.

"영점요. 지금까지 본 부모 면접 중에 가장 최악이었어요."

"……."

"세상에 차별이 완전히 없어지면, 그때 같이 술 한잔해요.

어른 대 어른으로."

제누가 뒤돌아 사무실을 빠져나갔다. 박의 입가에 씁쓸한 미소가 머물렀다.

"그래도 마이너스는 아니네."

그것이 두 사람이 개인적으로 나눈 마지막 대화였다. 과연 그와 어른 대 어른으로 만날 수 있는 날이 올까? 이토록 미숙하고 어리석은 세상에서 두 사람이 기분 좋게 술잔을 기울일 날이.

"대체 어떻게……"

아무리 생각해도 의문이 풀리지 않았다. 어떻게 제누가 이 사람들과 다시 만날 수 있었는지. 단순히 우연이라 하기엔 모든 것이 미심쩍었다.

물음표 가득한 박의 시선에 남자가 또다시 헤벌쭉 웃어 보였다.

"인연이었나 보죠. 아주 끈끈한 인연."

『겁쟁이』란 제목에서 눈치챘어야 했다. 펴낸 곳이 하필 하나출판사인 데다 역자에 '제이엔이'라고 적혀 있었다. 단순히 한국계 외국인이라 생각했다. 하지만 다시 보니 이상했다. 제이엔01, 뒤에 오는 것은 성이 아닌 숫자였다. 어쩌

면 301의 01일 수도 있었다. 세상에 오직 한 사람밖에 없다
는 뜻인지도 몰랐다. 어떻게 01을 놓칠 수 있었을까? 센터
도서관에서 굶주린 맹수처럼 미친 듯이 원서들을 읽던 단
단한 뒷모습을 왜 떠올리지 못했을까?

사무실 밖으로 나온 박이 계단에 내려섰다. 여전히 자신
의 고유 번호를 지니고 사는 그는, 계속해서 세상을 향해 질
문을 던졌다. 당신이 생각하는 것이 과연 진짜 정답이라 믿
느냐고. 아무도 가지 않은 길 위에서 돌부리 하나를 뽑아 내
고 있었다.

그 순간 멀티워치에 불이 들어오며 모니터 완료라는 메
시지가 깜빡였다. 부지런한 최가 이미 상부에 자료를 제출
한 모양이었다.

모니터는 양부모를 만나 센터를 나간 아이들을 계속해서
추적 관찰하는 가디들의 업무를 말했다. 로운은 이제 성인
이 되었으니 더 이상의 모니터는 필요 없었다.

'NC를 무슨 감옥처럼 여기는 애들은 딱 그만큼의 생각
속에 갇혀 있었어요.'

과연 나는 세상을 어떤 크기로 보고 있을까? 박은 문득 궁
금해졌다. 로운이 된 아키의 말처럼 사람들은 오직 자신만의
화면에 갇혀 있었다. 혹여 그 크기만큼이 세상의 전부라 믿

고 있지는 않은지. 자신들의 모니터 밖 세상은 모두 틀렸다
생각하는 건 아닌지…….

박이 뒤돌아 터벅터벅 회색 도시 속으로 숨어들었다.

"와! 대박이에요. 가디, 어떻게 거기서 그 공격을 막아
내요?"

"드디어 나 골드에서 다이아몬드 레벨이 됐어요. 가디, 다
음에도 우리랑 같이 게임 해요!"

"됐어. 너희들 긴장 풀어 주려고 한 거야. 다른 사람 알면
큰일 난다. 절대 비밀."

웃으며 VR룸을 빠져나오던 세 사람이 박과 마주치고는
그 자리에서 굳어 버렸다. 혹시나 싶어 찾아온 곳이었다. 그
혹시나가 역시나가 되기까지는 그리 오랜 시간이 걸리지
않았다. 박이 팔짱을 낀 채 고개를 왼쪽으로 15도 기울였다.

"준 1547, 페아 2015."

두 아이가 작게 대답하고는, 이제 죽었다 싶은 표정으로
서로를 곁눈질했다.

"내일이 무슨 날이지?"

"제가 데려왔어요. 내일이 첫 인터뷰라 아이들이 너무 긴
장해서……."

"나는 준과 페아에게 물었습니다."

새벽 공기보다 차가운 눈빛으로 박이 말했다.

"센터장님, 아이들은……."

"내일은 중요한 날이다. 빨리 생활실로 돌아가."

센터장의 명령에 두 아이가 무빙 워크로 달려갔다. 내일 첫 부모 면접을 하는 아이들을 VR룸에 데려가는 것도 모자라 함께 게임을 하다니. 이 철없는 신입 가디를 어떻게 교육해야 할지 박은 난감하기만 했다.

"징계 위원회가 열리면 본부로 일주일간 재교육을 받으러 가야 합니다."

"……."

"짧게는 한 달, 길게는 삼 개월까지 급여가 삭감됩니다."

"알고 있습니다."

시선을 발끝에 둔 채 윤이 힘없이 대답했다.

"내일 회의 때 다시 이야기하겠습니다."

물론 징계 위원회를 열 생각은 없었다. 규칙을 어겼지만 아이들에게 심각한 악영향을 끼친 것은 아니니까. 첫 부모 면접을 앞둔 아이들은 종종 긴장과 초조함으로 밤잠을 설쳤다. 윤은 그런 아이들의 마음을 조금이라도 풀어 주고 싶었을 것이다. 그 방법이 썩 바람직하지 않았다는 점이 문제겠지만.

뒤돌아서는 박의 등 뒤로 윤의 목소리가 날아와 꽂혔다.

"왜 엄한 잣대는 늘 NC 아이들에게만 적용됩니까?"

박이 걸음을 멈추고 윤을 향해 몸을 돌려세웠다.

"왜 NC 아이들은 올곧고 바르게만 생활해야 하느냐고요."

"……"

"밖에 아이들은요, 이유 없이 짜증 내고 별일도 아닌 것에 투덜거려요. 가끔은 버릇없이 굴고 일탈도 하면서 어른들 속을 썩인다고요. 그게 아이들이잖아요. 아주 자연스러운 일이라고요."

윤의 목소리에 퍼렇게 날이 서 있었다.

"왜 가디가 됐냐고 하셨죠? 그거 알려 주려고요. 밖에 아이들처럼, 때론 짜증도 부리고 화도 내면서 자연스럽게 커도 된다고 말해 주려고요. 말도 좀 안 듣고……."

그래, 그도 몰랐을 것이다. 세상의 아이들은 NC와는 다른 환경에서 살아가고 있었다는 사실을 이전에는 알아차리지 못했을 것이다.

윤이 흥분을 가라앉히려는 듯 천천히 숨을 가다듬었다.

"이것 역시 차별 아닌가요? NC 아이들은 모두 올바르고 정직하며 규율을 지키는 '착한 아이'로 자라야 한다. 이거야

말로 정말 무서운 차별 아닙니까."

차별이라는 한마디가 날카로운 송곳이 되어 박의 가슴을 찔렀다. 규율로 가장한 억압과 구속이었을까? 보호와 호의라는 가면을 쓴 통제와 세뇌였을까? 그 생각이 들자 머릿속이 어지러웠다. 힘없이 비틀거리는 박을 보며 윤이 한걸음에 달려왔다.

"센터장님, 괜찮으세요?"

박이 눈을 들어 물끄러미 윤을 바라보았다. 놀란 듯 겁에 질린 표정은 흡사 주인을 잃어버린 강아지 같은 모습이었다. 천방지축이기만 한 줄 알았는데 윤 역시 누구보다 아이들을 사랑하는, 진정한 가더였던 것이다.

"이번 일이 최의 귀에 들어가면 절대 가만있지 않을 겁니다."

윤이 각오하고 있다는 듯 크게 고개를 끄덕였다.

"멀티워치를 압수하고 리모스룸으로 보내 자필 반성문을 쓰게 할지도 몰라요."

"······."

"경험이 아예 없는 건 아니죠?"

"경험이 많다고, 꼭 능숙해진다는 법은 없습니다."

윤의 입가에 짓궂은 미소가 퍼져 나갔다. 누구보다 윤에게 무른 최일지라도 아이들과 VR룸에서 허락 없이 게임을 했다면 정말 리모스룸에 가둬 버릴지도 모를 일이었다.

"내일 회의에는 늦지 않도록 하세요."

박이 몸을 돌리자 등 뒤에서 윤이 소리쳤다.

"센터장님."

"……"

"한 번만 제 이름 불러 주시면 안 돼요?"

"내가 언제 윤이라고 안 불렀던가요?"

"에이, 그 잘나 빠진 성 말고요."

윤은 곧잘 자신의 이름을 불러 달라 했다. 박은 한 번도 그 이름을 부르지 않았다. 그러나 오늘만큼은 괜찮지 않을까? 아무도 없는 불 꺼진 VR룸 앞에서라면, 더욱이 사고까지 쳐 버렸지 않았는가. 내일이 되면 정말 리모스룸에 갇혀 자필 반성문을 쓰게 될지도 모른다.

하지만 좀처럼 입이 떨어지지 않았다. 오래전 누군가도 그에게 물었다.

'……이름을 알려 주실 수 있나요?'

그 질문에도 아무런 대답을 하지 못했다.

"내일 아이들 인터뷰 준비 철저하게 시키세요."

박의 한마디에 등 뒤에서 심드렁한 목소리가 날아들었다.

"노아 208, 오늘은 또 무슨 일로 리모스룸에 온 거냐? 안 물어봐요?"

"이제 질문으로만 안 끝낼 겁니다."

윤이 된 노아가, 가디가 되어 다시 센터를 찾은 말썽쟁이 노아 208이 웃으며 네 하고 소리쳤다.

"그나저나 오늘 최랑 모니터는 잘 다녀오셨어요?"

"오붓하게"를 덧붙이며 윤이 히죽 웃었다. 이것으로 컨디션이 안 좋다는 말은 거짓이었음이 밝혀졌다. 하긴 아픈 사람이 아이들과 신나게 VR룸에서 게임을 하진 않을 테니까.

"자필 반성문 쓸 준비도 해 놓으세요."

박이 건물을 빠져나와 운동장을 가로질렀다. 오늘따라 시간이 거꾸로 흘러가는 것만 같았다. 하루가 천 년처럼 느껴졌지만 아쉬움은 만 년의 기다림만큼 커져만 갔다. 문득 올려다본 하늘에는 안개 먼지 너머로 희미하게 별빛이 반짝였다. 누군가 바라본 밤하늘에는 이보다 훨씬 맑고 눈부신 별 무리들이 반짝이겠지. 광대한 하늘과 바다를 가까이 둔 사람이라면, 가슴 속 화면 역시 그와 같은 크기로 자라날 테니까.

박의 느린 발걸음이 터벅터벅 불빛을 향해 나아갔다.

서브

한참 동안 아이의 울음소리는 잦아들지 않았다. 응급실 바닥에 떨어진 피 한 방울을 멍하니 바라보다가 상인은 자기도 모르게 몸서리쳤다. 옆에 앉아 있던 인하가 몸을 일으켜 화장지를 뜯어 왔다. 그러고는 쪼그려 앉아 피를 닦아 냈다.

"벌써 굳었네."

인하는 중얼거리더니 여러 차례 바닥을 문질렀다. 엄마가 잠깐 한눈판 사이에 아이가 의자에서 떨어져 식탁 모서리에 뒤통수를 찧었다고 했다. 응급 수술 탓에 순서가 밀려 대기 시간이 길어지자 인하는 지루한지 상인의 휴대폰을 가져가 한 손으로 게임을 했다. 오른손을 사용하지 못하니

몹 때문에 1라운드를 넘기지 못하고 자꾸만 죽었다.

"그냥 놀다가 밟힌 거 맞아?"

상인이 물었다. 이어폰을 끼고 있어서 들리지 않는지 인하는 눈짓으로 되물었다.

"그 남자애가 일부러 그런 건 아니고?"

"아 진짜. 아니라니까."

"이 날씨에 운동장에서 뭐 하고 놀았는데."

못 들은 건지 못 들은 척하는 건지 인하는 아무런 대꾸를 하지 않았다.

"너희 교실 가서 반 애들한테 물어본다?"

인하는 그제야 짜증스러운 표정으로 상인을 마주 봤다.

"아까 말했잖아. 아무것도 아닌 상황이었는데 박건영 그 새끼가 골 넣고 싶어서 나 차징(charging)한 거라고. 맨날 헛발질해서 남자애들이 수비만 시키니까 열받았나 보지."

이어폰 볼륨이 높아서 인하는 자신의 목소리가 얼마나 큰지 모르는 것 같았다. 대기하던 환자들이 인하를 힐끔거렸다.

"알았으니까 조용히 말해."

그때 엄마에게서 전화가 왔다. 인하는 인상을 찌푸리더니 상인에게 휴대폰을 넘겼다. 엄마에게는 일단 비밀로 해 달라는 인하의 말을 아랑곳 않고 인하네 담임이 연락을 한 모양이었다.

─딸, 병원이야?

엄마의 목소리는 냉랭했다.

"네."

─부러졌대?

"아직 몰라요. 엑스레이 찍어 보자고 해서 기다리는 중이에요."

─인하는? 옆에 있어?

"네."

─상태는? 많이 아파 보여?

상인은 인하를 바라보았다. 팔을 보면 팔꿈치에서부터 손등까지 심하게 부어올라 통증이 심할 것 같은데 인하의 표정을 보면 또 참을 만해 보였다. 괜찮아 보인다고 해야 엄마의 걱정을 덜 수 있을 것 같아서, 그래야 인하가 크게 혼나지 않을 것 같아서 상인은 대수롭지 않다는 듯 말했다.

"심하지는 않은 것 같아요. 치료받으면 괜찮을걸요. 할머니는요?"

─안 그래도 간병인이 오셔야 맡기고 갈 텐데 지금 당장 올 수 있는 상황이 아니라고 해서서. 지금 할머니 곁 잠

깐이라도 비우면 안 되는 거 알지. 엄마 옴짝달싹도 못 해.

엄마는 차분하게 말하려는 것 같았지만 화를 참고 있다는 게 느껴졌다. 외할머니는 몇 년 전에 풍이 와서 몸의 오른쪽을 전혀 쓰지 못했고 누군가가 돕지 않으면 식사도 챙길 수 없었다. 할머니를 모시고 사는 이모는 동창들과 동남아 여행을 갔다고 했다. 엄마는 할머니 집으로 어제저녁 출발했고 원래대로라면 내일모레 오기로 되어 있었다.

— 걔는 진짜 왜 그런다니. 이 날씨에 축구는 무슨 축구야. 어이가 없어서.

인하는 약간 조마조마한 얼굴로 상인의 표정을 살피다 속삭였다.

"엄마가 뭐래? 화났어? 온다고 하면 천천히 오라고 해. 별로 안 아프니까. 치료받고 집 가면 그만인데. 아니다, 내가 말할게, 그냥. 엄마, 나 괜찮아요! 오지 마요!"

인하가 불쑥 상인의 휴대폰을 빼앗아 가서 소리쳤다. 인하는 엄마에게 한참이나 변명을 늘어놓았다. 그러다가 엄마가 언니를 바꾸라고 했는지 휴대폰을 넘겼다. 엄마는 화를 가라앉히기 위해 한숨을 쉰 후 이틀만 인하를 잘 돌보고 있으라고 말했다.

— 화장대 서랍에 봉투 있거든? 오만 원 꺼내서 저녁 시

켜 먹어. 치료비는 실비 보험 되니까 일단 상인이 네가 내고. 돈 있지?

"네, 있어요."

상인은 엄마의 한숨 소리가 이어질까 봐 다시 한번 아무 일도 아니라고, 인대가 조금 늘어난 게 전부일 거라고 제멋대로 말했다.

가족들은 인하의 학교 진학을 위해 삼 년 전, 양가 친척이 모두 모여 사는 해동시를 떠나 경기도로 이사했다. 축구부 원들은 전원 숙소 생활을 했기 때문에 굳이 가족 모두가 인하를 따라올 필요는 없었지만 부모가 근처에서 뒷바라지를 잘해야 어디 가서 무시당하지 않는다며 아빠가 독단적으로 내린 결정이었다.

축구를 먼저 시작한 건 상인이었다. 때마침 초등학교에 여자 축구부가 창단되어 가능했던 일이었다. 상인은 자신이 골을 넣었을 때 골네트가 흔들리는 풍경이 통쾌하고 즐거웠다. 주로 우측 공격수나 중앙 공격수로 섰는데 주말마다 조기 축구회에 나가는 아빠는 큰딸도 축구를 좋아한다는 사실을 흥미로워하는 것 같았다. 하지만 그게 전부였다. 선수가 되고 싶다고 했을 때 아빠는 여자 축구 선수는 월드

컵에 나가지 못한다고 했다. 아빠가 일부러 거짓말을 한 건지, 아니면 정말 여자 월드컵의 존재를 몰랐던 건지는 알 수 없었다. 어쨌든 딸의 재능을 한 번도 진지하게 생각해 본 적이 없다는 사실만은 상인도 알고 있었다.

　상인을 따라다니던 인하가 언제부터 경기에 투입되었는지, 언제부터 상인보다도 더 주목받기 시작했는지 그 시점은 정확히 기억나지 않았다. 상인과 달리 인하는 수비수만 시켜 줘도 좋아했고 코치의 지시로 어느 날부터는 줄곧 골키퍼를 맡았다. 인하는 초등학교 5학년 때 이미 키가 160센티미터를 넘겼는데 아빠의 체형을 본 감독과 코치들은 관리만 잘하면 인하 역시 못해도 170센티 이상 자라리라고 예상했다. 만약 그렇게까지 키가 크지 않더라도 인하의 민첩성이나 감각은 신체 조건을 뛰어넘을 만큼 탁월하다고 치켜세웠다.

　이른 시간의 집은 어딘지 낯설게 느껴졌다. 상인은 오자마자 보일러를 켰다. 의사는 뼈에 금이 갔다고 했다. 깁스를 하고 나서 팔걸이 보호대를 목에 건 인하는 옷을 갈아입는 일도 버거워했다. 상인은 인하의 외출복을 벗기고 편한 옷으로 갈아입혀 주었다. 상인이 욕실에서 세수를 하고 나오니 인하는 냄비에 물을 받고 있었다.

"뭐 하게?"

"라면 먹게."

"엄마가 뭐 시켜 먹으라고 했잖아. 먹고 싶은 거 말해. 황용각에서 볶음밥 시키려고 했는데, 나는."

야간 편의점 알바를 하면서 컵라면은 물리도록 먹고 있었다. 하지만 인하는 아랑곳 않고 찬장에서 라면 두 봉지를 꺼냈다.

"난 어제부터 라면 먹고 싶었는데? 내가 끓여 줄게."

"아, 됐어. 너나 먹어."

볶음밥 하나는 배달이 안 되기 때문에 상인은 포기하고 소파에 누웠다. 그러다가 문득 울컥해졌다. 인하는 사소한 것도 상인에게 양보하지 않았다. 양보하는 법을 전혀 모르는 것 같았다. 알 필요가 없었으니까.

오른손을 마음대로 움직일 수 없으니 인하는 라면 봉지를 뜯는 것도 힘들어 보였다. 상인은 모른 척하고 텔레비전을 틀었다. 애매한 시간이라 그런지 죄다 재방송이나 홈쇼핑 광고뿐이었다. 뻥, 하는 소리에 돌아보니 봉지가 터져 라면 부스러기가 땅에 흩어지는 것이 보였다.

축구를 시작한 후 인하는 줄곧 주전이었다. 국가 대표 U-14 팀에 발탁되어 해외 대회에 나가 4강에 진출하기도 했다. 중학교 때 같이 숙소 생활을 하던 후보 골키퍼는 인하보다 한 학년 위였는데 인하가 입학한 이후로 주전에서 밀려 2학년 겨울방학에 전학을 갔다. 딱 한 번 중등 리그 준결승전에서 그 애가 주전으로 들어갔다가 후반전이 시작되자마자 인하로 교체된 적이 있었다. 아빠는 후보 선수 부모가 딸을 대회에 내보내기 위해서 큰돈을 썼다는 사실을 알게 되었다.

"그 얘기 듣고도 나는 뭐 감독이나 코치한테 일절 갖다 바친 거 없다. 그런 사람들은 다 자신이 없으니까 편법을 쓰는 거야. 인하처럼 실력으로 증명해야지."

정말 그런 일이 있은 후에도 인하는 주전을 놓치지 않았다. 인하가 걸스컵 8강 승부차기에서 두 골을 막아 팀을 4강으로 이끈 뒤 땀에 전 모습으로 KBS 스포츠와 인터뷰한 영상을 아빠는 자주 돌려 보았다. 국가 대표라니. 상인은 비현실적인 그 단어를 종종 곱씹어 보았다.

*

"보이지? 네가 이번에 못 잡았잖아? 쟤들 다음에 또 와. 만만하게 본다고."

CCTV에는 11시 12분에 몰려온 중학생 네 명 중에 여자애 두 명이 패딩 안에 콘돔과 칫솔, 치약, 가위 등을 숨겨 20초 만에 뒷문으로 나가는 장면이 찍혀 있었다. 같이 온 키가 큰 남자애들 얼굴은 희미하게 기억났다. 담배를 달라고 해서 신분증을 요구하니 전혀 다른 얼굴이 박힌 민증을 내밀던 애들이었다. 상인이 판매가 불가능하다고 하자 구시렁거리며 앞문을 발로 차면서 나갔다. 지금 보니 주의를 끌기 위해 일부러 큰 소리를 낸 모양이었다.

"상인아, 너 알바한 지 거의 일 년 다 되어 가지? 근데 아직도 이런 실수를 하면 어떡하니."

조금 억울했지만 상인은 고개를 숙이고 죄송하다고, 앞으로는 더 주의 깊게 살피겠다고 말했다. 편의점 사장은 사각지대 없이 달린 CCTV를 손가락으로 차례차례 가리키더니 지켜보겠다고 경고한 후 나갔다. 가슴이 잠시 두근거렸지만 애들이 훔친 물건을 물어내라고 하지 않는 걸 보면 역시 아주 나쁜 사람은 아닌 것 같다고 생각했다. 게다가 여기만큼 최저 시급을 제대로 챙겨 주는 곳도 거의 없으니까. 전에 식당이나 전단지 알바는 시급을 육천 원이나 칠천 원만 받고도 했었다.

하지만 자주 CCTV를 돌려 보고는 11시 22분에 왜 오랫동안 포스기를 들여다보고 있었는지, 시재 정리 시간이 아닌데 왜 새벽 2시에 만 원권을 두 번이나 세어 보았는지, 새벽 4시 40분에 온 손님에게 왜 봉툿값을 받지 않고 봉투를 두 장이나 주었는지 전화를 걸어 물을 때면 소름이 돋곤 했다.

12시가 됐을 때 유원이 왔다. 상인은 피식 웃었다. 웃다가, 오늘 처음으로 웃었다는 사실을 깨달았다.

"배고파."

"오늘 좀 일찍 끝났다? 너희 학원은 특강 계속 해 주나 보네? 이거 먹어. 육첩 반상 도시락. 폐기 하나 남았다."

유원은 편의점 한쪽에 있는 테이블에 가방을 내려놓고 전자레인지에 도시락을 데웠다. 1분 30초를 돌려야 하는 도시락인데 유원은 꼭 1분만 돌리곤 했다.

"아, 맞다. 네 동생 괜찮대?"

"팔에 금 갔대."

"헐. 어쩌다가?"

"밟혔대. 같은 반 남자애한테."

유원은 눈을 크게 뜨고 목소리를 낮춘 채로 상인에게 물었다.

"혹시…… 학폭 아니야?"

"걔가 어디 맞고 다닐 애냐."

"그건 모르지. 맞는 애가 따로 있는 건 아니니까. 별 이유 없이도 따 당하고 그러잖아. 제대로 물어봐."

상인은 천천히 고개를 끄덕였다. 생각해 보니 그러네. 상인은 유원이 똑똑해서 좋았다. 유원은 제육볶음을 밥에 비벼서 입 안 가득 밀어 넣었다.

"너 진료. 확인증 뗐어? 담임한테 내가 동생 때문이라고 말해 둬서 무단 조퇴 처리되진 않을 거야. 우리 질병 조퇴 한 번은 봐주잖아."

"안 뗐는데. 귀찮아. 담임 나한테 관심도 없고, 어차피 대학 안 가는데 뭐. 무단도 상관없어."

입으로는 상관없다고 말하면서도 지금까지 개근한 게 아깝지 않은 것은 아니었다. 유원은 회장이라서 이런 부분까지 생각이 미치는 걸까. 챙겨야 할 게 뭔지 그렇게 잘 떠오르나. 다른 사람의 몫까지도? 상인은 가끔 궁금했다.

"야, 그래도. 그래도…… 개근상 받으면 나중에 좋잖아."

유원은 왠지 자신 없는 목소리로 중얼거리듯 말했다. 말하면서 과연 그 개근상이란 것이 상인에게 정말 쓸모가 있는지 스스로 의문이 든 듯했다.

"나 방금 너무 범생이 같았냐."

"너 범생이 맞잖아."

유원이 왠지 눈치를 보는 것 같아서 상인은 웃고 말았다.

*

선수들은 한 달에 한 번, 마지막 주 주말에 외출할 수 있었다. 인하가 오면 가족들은 전적으로 인하에게 모든 것을 맞추었다. 인하가 먹고 싶은 음식을 먹었고, 인하가 하고 싶은 것을 했다. 가족 모두가 밤새 기다려서 새벽 4시나 5시쯤 시작하는 스페인 라리가 경기를 보거나, K리그 경기 직관을 가기도 했다.

인하는 집에 올 때마다 함께 생활하는 아이들에 대해서 걱정인지 험담인지 모를 말들을 했다. 벤치 선수들 이야기를 하면서 제 위치가 얼마나 대단한지 엄마와 아빠에게 확인시켜 주려는 것 같았다.

P 있잖아, 걔는 후보인 이유가 있어요. 몸 관리를 진짜 안해. 뱃살 보면 절대 운동선수라고 할 수가 없다니까. 걔 엄

마는 청소일 하면서 축구부 운영비 내는데. 나 같으면 그렇게 할 바에는 그냥 공부한다. 70분 뛰어야 되는데 전반전 뛰고 헥헥거리는 애를 감독님이 쓰겠냐고. M? 걔는 피지컬 믿고 머리를 안 써. 수비수가 공 흘리는 거 보면 얼마나 답답한지 알아? 그거 내가 다 커버하잖아. 아, B요? 걔는 그냥 금수저 빨이지. 아빠도 알죠? 걔 삼촌이 J대 축구부 감독인 거. 우리 코치가 그 감독 후배고. 대회 때마다 후반 65분에 교체시키는 거 보면 진짜 어이없다니까요. 그래 놓고 메달 걸면 쪽팔리지도 않나. 아니, 우리가 걔한테 대놓고 욕하진 않지. 그래도 걔는 뒷정리 잘하고 나대지 않아서 애들이 잘해 주는 편이야. 주제를 안다고 해야 되나? 암튼 착해. 응. 그 정도면 엄청 착한 거지.

인하는 중학교에 입학할 때 이미 학교 재단의 후원을 약속받았다. 상인은 자신보다 어린 동생이 어떤 단체에서 그런 위치에 있다는 것이 신기하고 놀라웠다.

인하의 말에 맞장구를 치던 아빠는 혹여 딸의 마음을 상하게 할까 싶어 말을 고르다가 넌지시 묻곤 했다.

"저…… 전지훈련 갔을 때 리조트 후원한 게 서브 골키퍼 부모라던데. 괜찮은 거냐? 너야 알아서 잘하지만."

"걱정 마요, 아빠. 골키퍼는 교체 못 해. 내가 빠지면 추가 시간에도 골 먹는 게 우리 팀 서브거든. 나 없이는 우리 팀 우승 못 해요, 백 프로."

신기하고 놀랍고, 그리고 또 부러워했었나? 그랬는지도 모른다. 분명히 그랬을 것이다. 인하가 좋은 성적을 내고 감독에게 인정받을수록 딸을 조심스럽게 대하는 엄마 아빠를 보며, 상인은 사람을 귀하게 여길수록 그 사람을 대하는 게 어려워진다는 걸 알게 되었다.

"너는 친한 친구는 없어? 거기서?"

상인이 언젠가 물었을 때 인하는 잠시 머뭇거렸다.

"있지, 당연히. 내 룸메. 세컨드 스트라이커, 김영지."

하지만 상인은 인하가 그 김영지라는 아이에 대해 이야기하는 것을 한 번도 듣지 못했다.

*

겨울이라 새벽 6시가 되었는데도 골목길이 어두웠다. 아직 깜깜한데 가로등은 모조리 꺼져 있었다. 주변을 살피며 집 앞까지 오자 일 층에 사는 집주인 할머니가 골목길에 놓인 쓰레기봉투를 열어 자기 집 쓰레기를 여기저기 나눠 담는 것이 보였다. 상인이 인사를 해도 할머니는 받는 둥 마는 둥 했다. 계단을 올라갈 때마다 자주 집주인 할머니네 개가 짖곤 하기 때문에 상인은 발소리를 최대한 죽이고 올라와 현관문을 열었다. 불이 꺼져 있어 인하가 자는 줄 알았는데 방에서 시끄러운 소리가 새어 나왔다. 엄마가 없다고 지금까지 밤을 새운 게 분명했다.

"아직 안 잤냐. 학교 가서 하루 종일 잠만 자려고 그래?"

말해 놓고 상인은 자신이 이런 말을 할 자격이 있나, 잠시 생각했다. 인하는 이불을 뒤집어쓰고 컴퓨터 화면에서 눈을 떼지 않았다.

"어디랑 어딘데?"

"아틀레티코 마드리드랑 발렌시아."

내내 보일러를 꺼 둔 건지 집에 들어왔는데도 한기가 가시지 않았다. 아직 11월인데 이렇게 추우면 12월은 어떡하지. 상인은 느닷없이 두려워졌다.

"아, 진짜. 보일러 좀 켜 두지. 얼어 죽겠다."

"별로 안 추워."

"나는 아니거든?"

패딩을 그대로 입고 바닥에 주저앉는 상인에게 인하가 덮고 있던 이불을 밀어 주었다. 아틀레티코 마드리드 골문 앞에서 위험한 장면이 반복되자 인하는 자리에서 일어나

방방 뛰며 소리를 질렀다.

"미쳤어? 밑에서 할머니 올라온다. 앉아. 0 대 0인데 시간 다 됐네. 무승부로 끝나겠다."

"대박. 이거 오블라크 아니었으면 먹혔다. 오블라크가 오늘 후반전에만 슈퍼 세이브 세 번이나 했어. 내가 경기 보면 아틀레티코 절대 안 진다? 내가 볼 때마다 이기거나 무승부."

절대 안 져. 진짜야. 인하는 신난 표정으로 그렇게 되뇌었다.

인하가 중학교 2학년이었을 때, 외출이 허락된 주말이 아닌데도 집에 온 적이 있었다. 엄마는 인하에게 무슨 일이 있는 줄 알고 걱정했지만, 인하는 그저 중요한 대회를 앞두고 코치가 보양식이나 먹고 오라 한 거라고 했다.

"나, 집에 돌아오고 싶어."

그날 밤 자매가 한 이불을 나눠 덮고 나란히 누웠을 때 인하가 상인에게 속삭이듯 말했다. 잠들기 직전이었던 상인은 몸을 일으켜 그게 무슨 말이냐고 물었다. 인하가 상인의 손을 가져가서 자기 머리를 만져 보게 했다. 옆통수가 살짝 부어오른 게, 아니, 이상한 모양으로 울퉁불퉁하게 부어오른 게 손끝으로 확연히 느껴져 소름이 돋았다. 중요한 대회를 이 주 앞두고 연습 경기를 치렀는데 그 경기에서 중앙 수비수가 실수를 너무 많이 하는 바람에 지방에서 원정 온 라이벌 학교에 대패했다고 했다.

감독이 보는 앞에서 아이들은 공으로 중앙 수비수를 맡은 아이의 등이나 머리를 맞혀야 했다. 그러니까 그건 '정신 차리라는 의미'로 감독이 아이들의 손을 빌려 간접적으로 한 체벌이었다.

"근데 너는 왜 맞았는데."

상인은 무언가가 속에서 올라오는 것을 억누르며 물었다.

"내가 제일 살살 때려서. 머리에 혹 났지? 지끈지끈해. 아까부터 계속 토할 것 같아."

처음에는 인하가 하소연을 한다고 생각해서 상인은 실력 없는 중앙 수비수와 감독 욕을 거들었다. 하지만 인하는 생각보다 진심으로 숙소를 나오고 싶어 하는 것 같았다.

"언니가 아빠 좀 설득해 줘라. 어? 제발. 이번 대회에서 금메달 못 따서 3학년들 명문고 못 보내면 감독이랑 코치들이 진짜 우리 죽일 것 같아. 미쳤다니까?"

인하는 자주 상인을 무시하면서도 자기보다는 상인이 조금 더 똑똑하다고 생각하고 있었다. 상인이 논술 학원을 다닌 적 있기 때문에 조금 더 논리정연하게 아빠를 설득할 수 있으리라고 믿는 듯했다. 상인은 늘 그래 왔듯이 인하가 또 성급하게 아무렇게나 말한다고 생각했다. 욱하는 성질을 못 버리고 자기 하고 싶은 대로만 하려 한다고. 엄마 아빠는 오로지 인하의 뒷바라지를 위해 고향을 버리고 왔고 아빠는 안정적인 직장까지 그만두었다.

"너 축구 그만두면 뭐 하게? 공부하게?"

"축구를 그만두고 싶은 건 아니야."

축구는 계속하고 싶지만 그 학교에서는 버틸 수가 없다는 거였다.

"그게 말이 돼? 여자 축구부 있는 학교가 많은 것도 아닌데. 엄마 아빠랑 나는 또 너 다니는 학교 근처로 이사하고? 너는 네 생각밖에 안 해?"

상인이 쏘아붙이자 인하는 아무 말도 못했다.

"야, 정 감독님이 너를 싫어하는 건 아니잖아. 수비수 개는 실력이 없으니까 그런 거고, 정 감독님 너 엄청 믿어 주시는데. 지금 전학 가면 네가 거기서 주전으로 뛴다고 어떻게 장담해."

인하는 경기를 뛰지 못할 수도 있다는 말에 잠잠해졌다. 그날 밤 조금 울기는 했지만 금방 그쳤다. 인하는 원래 잘 울지 않았다. "무서워." 인하가 이불을 머리끝까지 덮어쓴 채로 중얼거리던 소리를 못 들은 척하고 돌아누웠던 기억이 아프도록 선명했다.

발렌시아는 후반 89분에 극장골을 넣었다. 허무한 표정으로 골대 앞에 주저앉아 숨을 고르는 오블라크의 얼굴이 클로즈업되었다. 인하는 씻는다며 욕실로 들어갔다. 물이 튀는 소리가 났다. 바가지가 굴러다니는 소음도. 엄마가 얼려 둔 밥을 전자레인지에 돌리던 상인은 벌컥 욕실 문을 열고 들어갔다. 샤워기를 놓쳤는지 인하의 옷이 흠뻑 젖어 있었다. 상인이 팔을 만져 보니 붕대를 감아 놓은 깁스도 축축해져 있었다.

"야! 의사 쌤이 깁스 물에 젖지 않게 하라고 했잖아."

"내가 일부러 그랬냐? 수건으로 감쌌는데도 물 들어간 걸 어떡하라고."

상인은 잠시 인하를 노려보았다. 왜 안쓰러운 마음보다 짜증이, 신경질이, 답답함이 앞서는지 알 수 없었다. 상인은 인하를 내버려 두고 나왔다. 전자레인지에서 밥을 꺼내 그릇에 옮겨 담았다. 냉장고에서 김치를 꺼냈다. 불 위에 프라이팬을 올리고 기름을 둘러 달걀프라이를 만들었다. 그러는 동안 욕실에서 나는 소리에 귀를 기울였다. 찰박찰박 인하가 물을 밟는 소리, 선반 위에 올려놓은 샴푸 통이 넘어지는 소리, 샤워기가 세면대에 부딪히는 소리를. 마음이 차갑고 축축했다.

욕실 문을 열어 보니 인하가 세면대에 머리를 숙인 채로 돌아보았다.

"이리 나와."

상인은 인하 팔을 감쌀 만한 적당한 크기의 비닐이 있나 주방을 뒤졌지만 마땅한 게 없어서 20리터짜리 쓰레기봉투를 꺼냈다. 인하의 팔에 봉투를 씌우고 물이 들어가지 않도록 고무줄 여러 개로 단단히 고정했다. 이게 뭐야, 인간쓰레기네, 하고 인하가 킥킥 웃었다.

"고개 숙여. 눈 감고."

"귀에 물 들어가지 않게 조심해. 아, 차가워!"

상인의 집은 보일러가 오래돼서 그런지 따뜻한 물이 나오기까지 시간이 걸렸다. 물의 온도를 다시 맞추고 상인은 구부정하게 허리를 숙인 인하의 머리를 감겼다. 목덜미가 다 드러나는 짧은 머리라 금방 씻을 수 있었다.

"나 샤워도 할래."

"지금? 귀찮은데."

"어제도 못 씻고 잤어. 등에 비누칠해 줘."

상인은 거의 다 젖은 인하의 옷을 벗긴 후 샤워 볼에 거품을 잔뜩 냈다. 두 사람이 함께 있기엔 욕실이 좁았다. 거품을 칠하다 보니 인하가 자신보다 10센티 넘게 크다는 게 새삼스레 느껴졌다.

"나 좀 살찐 거 같지 않아?"

상인은 인하의 몸을 바라보았다. 인하의 몸은 단단했다. 특히 어깨와 팔에는 근육이 잘 만져졌다. 몸 곳곳에 상처들이 남아 있었다. 상처가 아물어도 그 자리에 또 상처가 나는 바람에 무릎에는 거뭇거뭇한 흉터가 많았다.

"별로?"

"아니야, 찐 것 같아. 운동 안 하니까. 운동은 안 하는데 똑같이 많이 먹으니까 계속 찌나 봐."

"그럼 다시 운동해."

"그건 싫다."

샤워를 끝낸 뒤 상인은 인하를 소파 밑에 앉히고 머리를 드라이어로 말려 주었다. 짧은 머리라 말리는 것도 금방이었다. 머리카락을 흩트리다가 상인은 무언가를 확인해 보고 싶어서 인하의 옆통수를 더듬어 보았다.

"뭐 해?"

"그냥. 너 두상이 진짜 동글동글하다. 삭발해도 되겠어. 나는 뒤통수 납작한데."

"뭐래."

머리를 말린 후 젖은 붕대를 풀었다. 상인이 구급상자를 찾아다니자 인하가 자기 방 두 번째 서랍에 있다고 말해 주었다. 붕대를 가져와 깁스 위에 감았다.

"더 당겨야지, 아니 이쪽으로. 지금은 헐겁다니까? 금방 풀린다고 이러면. 그래, 더 감아. 이 정도로는 안 아파. 제대로 고정해야 안 아프지. 답답하네. 붕대 감기는 내가 달인인데. 응, 마무리는 저 종이 반창고로 고정해 줘."

쉴 새 없이 떠드는 인하 입에 반창고를 붙이자 그제야 조용해졌다.

상인은 비엔나소시지도 구웠다. 달걀프라이 위에 케첩을 뿌리고 멸치볶음 통을 꺼냈다. 자매는 맛있게 먹었다. 학교 갈 즈음 엄마에게서 문자가 왔다.

—오늘 엄마 못 가. 비 때문에 이모 비행기가 못 떴대.

*

　정식 시합도 아닌 연습 경기에서 인하는 왼손 검지를 다
쳤다. 왜인지 그날은 보호 장비를 제대로 하지 않았다고 했
다. 스펀지 붕대를 감거나 장갑만 꼈더라도 그런 일은 당하
지 않았을 거라며 감독은 인하의 안일함을 탓했다. 아빠는
감독 앞에서 아무 말도 못 했지만 집에 와서 분을 참지 못했
다. 그해 인하의 학교는 중등 리그 왕중왕전에서 처음으로
우승을 거머쥐었다.

　그냥 축구를 그만둔 것뿐이었다. 삼 년간 기숙사 생활을
했던 인하가 숙소 짐을 챙겨서 집으로 돌아온 날 상인의 가
족은 고기를 구워 먹었다. 인하가 좋아하는 항정살에 꽁치
김치찌개를. 인하는 상인이 다니는 고등학교에 입학했고,
그렇게 축구를 놓은 지 일 년이 되어 가고 있었다.

　엄마와 아빠는 이제 인하에게 아무 기대도 하지 않는 것
같았다. 인하의 유니폼을 입고 김장을 하는 엄마의 무신경
함이나, 인하의 축구화를 신고 조기 축구회에 나가는 아빠
의 부주의함을 볼 때 상인은 마음이 엉키는 것 같았다. 정
작 인하는 별다른 내색을 하지 않았다. 딸내미 발이 커서 축
구화가 자기 발에 딱 맞다고 좋아하는 아빠 얼굴을 볼 때도,

여전히 짧은 머리를 유지하는 인하에게 언니처럼 머리를 기르라고, 운동했던 티를 내지 말라고 말하는 엄마에게도.

아빠는 인천에서 하는 공사를 핑계로 한 달째 집에 들어오지 않고 있었다. 아빠와 엄마가 한 달 전 싸운 이유는 인하를 위해 학원을 알아본 엄마를 아빠가 비웃었기 때문이었다. 인하를 데리고 학원을 찾아다닌 엄마는 선행 학습을 하고 있는 학원의 진도를 인하가 따라갈 수 없다는 사실을 알게 되었고 그래서 개인 과외를 붙이자고 했다. 잠자코 듣고 있던 아빠는 엄마 입에서 과외비 이야기가 나오자 코웃음을 쳤다.

"밑 빠진 독에 물을 뭐 그렇게 많이 부어, 이 사람아."

그 말 한마디로 싸움이 시작된 것이었다. 한때 아빠는 딸을 어려워할 줄 아는 사람이었다. 자매는 밥을 마저 먹지 못하고 숟가락을 내려놓았다.

엄마와 아빠는 누가 먼저 인하의 재능을 알아보았는지, 더 정확하게는 누가 먼저 인하의 알량한 재능을 과장해서 추동했고, 누가 얼마나 더 호들갑을 떨면서 부추겼는지에 대한 문제로 자주 다투곤 했다. 엄마는 인하가 중학교 1학년일 때 이야기를 꺼냈다. 명문 고등학교의 감독들이 인하

를 눈여겨보고 있다는 이야기를 들은 아빠가 아예 독일이
나 스페인 쪽으로 유학을 보내는 게 어떻겠냐고 진지하게
엄마를 설득했던 일. 그때 말린 자신의 현명함을 기억하라
고 소리치며 아빠를 비웃었다. 아빠는 인하가 중학교 2학년
일 때, 전통적으로 3학년 주전 공격수의 엄마들이 맡아 왔
던 학부모회장 자리를 엄마가 맡으려 했던 일을 들먹였다.
3학년이건 2학년이건 인하보다 더 입지가 단단한 주전이
어디 있냐며, 그런 학생의 부모가 학부모회를 지휘해야 탈
이 없다고 했던 말을 언급하며 조소했다.

두 사람이 그 모든 일들을 자세하게 기억하는 이유는, 그
때 너무 행복했기 때문일 것이다. 인하의 뒷바라지를 하며
엄마와 아빠는 정말 즐거워 보였다. 그때 건 기대가 이제 너
무 수치스럽고 부끄러워서, 엄마 아빠는 당시에 느낀 행복
은 전혀 기억하지 못하는 것 같았다.

그걸 어떻게 잊어버릴 수 있지. 어떻게 이렇게까지 왜곡
하는 거지. 우리는 왜 서로를 한심해하는 방식으로 좌절을
견디게 된 걸까. 상인은 모든 것들이 이상하게 느껴졌다. 한
마디 한마디에 몸서리치는 상인과 다르게 인하는 그런 말
들이 익숙해 보였다. 그런 식으로 태도를 바꾸는 어른들을
밖에서 이미 많이 겪어 본 것처럼.

학교에서 돌아온 상인은 현관문을 열고 들어왔다가 뒷걸음질 쳐 다시 집 호수를 확인했다. 가끔 정신을 놓고 걷다가 계단을 더 올라가서 삼 층까지 간 적도 있었기 때문이었다. 그만큼 집 분위기가 뭔가 낯설었다. 상인은 신발을 벗고 거실을 돌아보았다. 우리 집이 이렇게 조용했나. 고요하고 따뜻하고 햇볕이 가득한 집이네. 포근하다고 생각될 만큼. 왜 따뜻하지.

"이인하! 아침에 보일러 안 끄고 나갔지?"

소리를 지르자 인하가 교복을 입은 채 거실로 나왔다. 집에 돌아온 지 얼마 되지 않은 듯했다.

"언니가 끄지 왜."

"내가 아침에 분명히 끄라고 했을 텐데?"

"몰라. 그래도 따뜻하니까 좋잖아."

찔리기는 하는지 인하가 눈을 피하면서 주방으로 갔다. 하루 종일 보일러를 돌렸으니 가스비 폭탄이 나오겠지. 엄마에게 잔소리를 듣겠지. 상인은 머리가 지끈거렸지만 한편으로는 정말 거실 바닥이 따뜻해서 경직되어 있던 몸이 풀리는 것 같았다.

"언니. 이리 와 봐."

주방에 가니 식탁에 식재료들이 널려 있었다. 파, 양파, 어묵, 라면 사리, 떡, 소시지.

떡볶이 재료였다.

"다른 건 다 냉장고에 있어서 내가 라면 사리만 사 왔어. 해 먹자."

"귀찮게 그냥 사 먹지 뭘 해 먹어. 이거 내가 다 해야 되잖 아. 팔도 그러면서 뭘."

상인은 시큰둥해져서 넥타이를 벗고 교복 셔츠를 세탁 바구니에 넣었다. 방에서 옷을 갈아입고 나와 텔레비전을 켜니 인하는 식탁에 앉아 불편한 손으로 양파 껍질을 까고 있었다.

"사람 불편하게 하는 데 뭐 있다니까."

"우리 해동 살 때 집에서 같이 만들어 먹었잖아. 엄마 아 빠 늦게까지 안 들어오는 날."

상인은 하는 수 없이 몸을 일으켜 인하 곁으로 갔다. 냄비 에 물을 올리고 떡을 불렸다.

"내가 할 테니까 가서 옷이나 갈아입어."

인하는 여전히 교복 차림이었다.

"갈아입혀 줘야지."

인하가 당연한 거 아니냐는 듯 약간 뻔뻔한 표정으로 상인을 바라보았다.

　몇 년 만에 만든 떡볶이였지만 맛은 훌륭했다. 자매는 매운 음식을 잘 못 먹어서 떡볶이에 계란을 두 개쯤 풀어 덜 맵게 했다. 인하가 떡보다 어묵을 좋아하는 편이라 냉장고에 있던 어묵을 모두 잘라 넣었다. 넣고 보니 유통 기한이 일주일쯤 지나 있었지만 맛은 괜찮아 개의치 않았다.
　"우리 해동 살 때 좋았는데, 맞지?"
　"뭐가. 기억도 안 난다."
　빈말이 아니라 이제는 정말 기억이 희미했다. 분명 자의와는 상관없이 이사와 진학을 하며 모든 게 마음에 들지 않았던 적도 있었지만, 지금은 어쨌든 서울 가까이에 산다는 것으로 위안을 삼을 때가 많았다.
　"언니 해동 살 때 친구 엄청 많았잖아. 맨날 집에 친구들 네다섯 명씩 데려오고. 지우 언니랑 다은이 언니랑 또 누구더라? 아무튼 그 언니들이랑 연락 안 해?"
　"안 해. 그게 언젠데."
　"미안."
　상인이 짐짓 못 들은 척 휴대폰을 들여다보고 있으니 인하가 금세 다른 이야기를 꺼냈다.

"나 있잖아, 어제 우연히 걔 SNS 발견했거든?"

"걔가 누군데?"

"그때, 내가 공으로 머리 맞힌 애."

이 년 전 그날 밤 인하와 상인이 욕했던 중앙 수비수는 아직 축구를 하고 있었다. 포지션을 중앙에서 측면으로 바꾸기는 했지만 어쨌든 여자 축구로 유명한 명문고로 진학해 올해 춘계 여자 축구 연맹전에서 MVP로 뽑혔더라고 인하는 담담하게 말했다.

"잘 지내냐고 메시지 보내 봤다? 기사 봤다고, 축하한다고 했는데 답이 안 오길래 그냥 내 얘기했어. 나 축구 그만뒀다고. 그러니까 답장 왔어."

상인은 떡볶이를 포크에 꽂은 채 조마조마한 마음으로 그 아이의 대답을 기다렸다.

"'그래서?' 이러더라."

인하는 벌떡 일어나 냉장고에서 물병을 꺼내 입을 대고 마셨다. 열어 놓은 냉장고에서 흐른 냉기 때문에 몸이 떨렸다. 엄마가 봤다면 소리를 질렀겠지만 상인은 아무 말도 하지 않았다.

"옛날에는 정말 미안했다고, 그때는 너를 때려야 하는 줄로만 알았다고, 사과하고 싶다고 하니까 미안한 마음이 진

심이면 다시는 자기한테 연락하지 말라더라. 그리고 차단
당했어.”

옛날이 아니라 겨우 이 년 전이야. 상인은 일깨워 주려다
가 인하도 그 사실을 모르지는 않을 거라고 생각해 그만두
었다. 인하는 떡볶이를 입에 잔뜩 욱여넣은 채 우물거렸다.

“걔는 내가 살살 때린 건 기억 못하나? 나도 맞았는데. 걔
는 여자애들이 돌아가면서 공으로 때린 거지만 나는 감독
한테 맞았어. 그 감독 현역 때 공격수였거든. 애들한테 이렇
게 해야 한다면서 공으로 내 머리를…… 엄청 세게……. 나
그날 머리가 너무 아파서 타이레놀 먹고 잤잖아. 다음 날까
지 어지러워서 토하고 그랬단 말이야.”

그렇게까지 자세히는 모르고 있었다. 알려고도 하지 않
았고. 또, 알고 싶지도 않았고.

“살살 때렸어도 미안하긴 미안해서, 그때 걔 표정이 계속
생각나서 연락한 건데…….”

상인은 자리에서 일어나 키친타월로 인하의 눈물과 콧물
을 어설프게 닦아 주었다.

“자기는 그래도 아직 축구하면서. 나는 망했는데.”

상인은 몸의 기운이 다 빠지는 느낌이었다.

인하는 정말 망했나? 인하는 열일곱 살인데. 인하는 그래

도 국가 대표였는데. 열일곱 살도 망할 수 있는 건가. 상인
은 누구에게라도 묻고 싶었다.

그리고 상인은 서서히 자신도 인하와 그 아이의 불행에
가담했음을, 그때 인하를 설득했던 일에 분명한 의도가 있
었고 그러므로 자신은 방관자가 아닌 가해자라는 걸 깨달
았다. 실은 깨달은 지 오래된 사실을 인정해야 했다.

학교 가는 길에 엄마에게서 전화가 왔다. 엄마는 새벽녘
에 들어오는 딸을 보고 종종 안쓰러워하며 위로의 의미로
안아 주거나 맛있는 아침밥을 해 주곤 했지만 아르바이트
를 그만두라는 말은 하지 않았다. 오히려 이렇게라도 '힘을
보태려고 하는', '자기 앞가림은 할 줄 아는' 딸이라고 생각
하며 자랑스러워하는 것 같았다. 인하와는 다르니까.

──딸, 알바 다녀왔어? 엄마는 할머니 드시라고 흰죽 끓
이는 중. 이모 비행기 탔대. 근데 내일까지만 같이 있어 달
라고 해서 엄마 내일 막차 타고 가야겠다.

"네."

대답을 한 뒤에 상인은 엄마가 내일 오지 않아도 아쉽지
않을 것 같다고 생각했다.

──인하가 귀찮게 안 해? 병원은 또 언제 가야 한대?

"그냥 집에서 관리 잘 하고, 특별한 일 없으면 삼 주 뒤에 오래요. 그리고 물리 치료도 받아야 된대요."

──걔는 애가 왜 그러니. 아우 마음에 안 든다, 정말.

수화기 너머에서 엄마가 헛웃음을 터뜨리는 소리가 들렸다. 엄마는 아빠를 비난할 때도 소리를 지르기보다는 웃음을 터뜨리는 쪽이었다. 그래서 상인은 엄마의 한숨보다도 웃음소리에 더 신경이 예민해지곤 했다.

──죽 끓는다. 할머니 식사하셔야 돼. 인하 잘 챙기고. 엄마는 상인이 믿어.

"네."

문득, 노력할수록 슬퍼지는 것 같았다. 우리는 왜 이렇게 쉬워졌지. 언제부터. 왜 우리를 이렇게 대하도록 내버려 둔 걸까. 상인은 어렵게 숨을 들이쉬었다.

*

"뭐야?"

유원이 내민 것은 담요였다.

"덮고 자라고. 아이스크림케이크 사니까 주더라. 너 잘 때 떨면서 자는 거 알아?"

"몰랐는데. 고맙다."

상인이 담요를 펴서 잘 준비를 하자 유원이 물끄러미 바라보더니 물었다.

"대답하기 싫으면 안 해도 되는데, 넌 졸업하고 뭐 할 거야?"

조금만 있으면 수능이고 또 몇 달만 지나면 고등학교를 졸업한다는 것을, 모르고 살고 싶어도 몰라지지가 않았다. 벌써 수시로 대학을 합격한 아이들이 있었고 그 아이들의 얼굴에는 여유가 가득했다. 수능을 준비하는 아이들은 초조해하지만 그럼에도 플랜 B, 플랜 C 정도는 모두 가지고 있는 것 같았다. 상인은 자주 두렵고 무기력함을 느꼈다. 그럼에도 알바 후에는 잠이 몰려왔다. 상인은 유원이 조금 미워지려고 해서 흘겨보았다.

"미안. 졸업하고 너 만나려면 어디 가야 하나 궁금해서 물어본 건데 내가 말을 이상하게 했네."

그때 상인이 엎드리며 툭, 하고 내뱉었다.

"스페인."

상인은 자기 입에서 나간 단어가 너무 개연성이 없어서, 낯설고 어처구니없어서 웃음을 터뜨렸다. 분명 방금 한 말은 내가 한 말이 아니야. 내 안에 이런 게 있었을 리가. 하지만 상인은 순식간에 그 단어에 마음을 뺏겨 버렸다.

"너 스페인 가게?"

유원은 눈을 동그랗게 뜨고 상인에게로 의자를 끌고 와 앉았다. 이렇게까지 상인에게 관심을 보인 적은 처음인 것 같았다. 그 기대에 부응하기 위해서인지 상인 속의 상인은 망설임 없이 내뱉었다.

"어, 가려고. 동생이랑."

"대박. 부럽다. 둘이 가면 안 무섭고 좋겠다."

정말 그럴까. 그 애한테 내가 있는 게 없는 것보단 나을까? 확신하기 어려웠다.

"너 근데 스페인어 할 줄 알아?"

"배울 거야."

"그럼 이 앱 깔아서 찾아봐. 과외 연결해 주는 앱인데 여러 명 만나 보고 결정해. 나도 여기서 수학 과외 쌤 구했거든. 대학교 다니는 언닌데 나랑 진짜 잘 맞아."

"고마워."

아무런 준비가 되어 있지 않은데도 약간은 기분이 좋아지려고 했다. 유원에게 거짓말을 했다는 느낌도 들지 않았다. 죄책감조차 느껴지지 않았다. 상인은 인하에게 문자를 보냈다.

─이인하. 오늘도 엄마 안 온대. 아빠도 안 올 거야.

우리 둘뿐이야. 상인은 속으로 말했다.

우리는 떠나야 할 것 같아, 이곳을. 피해야 해, 엄마 아빠
를. 축구를 했던 우리를 기억하는 한국을. 실패한 우리를 곱
씹는 세상을.

우리는 행복해질 수 있을까. 조금이라도. 조금이라도 더
행복해진 후에 그 아이에게 미안해하며 살면 안 되는 걸까.

엔딩 크레디트

김려령 | **언니의 무게**

　저와 제 언니는 만지와 천지처럼 꼭 두 살 차이가 납니다. 어릴 적에는 고작 두 살 더 많으면서 이래라저래라 하는 언니가 고깝기도 했습니다. 물론 지금도 크게 변하지는 않았습니다. 마스크 있어? 언니가 보내 줄까? 두꺼운 점퍼 없니? 언니가 말했지? 늘 그렇습니다. 그런데 이상한 일이 있습니다. 어릴 때 같이 겪은 일을 다르게 기억하는 경우가 많은 겁니다. 나 우물에 들어갔을 때 되게 재밌었는데. 나는 심장 떨려서 죽을 뻔했다. 거길 왜 들어가니? 대추는 색이

막 들 때 따 먹어야 맛있었어. 아삭아삭. 안 익은 거 자꾸 따 먹는다고 할아버지한테 혼났다. 혼났다고? 저는 재미였던 일들이 언니한테는 동생을 구해야 하는 위급한 상황이었고, 또 언니라서 혼자 야단맞은 적이 제법 있었던 것입니다.

그것은 나이가 아니라 위치의 문제였습니다. 언니는 늘 언니다워야 했습니다. 어른들이 언니를 강조한 탓도 있을 테고, 언니 본능이 자발적으로 작동했을 수도 있습니다. 어떤 이유로든 언니의 무게가 그만큼 무거웠던 것입니다. 『우아한 거짓말』과 이 단편을 쓰면서 저는 만지가 무척 아팠습니다. 동생을 보낸 언니 심정이 어떨까요. 세상의 모든 언니들에게 동생으로서 말하고 싶습니다. 언니는 존재만으로도 든든하다고. 고맙다고. 늘 건강하십시오. 사랑합니다.

김려령 2007년 『완득이』로 제1회 창비청소년문학상을 받으며 작품 활동을 시작했다. 장편소설 『우아한 거짓말』 『가시고백』 『너를 봤어』 『트렁크』 『일주일』, 소설집 『상들리에』 등을 썼다.

배미주 | 초보 조사관 분투기

정후는 서울에 올 때 자기 앞에 무슨 일이 기다리는지 몰랐다. 그건 센터도 마찬가지였다. 알았더라면 공명심에 불타는 소속 연구자들이 앞다투어 나섰을 게다. 성가시지만 해야 하는 숱한 업무 중 하나에 불과했기 때문에 애송이 인턴인 정후에게 일이 주어졌다. 세상일은 자주 예상 밖으로 흐르고 정후는 상상도 못 한 사건의 소용돌이 속에서 무섭고 막막한 처지에 빠졌지만, 다행히 좋은 어른을 만나 의지하고 돕기도 하면서 낯선 경험을 통해 성장하게 되는 이야기다.

평범한 사람들의 평화로운 삶이 예측불허의 위기에 직면하는 일이 점점 더 많아진다. 그 위기들이 가리키는 예측 가능한 미래에 맞서 무엇을 할 것인가. 오늘도 분투하는 세상 속 정후들을 응원한다.

배미주 2008년 동화집 『웅녀의 시간 여행』을 펴내며 작품 활동을 시작했다. 『바람의 사자들』『림 로드』『신라 경찰의 딸 설윤』 등을 썼다. 장편소설 『싱커』로 제3회 창비청소년문학상을 수상했다.

이현 | **보통의 꿈**

『1945, 철원』과 『그 여름의 서울』의 사람들은 대부분 세상을 떠났다. 시절이 그러했고, 세월 또한 그러했다.

살아남은 강경애는 선택을 했어야 했을 것이다. 남과 북 혹은 제3의 땅.

경애의 아이도, 우리도 그러하다.

지금으로부터 도망치는 것은 또한, 지금의 무엇을 남겨 두고 떠나는 일이다. 영영 잃어버릴지도 모르는 일이다. 오래도록 그리워하게 될 것들을.

떠나온 사람들에게 이곳이 보통의 지금이 되었으면 좋겠다. 새롭게 그리워할 것들이 많아졌으면 좋겠다.

이현 단편소설 「기차, 언제나 빛을 향해 경적을 울리다」로 제13회 전태일 문학상 소설 부문에 당선하며 작품 활동을 시작했다. 『우리들의 스캔들』 『1945, 철원』 『그 여름의 서울』 『푸른 사자 와니니』 등을 썼다. 동화집 『짜장면 불어요!』로 제10회 창비 좋은 어린이책 원고 공모 대상, 장편동화 『로봇의 별』로 제2회 창원아동문학상을 수상했으며, 2022 한스 크리스티안 안데르센상 한국 후보로 선정되었다.

김중미 │ 나는 농부 김광수다

독자들에게 속편을 내 달라는 말을 가장 많이 듣는 작품
이 『모두 깜언』이다. 독자들은 유정이가 우주와 광수 중 누
구와 사귀는지, 작가는 누구를 더 좋아하는지 묻는다. 그때
마다 유정이의 마음은 나도 모르겠고, 개인적으로는 광수
를 더 좋아한다고 말한다. 내가 광수를 좋아하는 이유는 광
수에게서 희망을 보기 때문이다.

오늘도 내가 사는 강화에는 낮은 산이 깎여 나가고, 해안
선을 둘러싼 산등성이에는 펜션과 카페 들이 줄지어 들어
선다. 마을마다 새로 들어서는 집들은 일주일에 닷새는 불
이 꺼져 있는 주말 주택이다. 그래서 마을에 집은 늘어나는
데 농부는 점점 줄어든다.

이제 우리 마을 땅은 외지인 땅이 더 많아졌다. 논과 밭이
있던 자리에는 전원주택과 펜션이 들어섰다. 웬만한 농사
로는 생계를 이을 수 없고, 농사 규모를 늘리면 농업 노동자
들을 구하는 게 또 일이다. 돈이 되지 않는 일은 전망이 없
는 일이 되고 만다. 그러나 전망이 희망을 갖게 하는 것은
아니다. 희망이 전망을 만든다. 우직한 광수가 그 희망의 싹

을 키우고 있다. 유정이도 아마 절망의 끝에서 희망의 씨를
뿌리는 광수를 좋아할 것 같다.

김중미 1999년 『괭이부리말 아이들』로 제4회 창비 좋은 어린이책 원고 공
모 대상을 받으며 작품 활동을 시작했다. 동화 『꽃섬 고양이』, 청소
년소설 『조커와 나』『모두 깜언』『그날, 고양이가 내게로 왔다』, 에
세이 『꽃은 많을수록 좋다』『존재, 감』 등을 썼다.

●

손원평 | 상자 속의 남자

소설이나 이야기 속에서, 어쩌면 우리가 살아가는 세계
에서도 '주인공의 삶'처럼 보이는 건 언제나 몇몇 소수의
몫이다.

그래서인지 이야기를 읽으면서도, 하루하루 살아가면서
도 우리는 우리를 스치고 지나가는 사람들에게 그 사람만
의 색과 향이 있다고 쉽게 상상하지 못한다.

대신 우리는 종종 누군가가 주인공이 되기엔 너무 하찮
다고 판단해 버린다.

우리 자신의 삶조차 주인공의 삶이 되기엔 별 볼 일 없다고 생각할 때가 잦다.

그러나 모든 삶에는 기쁨과 눈물, 후회와 자라남이 있다.
그러므로 우리는 모두 각자의 삶에서 조명받아 마땅한 주인공이다.

손원평 2016년 『아몬드』로 제10회 창비청소년문학상을 받으며 작품 활동을 시작했으며 장편소설 『서른의 반격』으로 제5회 제주4·3평화문학상을 수상했다. 장편소설 『프리즘』 등을 썼다.

●

구병모 | 초원조의 아이에게

프리퀄입니다. 초원조가 뭔지, 이 인간들은 왜 날아다니는지 혹 궁금하신 분들은 본편 『버드 스트라이크』를 찾아주시면 고맙습니다.

아이의 이름을 지어 주는 마지막 장면에서 원래 대사는 "이제부터 너의 이름은……"으로 끝내려고 했는데, 그와 똑같은 대사로 끝나는 애니메이션이 있다는 사실을 알게 되어 말을 조금 애매모호하게 바꾸었습니다.

엔딩에 나온 이 아이는 17년 뒤에 또 다른 아이를 만나게 됩니다. 그들이 만나서 여러 가지 일을 겪고 난 그다음의 이야기는 당신의 가슴속에 있습니다.

구병모 2008년 장편소설 『위저드 베이커리』로 창비청소년문학상을, 2015년 소설집 『그것이 나만은 아니기를』로 오늘의작가상과 황순원신진문학상을 수상했다. 장편소설 『아가미』 『파과』 『네 이웃의 식탁』 『버드 스트라이크』, 중편소설 『심장에 수놓은 이야기』, 소설집 『단 하나의 문장』 등이 있다.

●

이희영 | **모니터**

─이보세요들, 요즘 어떻게 지내시나요? 근황 좀 알려 주세요.

제일 먼저 소식을 준 건 아키였다. 역시 우리 사랑스러운 아키밖에 없구나. 청량한 웃음소리 너머로 반가운 이야기가 날아들었다. 고맙고 대견했다. 이 녀석 많이 컸네. 혼자서 울컥했다.

두 번째로 최에게서 답이 왔다. 요즘 일이 바쁘다며 연락이 늦어 미안하다 했다. 나도 연락 못 했는데 뭐. 우리는 잠시 서로의 근황을 주고받았다.

"누구? 센터장? 여전합니다."

박을 얘기하는 최의 목소리가 달라진 건, 그저 기분 탓일까?

"아! 진짜 깜짝 놀랄 소식 있다."

최가 재빨리 대화를 바꿨다. 역시 눈치가 빨랐다.

"놀라지 마."

나는 최의 이야기를 들으며 깔깔거렸다.

"와! 대박. 누가 뭐가 되어 돌아왔다고?"

노아의 소식을 들으니, 맨날 게임만 한다며 잔소리했던 아이에게 미안했다. 때가 되면 스스로의 꿈을 향해 나아갈 텐데······.

일주일, 열흘이 흘러도 기다리는 연락은 오지 않았다. 이름값 톡톡히 하는 녀석, 싸늘하기가 일월의 새벽 공기가 따로 없었다.

"매정하고 차가운 녀석 같으니라고."

혼자 씩씩거리는데 한 가지 생각이 머리를 관통했다. 만약 제누에게 연락이 오면 뭐라 대답할까? 최의 말처럼 우리는 여전하다고? 세상은 변한 게 없다고? 언젠가 제누에게도 말할 수 있는 날이 올까. 사회는 많이 변했고, 전보다 훨씬 성숙해졌다고……. 그렇게 자신할 수 없는 현실이 너무 미안했다. 하지만 조금씩 바꿔 나가야겠지. 제누에게 우리 자주 보자 말할 수 있는 세상을 만들어야겠지. 그때는 그 무심한 녀석에게서 먼저 연락이 올지도 모르겠다.

"잘 지내고 있죠?"

"그럼 우린 아주 잘 지내고 있지."

나는 제누의 소식과 함께 이렇게 대답할 그날을 기다린다.

이희영 단편소설 「사람이 살고 있습니다」로 2013년 제1회 김승옥문학상 신인상 대상을 받으며 작품 활동을 시작했다. 2018년 『페인트』로 제12회 창비청소년문학상을, 같은 해 『너는 누구니』로 제1회 브릿G 로맨스스릴러 공모전 대상을 수상했다.

●

백온유 | **서브**

망하지 않은 당신과 나
망하지 않을 우리들

오늘도 서로를 염려하고 기억해 주었으면 좋겠습니다.
감사합니다.

백온유 장편동화 『정교』로 2017년 제24회 MBC 창작동화대상을 받으며
작품 활동을 시작했다. 첫 장편소설 『유원』으로 제13회 창비청소년
문학상과 제44회 오늘의 작가상을 수상했다.

두 번째 엔딩

초판 1쇄 발행 • 2021년 2월 19일
초판 6쇄 발행 • 2022년 2월 16일

지은이 • 김려령 배미주 이현 김중미 손원평 구병모 이희영 백온유
펴낸이 • 강일우
책임편집 • 김도연 이하나
조판 • 박아경
펴낸곳 • (주)창비
등록 • 1986년 8월 5일 제85호
주소 • 10881 경기도 파주시 회동길 184
전화 • 031-955-3333
팩시밀리 • 영업 031-955-3399 편집 031-955-3400
홈페이지 • www.changbi.com
전자우편 • ya@changbi.com

ⓒ 김려령 배미주 이현 김중미 손원평 구병모 이희영 백온유 2021
ISBN 978-89-364-3445-8 03810